日本文学的文化意蕴和美学理念

张以　刘绍晨　著

图书在版编目（CIP）数据

日本文学的文化意蕴和美学理念 / 张以，刘绍晨著
.—北京：九州出版社，2021.5
ISBN 978-7-5225-0024-9

Ⅰ.①日… Ⅱ.①张…②刘… Ⅲ.①日本文学—文学研究 Ⅳ.①I313.06

中国版本图书馆 CIP 数据核字（2021）第 097078 号

日本文学的文化意蕴和美学理念

作　　者　张　以　刘绍晨　著
出版发行　九州出版社
地　　址　北京市西城区阜外大街甲 35 号（100037）
发行电话　(010)68992190/3/5/6
网　　址　www.jiuzhoupress.com
电子信箱　jiuzhou@jiuzhoupress.com
印　　刷　定州启航印刷有限公司
开　　本　710 毫米 ×1000 毫米　　16 开
印　　张　12.5
字　　数　223 千字
版　　次　2021 年 5 月第 1 版
印　　次　2021 年 5 月第 1 次印刷
书　　号　ISBN 978-7-5225-0024-9
定　　价　68.00 元

前 言

日本文学在发展的过程中，不仅传承其本国传统文化，还充分吸收与融合其他外来文化的因素，形成日本文学特有的文化现象。

研究日本文学，要对其产生的土壤、环境有比较深入的理解，对其产生的特定条件的来龙去脉有比较清晰的认知。日本文学与日本社会经济发展息息相关，日本文学的文化意蕴及审美意识也蕴含在社会生活的方方面面，如日本的饮食文化、社会文化、艺术文化等都是集中展现日本文学和意蕴美的重要体现。

在日本文学的文化意蕴中，中国的传统文化是很重要的组成部分，日本社会经济受中国传统文化的影响很深，现在的很多文化分支都与中国传统文化有很深的渊源，如茶文化等直接传承于我国的茶道艺术。

同时，日本作为融汇东西方文学思想的交汇点，能够将西方文学的精髓很好地融入日本文学中，并产生享誉国际的经典作品，这也是日本文学在国际上得到西方文学界认可的一个原因，是日本文化与世界接轨的很重要的因素之一，并由此产生两位诺贝尔文学奖得主，而且这样的文学背景与社会文化让日本产生了多位其他领域的诺贝尔奖项得主。

因此，本书研究的初衷就是进一步厘清日本文学的文化意蕴和美学观点。本书根据日本文学发展与产生历史脉络为主线，以名作为案例，进一步剖析日本文学的审美理念和文化的意蕴，同时从不同的日本近现代文学之美探索日本文化独特的轨迹及与中国文学的关系和对中国文学的影响，从中提出相关的多元共存的观点，以期有一定的参考价值。本书的撰写，耗费了不少精力，回首撰写的时光，作为作者，我们不仅习得了更广阔的知识，还对日本文学、文化的相关研究有了更深入的认知。著者感恩撰写本书的一年来大家提供的帮助和支持。在撰写本书的过程中，著者参考了部分专家、学者的研究成果和著述内容，在此表示衷心的感谢。由于时间短促，水平有限，缺点和错误在所难免，恳切希望广大读者、专家、学者批评指教。

著　者

2020 年 6 月 15 日

目　录

第一章 概 述

第一节 日本文学的发展及特点

一、日本文学的历史发展进程

（一）日本文学历史进程

从历史沿革角度来说，日本文学经历了四个重要发展阶段，即上古、古典、近代及现代阶段。

1.日本文学上古阶段

上古日本文学兴于 8 世纪，日本直到中国的汉字传入后才开始有书写系统，但在最早汉字尚未能适用于书写日语时，中国文言文仍是唯一的文学形式，直到后来才发展出能够用于表记日语的万叶假名（万叶仮名），日本文学“粹”假借一套指定汉字的发音来表记日文诗歌。在日本奈良时代所创作的作品包括 712 年的《古事记》（为神话与史实参半的史书）、720 年的《日本书纪》（以编年体写成，为日本流传至今最早的正史）和 759 年的《万叶集》（日本现存最早的诗歌总集，万叶假名即是以此书命名）等。此时在文学创作上所使用的日文，在语法和音韵等方面更接近上古日语，与后来的日文有明显的差别。

2. 日本文学古典阶段

古典日本文学兴于9世纪至12世纪，古典日本文学的经典名著《源氏物语》。古典日本文学与日本平安时代的文学创作有着密不可分的关系，此时被誉为“日本艺术与文学的黄金时期”。女性文学家紫式部的著作《源氏物语》被视为当时最杰出的经典名著，该书也是全世界最早的长篇小说。此外，同时代重要的文学作品有905年的《古今和歌集》（为一部和歌总集）及平安时代中期（约公元1001年）另一位女性作家清少纳言的《枕草子》（散文集，描述对感情与贵族生活等的观察与感想）。伊吕波（いろは）是一首排列日文假名的全字母句（“いろは”是该诗歌的首三个音），同样创作于平安时代前期。相较于同时期中国正处于唐宋的诗歌黄金时期，当时的日本并没有杰出的诗人，诗歌大都是宫中朝臣或女性所创作，而贵族气息则反映在诗歌的端庄、老练，并注重修辞表达情感上。

3. 中古日本文学

中古日本文学兴于13世纪至16世纪。

4. 近现代日本文学

明治、大正、昭和时期文学（1868—1945年）为近现代文学。

（二）文学家及作品

1. 代表性作家作品

中古文学

《万叶集》（759年）

清少纳言及其著作《枕草子》（1001年）

紫式部及其著作《源氏物语》（1008年）

中世文学

《新古今和歌集》（1205年）

鸭长明《方丈记》

吉田兼好《徒然草》

《保元物语》

《平治物语》

军记物语的代表作《平家物语》

近世文学

井原西鹤（1642—1693年）

松尾芭蕉（1644—1694年）
近松门左卫门（1653—1725年）
上田秋成（1734—1809年）
山东京传（1761—1816年）
十返舍一九（1765—1831年）
曲亭马琴（1767—1848年）
近代文学
森鸥外（1862—1922年）
夏目漱石（1867—1916年）
尾崎红叶（1867—1903年）
泉镜花（1873—1939年）
志贺直哉（1883—1971年）
石川啄木（1886—1912年）
谷崎润一郎（1886—1965年）
芥川龙之介（1892—1927年）
吉川英治（1892—1962年）
江户川乱步（1894—1965年）
金子光晴（1895—1975年）
宫泽贤治（1896—1933年）
壶井繁治（1897—1975年）
黑岛传治（1898—1943年）
石川淳（1899—1987年）
川端康成（1899—1972年）
宫本百合子（1899—1951年）
壶井荣（1899—1967年）
现代文学
小熊秀雄（1901—1940年）
横沟正史（1902—1981年）
石川达三（1905—1985年）
松本清张（1909—1992年）
太宰治（1909—1948年）
远藤周作（1923—1996年）
安部公房（1924—1993年）

三岛由纪夫（1925—1970 年）

渡边淳一（1933—2014 年）

大江健三郎（1935— ）

中上健次（1946—1992 年）

岛田庄司（1948— ）

村上春树（1949— ）

村上龙（1952— ）

东野圭吾（1958— ）

2. 具体分期

奈良时期（8 世纪）

最早的文学典籍是《古事记》《日本书纪》及《风土记》。前两部著作追记了日本国史，后一部则记载了日本各地自然状况、风土人情。这几部著作均收录了丰富的神话传说和生动的古歌谣。稍后出现的汉诗集《怀风藻》标志着文人诗歌创作的肇始，而和歌集《万叶集》的编撰成功则代表着日本诗歌发展的第一个高峰。

平安时期（8—12 世纪）

受中国唐代文化影响，大量汉诗文集相继问世，汉文学热持续一个世纪之久。敕撰诗集《古今和歌集》恢复了日本民族诗歌的地位。与此同时，散文创作硕果累累:《竹取物语》《伊势物语》开辟了传奇物语和歌物语两条道路;《宇津保物语 》开长篇物语的先河，为物语文学的集大成之作《源氏物语》的诞生奠定了基础。长篇写实小说《源氏物语》出自女作家紫式部之手，作者以沉郁、凄婉的笔调抒写了源氏苦乐参半的一生及宫廷妇女不幸的命运，表达了作者人生无常的佛学观和以哀为极致的美学观。除紫式部外，许多女作家的作品都于此时脱颖而出，如《蜻蛉日记》《和泉式部日记》《更级日记》等。这些日记成为日本后世文学中私小说的滥觞。女性散文中较为引人注目的是清少纳言的随笔《枕草子》，作者观察之敏锐细腻，用笔之纤柔清丽，一直为后人所称道。此期散文创作的最后收获是佛教说话集《今昔物语》和历史物语《大镜物语》。这些物语一改王朝物语的纤弱文风，拓展了物语文学表现的范围。

镰仓室町时期（12—16 世纪）

随着武士阶级登上历史舞台，贵族和歌文学走向衰落。1205 年完成的《新古今和歌集》虽与《万叶集》《古今和歌集》形成三足鼎立之势，但毕竟是强弩之末，取而代之的是连歌和俳谐的兴起。二条良基、山崎宗鉴等人确

立了连歌、俳谐的文学地位。散文方面也出现了描写新兴武士生活的军记物语和抒发隐遁者之情的僧人随笔。军记物语中臻于成熟的经典之作是记述平源两大武士集团兴衰始末的《平家物语》。小说刻画了平清盛等骁勇善战的武士英雄形象，再现了他们自信向上的精神风貌，客观上反映了贵族社会向武士社会转变的时代本质。僧人随笔中的传世之作是鸭长明的《方丈记》和吉田兼好的《徒然草》。两篇随笔各具特色，被誉为随笔文学的双璧。该时期诞生的"能"与"狂言"是日本戏剧史上辉煌的开端。"能"着重演唱、舞蹈表演，具有庄重典雅的正剧特点；"狂言"以幽默滑稽的科白为主，体现轻松诙谐的笑剧风格。世阿弥（1363—1443 年）在能乐的表演艺术和创作理论等方面做出了开拓性贡献。

江户时期（17—19 世纪）

商业经济的发展带来了社会结构的变化，町人阶级（市民阶层）作为社会的主体逐渐成为文学作品的欣赏者。适应他们的审美要求，松尾芭蕉在贞门、谈林俳谐的基础上，推出了世俗化的蕉风俳谐，井原西鹤谱写了町人的商业生活和享乐生活，丰富了浮世草子（风俗小说）的创作内容。近松门左卫门的净琉璃（木偶戏）更广泛地表现了社会下层人物的生离死别、喜怒哀乐。这种以俗为美的美学追求，导致轻文学（戏作文学）的产生，给后世文学带来一定的消极影响。

明治时期（1868—1911 年）

坪内逍遥（1859—1935 年）的小说理论著作《小说神髓》的发表，具有近代文学启蒙的性质。二叶亭四迷写出近代第一部现实主义小说《浮云》，森鸥外相继发表近代最早的浪漫主义小说《舞姬》，确立了近代文学的发展方向。砚友社作家群的代表尾崎红叶（1867—1903 年）的名作《金色夜叉》是 19 世纪末最畅销的小说。20 世纪初，受西方影响，自然主义文学兴起。代表作家岛崎藤村的长篇小说《破戒》具有强烈批判现实的倾向，田山花袋的小说《棉被》却不乏自然主义文学的特点，受到自然主义文学理论家的赞许。卓立于这一运动之外的作家夏目漱石，其代表作《我是猫》以嬉笑怒骂的讽刺给予近代社会的种种弊端以有力抨击。

大正时期（1912—1925 年）

近代文学进入末期，以武者小路实笃（1885—1976 年）为首的白桦派作家和以芥川龙之介为代表的新思潮派作家等为文坛主流。芥川的小说以怀疑主义对"人性的自私"等社会现实进行考察，悲观的结论导致其自杀，也意味着大正文学发展的终结。

昭和时期（1926—1988年）

这一时期，日本现代文学开始形成并得以发展。初期文坛的主流是无产阶级文学。1928年全日本无产者艺术联盟（简称纳普）成立，促进了无产阶级文学的成熟。小林多喜二和德永直（1899—1958年）的小说《蟹工船》和《没有太阳的街》是典范之作。与革命文学并立的是新感觉派作家，其代表横光利一（1898—1947年）和川端康成等在当时有一定影响，在那时，推理小说也开始了蓬勃发展，江户川乱步、横沟正史、松本清张等作家的作品横空出世，使日本成为一个超级推理大国。1937年日本侵华战争全面展开至第二次世界大战结束期间，许多作家被征集从军，文坛冷寂不振。第二次世界大战以后，文学流派竞生，作家辈出。进步作家宫本百合子（1899—1951年）的小说《知风草》《播州平野》（1946—1947年）和德永直的长篇小说《静静的群山》，以及老作家志贺直哉的《灰色的月亮》、井伏鳟二的《遥拜队长》等优秀作品，都获得好评。战前即已成名的川端康成以《雪国》《千只鹤》和《古都》三部小说获得诺贝尔文学奖。战后新作家中，野间宏的《真空地带》、井上靖的《天平之甍》、水上勉（1919—）的《越前竹偶》、松本清张的《日本的黑雾》、司马辽太郎（1923—1996年）的《龙马奔走》等作品有较大影响。20世纪60年代中期，文学发展进入新时期。除一些严肃作家写出许多有社会意义的作品外，小松左京（1931—）的科幻小说《日本沉没》及一些破案推理小说等也颇受读者青睐。20世纪70年代，内向文学的代表作家阿部昭（1924—）等人的作品，及描写当代商潮的经济小说等，都对文坛的繁荣起了推动作用。城山三郎、高杉良、安土敏等一批作家活跃在20世纪80年代，他们的创作把日本经济小说提到一个新高度。进入20世纪90年代后，随着大江健三郎的作品获得诺贝尔文学奖，现实主义文学重新受到重视。

二、日本文学的独特性

日本文学的独创性源于其产生的特殊背景。客观上，依然要强调日本文学与中国文学的关系，毫不夸张地说，日本文学是中国文学在异国他乡抛下的“种子”，但在发展中却呈现出完全不同的格局。其中，中国文学具有强大的“根系”，基于中华文明一脉相承的优势，根源稳定但覆盖面广泛，因此，中国文学往往以“时代”来划分特征，恰如“唐诗、宋词、元曲”。日本文学则不具备时代性，而以“地域性”进行发展，文学发展的过程中是集中在某

一城市或区域的，如公元9世纪日本文学主要集中在京都地区，被视为“京都文学”，到了所谓“江户时代”，又兴起了“江户文学”。需要说明的是，“江户”仍然是一个地域概念，指的是“江户城”，也就是今天的东京。

此外，日本文学的产生是以不同阶层的方式发展的，如平安时代文学阶层的代表是贵族、僧侣；江户时代扩展到武士、市民，文学阶层的扩展虽然促使文学形式更加丰富，但又造成文学风格独特性的局限，主要表现在文学与社会、经济、政治等脱节，奠定了其“物哀”的特色。

日本文学“物哀”的特色强烈地反映出日本文化的独特性，抛弃自我个性，更注重对客体内涵、本质的观察，从而建立两者之间的情感联系。比如，《源氏物语》一书中描写了大量触景生情的内容，而这些都源于日常生活，实实在在的内容却被隐藏，表达出一种委婉、内敛的审美观念。

三、日本文学折射的日本文化独特性

学术界关于“日本文化”研究有很多观点，从多角度表明了日本文化的独特性。例如，在固守传统方面体现出的“东方文化”特点，“明治维新”以后所呈现的“西方文化”特点，以动漫为代表的“创新文化”特点等。整体上，日本文化表现出强烈的“借鉴”“模仿”“组装”“嫁接”等能力，立足当今世界文化体系，著者将其笼统地视为“再生性文化”——对传统文化形态的坚守与对新兴文化的期待同样强烈，从而形成了一种文化元素复杂、胶着的发展形态。我国日本文化研究学者王勇在《日本文化论：解析与重构》中提到，日本对自身提出了“洋葱文化”的结构观点，即日本文化整体上如同一个“洋葱”，每一层都十分丰富，并具有相当的沉淀量，但当“洋葱皮”全部剥光后，日本文化并没有一个稳定的内核或系统，这一观点与日本学者石田一良提出的“变形玩偶”观点十分相似，但否定了日本文化缺乏内核的说法。当“玩偶衣装”退去后，日本文化仍然会回到原始状态，并寻求下一件“玩偶新装”，从这个角度说，日本文化的独特性本质上是日本社会或日本民族的独特性。

日本文学发展历程中，也将日本文化这种独特性表现得十分充分。一方面，古代日本文学在创作、传播等领域都存在小众化形态，主要人群分布在贵族和僧侣群体中，社会层次中不存在具有大量文化知识的创作者、传播者，由此也限定了文学的发展方向。贵族、僧侣的身份特点，造成了“脱离现实批判”的特征，往往展示的是生活情趣、自然风物、宗教神话等。另一方面，日本文学发展与日本所处的自然生态环境相关，面对地震、火山等频繁爆发的自然灾害，以及战乱失序的社会空间，人显得十分渺小，在这种狭促跌宕的生命历程中宛如浮萍，心灵上急需一种稳定的归属，从而更倾向于寓物想象。

由此形成了日本文学中严重的“物哀”倾向。所谓“物”是指客观事物，可以理解为文学描写或赏析的“客体”；“哀”不是“哀伤、沮丧”等单纯情绪描述，也包含喜悦、愉快、乐趣等情感种类，可以理解为“审美情感”；“哀”的悲观感情色彩仍然是一大特色，在文学中占据了相当比例。整体上，“物哀”所表达的含义为“触景生情”，类似中国古代文学中“情动于中而形于言”，只是在内容表达时注重“淡化自我”，强调“感物伤情”，这一点与中国文学存在很大的差异。中国文学中感物、写物、赏物的表达中“不止于物”“突出自我”的特点很明显，例如，同样是“借景抒情”的诗句中，李清照描写“寻寻觅觅冷冷清清凄凄惨惨戚戚”，欧阳修描写“泪眼问花花不语，乱红飞过秋千去”等，人的主观性是凌驾于物的，在情感抒发上以自我为中心。而日本文学作品中更看重“物”本身，如俳句“山谷明月光，流萤皆彷徨”，又如和歌“采菊初霜日，霜白菊亦白，菊霜不可辨，反复迟疑摘”，日本文学中这种“空山不见人，但闻人语声”的“物哀”特征十分常见。

总之，认为日本文化属于“东方体系”或“西方体系”都是不科学的，这否定了日本文化独特性的根本观点。中西文化兼而有之的表现，则可以窥得日本文化哲学的本质。整个日本文化在古代、近代呈现出“跳跃性”的发展，不仅没有导致文化体系崩溃反而进一步稳固，说明日本文化呈现出虚心学习、不墨守成规的优点。也可认为，这是缺乏稳定文化内核下的相对优势，从而形成营养丰富的“文化杂烩”，是对不同“文化食材”的特殊加工，也形成了完全不同于源头文化的形式，如“日本茶文化”，虽然源自中国，但“茶道”却是格格不入的。自然、劣势就在于模仿、借鉴、移植等过程中形成的文化失序现象，如日文中的平假名、片假名及英文等夹杂形态。著者认为，独立文字系统是维护一种文化形态的基本保障，很显然这是日本文化中所缺乏的。

文化的“独特性”来源于对比，既包含文化整体，又包含文化不同的载体。文学是反映一个国家文化的重要载体，从日本文学历史发展角度入手，不难发现其与中国文学的密切关系。日本文化的独创性维持，可以简单地理解为依赖不断地“新引进”或“新加工”，不断地扩大“洋葱”的体积和层数，这与中华文化一脉相承的特点是大相径庭的。

第二节　日本文化的追溯及特征

一、日本文化的发生地域特点

日本文化的发生与其地域有着密切的关系。从地域上看，日本四面环海，与其他国家分割，形成了相对封闭的环境；从地域内部看，众多的生存空间相互排斥、竞争，自然而然地使不同地域的人们产生界限。

日本位于亚洲最东部，回环着浩瀚无际的大海，国土面积的 70% 是山地，30% 是平原，没有荒漠，更没有大荒漠。在日本列岛上，最高的富士山只有 3776 米。日本境内河流纵横交错，但河床都很短浅，冲积平原散落沿海地带，面积大都很狭窄，稍宽阔些的关东平原也只不过 16172 平方公里。所以日本的自然景观小巧纤丽，平稳而沉静，再加上日本的地形南北走向狭长，南端与北端虽然存在着寒带和热带的气候差异，但主要地方则处在温带。尽管也有台风、大地震，但从整体来说，日本列岛气候温和，四季变化缓慢而有规律，基本上没有经常受到大自然的严酷压抑。同时，日本雨量充沛，气候湿润，全国 1/3 的土地覆盖着茂密的森林。可以说，日本这种具有代表性的风土、这种具有特殊性的大自然，无疑成为孕育日本文化的基础之一，直接影响着日本国民的基本性格和原始生活意识、文学意识。

每个民族都有独特的文化，日本也不例外，它的文化富有鲜明的个性，以极端性和双面性被世人所熟知。日本人行为和文化充满了矛盾。探索日本文化发生的根源，有助于深入了解日本文化的矛盾性。

（一）地域分隔与整体

一个民族特有行为的产生，都是以其独特的地理环境为基础。从地域上看，日本诸岛由北海道、本州、四国、九州四大岛和 6800 多个小岛构成；从整体看，日本与其他文化分隔，较为封闭。从一些古书的记载可知，日本先民在这些岛屿上生活，与世隔绝，在岛内，国与国之间的界限就是山岭和河流，被分成的平地狭小、封闭。在海岸，有许多山的半岛突出于海中，在一些海湾深处偶尔能见到一些小的平地。一些较大的沿海平地，被一些急流划分成了几个区域，这些区域不仅仅是地理位置上的差异，也在微观气候上有着不同。这些就是日本先民最初的生活区域，这些区域被山川、河流分割，狭小、封闭，地域与地域之间有细微的差异，正是这些小的地域孕育了日本文化。

所有事物的发展都深受其原发性部分的影响，对于一个民族的文化来说也不例外，原发性的部分体现了民族文化的本质，是一个民族文化的根源。日本先民最初生活在一个个相对封闭、异常的狭小地域中，虽然看似简单，但其中蕴含了深刻的奥秘，这种奥秘最终成为日本文化的发生点。与日本相比，中国先民最初的生活场地幅员辽阔、地域广袤、大气磅礴，许多文人墨客都感慨中国地域之广大。可以看出，日本的地形使得地域之间呈零碎状，而中国则是将一整块广袤的土地环抱其中。从地域感知度可知，小地域能够感受到具体的边界，具体的边界能够形成操作层面上的整体，而对于中国的广袤空间来说，人们很难感受到实际的边界，很难在操作层次上实现整体。因此，对于中华民族来说，具体的边界大多依靠家族、家庭来划分，而家族、家庭的划分以血缘关系为依据，而不是依靠理念和思想。因此，中国传统文化虽然包含有“大一统”，但最终未能形成地域集团式的生活方式。为了适应封闭的、隔绝的自然环境，日本先民选择了地域集团式的生存方式，他们所生存的地域有良好的水、光照等自然条件。在弥生时代，稻作文化以同一水系的居民作为凝聚对象，逐渐成为“世外桃源”。在稻作文化中，稻作的生产有品种单一、劳动密集、资源共享等特点，使水稻种植户之间必须积极联系，以利用水路、公路等设施，简单地说就是要充分集中农田以提高水资源和公共设施的利用率，或者共同敬神、祈雨等，从而把这些人集中在一起，形成了共同生产和生活的群体。

对于这种生存共同体而言，他们所需的空间是自然给予的，与广阔的空间比，其更加封闭和独立。

（二）特征鲜明的海洋文化

有学者说：“海洋文化，就是和海洋有关的文化，其本质是人类与海洋的互动关系及其产物。”因此涉海性是海洋文化的显著特征。日本是四面环海的岛国，其文化的形成与发展必然受到海洋的影响，其文化产物也必然与海洋息息相关，存在海洋性特点。

1. 饮食文化

日本饮食文化的海洋性体现在原材料上。典型的日本料理有寿司、刺身

（生鱼片）、天妇罗、章鱼烧、清酒等，多以鱼食为特色。日本人自称为“彻底的食鱼民族”。据日本政府2013年度《水产白皮书》称，2012年日本国内鱼类产品食用消费量为652万吨，处于世界前列。

在日本，伴随着鱼食文化的兴盛，各地渔民每年都会举行相应的祭祀活动来庆祝丰收，如“鲍鱼祭”“虾祭”“螃蟹祭”“海胆祭”等。还有一些与鱼有关的节日，如每年的5月5日为日本的男孩节，也叫“鲤鱼节”。

2. 服饰文化

日本的传统民族服饰是和服，因日本属“大和民族”而得名。它起源于中国隋唐时期的官服，后经日本人历代改良，逐渐发展成为适合日本民族穿戴的独特服饰。

和服种类繁多，根据性别、场合不同而不同，且穿戴繁琐，需别人帮忙才能完成。根据季节不同，和服表面会纹上不同的图案。和服几乎全部由直线构成，只在领窝处开一个口子，如将和服拆开，其面料仍然是一个完整的长方形。和服以直线创造美感，能显示出庄重、安稳、宁静等特点，适合不同体型的人。

和服蕴涵着日本文化的海洋性特点。日本地处日本海和太平洋的包围之中，属温带海洋性季风气候，四季分明。日本人对自然的变化极其敏感，体现在和服上，是根据季节而描绘的不同纹样图案，这些图案多以动植物及自然现象为主，如花鸟虫鱼、松竹柏、山水川等。另外，日本夏季全国气温普遍较高，降水充沛，气候炎热，为了顺应这一环境，和服设计宽松，衣服上的透气孔有8个之多，且和服的袖、襟、裾均能自由开合，具有良好的通气性。

3. 建筑文化

日本的传统建筑明显受到海洋性季风气候的影响。在日本绝大多数地区，夏季通常漫长、炎热而又潮湿，为适应这种气候，日本传统房屋的底层稍稍抬起，脱离地面，使房屋的四周和下方保持良好的通风状态。日本传统住宅几乎都是木结构的，因为木材具有冬暖夏凉、柔韧抗震的特性，因而成为日本建筑的首选材料。

日本传统住宅的典型代表是和室。和室地面铺有榻榻米，在和室里不需要穿鞋子（包括拖鞋），赤脚走在以自然素材灯芯草做成的榻榻米上，犹如徜徉在大自然一样。和室内部是开放式的，没有实墙，仅用活动的拉窗或隔扇分割，既保证了空间的利用率又兼具便利性，同时纸质和木制的拉窗或隔扇具有良好的吸潮调湿作用。又因榻榻米的使用，和室具有冬暖夏凉的特性，充分体现出日本民族与海洋互动时的智慧。

另外，日本民间普遍存在着海神信仰。海神信仰指日本海民群体在其所从事的涉海生产生活过程中，为确认自身与海洋之间的关系而进行的一系列旨在表达对各种人海关系的认知情感的文化实践活动，以及由此衍生的文化实践手段。海神信仰与日本神道教关联密切，带有自然崇拜、祖先崇拜、天皇崇拜及多神崇拜的神道特点。今天，日本仍存在专门的“海神神社”和法定假日“海之日”。日本宗教信仰亦呈现出海洋性特点。

二、独特的东亚文化现象

日本吸收中国文化是多方面的、长期的历史过程。汉字和汉文、儒学、律令制度和佛教是日本吸收中国文化的主要内容。正是在中国文明的巨大影响下，日本在公元 4 至 5 世纪就渡过了野蛮阶段，进入了文明阶段。从古至今，日本文化的发展还有它自身的许多特点，有许多既不同于中国，又不同于西方的发展规律，从而形成了独具一格的东亚文化。

（一）文化的吸收性和独立性

汉字对日本语言的产生和发展产生了重大影响。最早由中国传入日本的文字是铭文，也就是刻于钟鼎上的文字。公元 3 世纪时，孔子、孟子等人的著作陆续传入日本，这为日本文字的出现打下了基础。公元 10 世纪，日本人通过简化、模仿草书创造出平假名，又根据汉字的偏旁部首，创造了片假名。同时，日语也保留了汉字，现代日语中常用的汉字有 1945 个。从历史上看，在 1000 多年的时间里，日本大量吸收了中国的汉文化。鉴真和尚东渡的事迹就流传甚广。日本奈良（なら）现存的唐昭提寺就是为了专门纪念鉴真和尚而建，鉴真在日本大力弘扬佛学思想，是日本律宗的开山祖师，他不仅传授佛学，还传授百科知识，特别是医药知识。更为有趣的是，鉴真还是日本豆腐之祖，几乎同一时代的日本和尚荣西，也前往唐朝学习禅宗知识，回国后成为日本禅宗的开山祖师。值得一提的是，他从唐朝带回了茶种，荣西为此还专门著有《吃茶养生记》，饮茶之风由寺院传开，荣西也成了日本茶道之祖。1868 年德川政权崩溃、明治维新开始后，日本进入了“文明开化”时期。在这个时期，日本按照 11 世纪前全盘接受中国文化的方法引进西方的文化，并取得了巨大的效果，为建设一个现代化的国家奠定了基础。任何一种文化的形成与发展都要受许多因素的影响，本国的和外国的历史及佛教、儒教甚至基督教都曾对日本文化起过作用。日本在变化，却从未真正脱离其最古老的本土文化根源。

以上这种情况可以从日本社会的许多现象看出来。现在电视、空调、汽车、电脑、出国度假等元素已深深地渗入了日本的普通家庭，日本人的生活表面变得无可辨认了。尽管如此，在现代化的帷幕背后仍旧保留了许多属于日本本土文化的东西，从深层分析看，日本仍是一个传统的国家。例如，他们爱吃生冷的食物，比较崇尚原味；喜好素淡的颜色和天然情趣；家族势力、家族意识和集团意识很强；民间信仰和巫术盛行；女子对男子的温顺和依赖等。

（二）文化的输入与输出

日本是个十分重视也十分善于吸收和引入他国文化的民族，从 7 世纪的“大化革新”大规模地引入大唐文化，到 19 世纪的“明治维新”大规模地吸收与引入西方文化，都对日本的发展进步起到了巨大的推动作用。特别是日本在战后将视野再次转向了西方发达国家，大力借鉴美英俄为代表的现代西方文化，从而实现了现代化高速发展。

虽然日本在很多方面移植了其他国家和民族的文化，但不是照搬和全盘西化。比如，中国的佛教宣扬的是“出世”思想，和尚的戒律十分严格；在日本，僧侣可以结婚，僧侣是作为一种职业存在的。又如，中国的儒家思想以孝为本，尽忠次之，自古忠孝不能两全；而日本人则提倡忠孝一体，而且忠的地位要远远高于孝。再如，欧洲的管理方式讲求个人主义，个人的表现占主导地位；在日本，管理中追求的理念则是团队精神，有时为了保证团队的利益，不惜牺牲个人利益。

随着日本经济的高度增长，日本向外推销自己文化的意识越来越强烈，而且提出了战略性的口号，那就是曾任日本首相的中曾根康弘所说的“国际化”。在这方面，日本政府投入了大量的资金。据 20 世纪 90 年代的一份统计资料表明，由日本官方机构主持的海外文化交流项目，诸如邀请或派遣学者、留学生，开展大型文化活动等，每年的经费预算为 10 亿日元。日本外务省所属的国际交流基金，鼓励、资助的主要是和日本有关的项目，如国外的日语教育，日本文化和文学著作的研究、翻译和出版，或与此相关的文化活动。政府的这种大投入推销本国文化的举措收效显著。日本的茶道、花道之所以享誉世界，日本的文学作品之所以有众多语种质量较好的译本，和这些举措是有密切关系的。

（三）日本旧时的官方文化和民间文化

在日本古代，不论政府如何强调外来文化，民间文化在很大程度上还是有所保留。例如，在平安时代（794—1185 年）大力提倡学习大唐文化的时代，日本所有的文人男子都用汉语写作，但是妇女不用学习，结果她们成为日本本土文学的先驱。

在一个很长的历史时期内，人们可以在政府准许、控制的许多地区的界线内随心所欲。在那里，男扮女装的演员、男性卖淫者、妓女、木版画家都能取悦于神。江户时代的城市民间文化，尤其在比较繁荣的 17 世纪，和这个狭小的享乐世界有千丝万缕的联系。许多作家、音乐家、演员、画家都出入于或活跃于这个受官方蔑视却深受平民喜爱的“放荡世界”。暴烈的娱乐和荒诞的色情在官方的严格控制下仍旧成为人们发泄情感的重要手段。不论时代如何变迁，这类文化的根本性变化很小，对这个现象的重要性是不可低估的。

三、日本文化的符号现象（菊花、刀、樱花）

提到菊花，往往给人一种艺术的美感，体现了日本人爱美、尊崇艺术的情怀。翻开日本的历史我们可以看到，除了丰臣秀吉的侵朝战争以外，近代以前的日本基本上不存在侵略战争，日本人喜爱花鸟风月的性格正是源于长久以来相对和平的历史氛围，从这点来看，日本人具有爱菊、赏菊的和平的一面。

镰仓时代初期，后鸟羽上皇对菊花情有独钟，在平安朝代初年，皇室乃至公卿贵族和文人墨客都大力推崇菊花。在重阳节这一天，皇太子率公卿幕僚到紫宸殿朝拜天皇，君臣共赏金菊、共饮菊酒。10 月，天皇再设残菊宴，邀群臣为菊花饯行。正是由于菊花的高贵和纯洁，再加上神话传说中菊花与长寿有着难以说清的渊源，所以，菊花得到了皇室的青睐，逐渐成了皇室的象征。

1868 年，日本的《太政官布告》规定把菊花定为天皇的专用徽章，象征着最高权威。1869 年，《太政官布告》进一步规定禁止皇族以外的其他人使用菊纹，此后这一禁令有所缓和。具体来说，天皇的家徽是十六花瓣的重瓣菊花图案，天皇家族的家徽则是十四花瓣的背面菊花图案。日本皇室的徽章就是十六花瓣的重瓣菊花，金黄色，呈放射状，好似太阳的光芒，日本的国旗也是惠及万物的太阳图案。这是因为日本人把皇室祖先看作“天照大神”来崇拜的缘故。除了皇室的徽章，日本警察厅的徽章、国会议员们胸前佩戴的徽章，以至日本护照封面上的图案都是菊花，菊纹还出现在日本海军

军舰的舰头上，特别是在日本靖国神社的门口赫然悬挂着十六花瓣的菊纹徽章，成为军国主义的象征。

日本人偏爱白色的菊花，天皇的衣服是白色，象征着高雅和神圣；日本近代武士的衣服也以白色为主色调，象征着崇高的精神。日本人用白色表示和平与神圣，与表示恶的黑色形成强烈的对比。平安中期以后，日本人从喜爱黄色菊花到喜爱白色菊花的转变在和歌中可以得到明显的体现。尤其是白色的菊花经过晚秋或初冬时分冻霜和小雨的洗礼，在凋零前常常变成了紫色。这种色彩变化的景致会给人一种即将幻灭的独特的美感。变成了紫色的菊花拥有着至高无上的美，因为在圣德太子制定的《官位十二级制度》中紫色排在首位，紫色是象征天皇及天皇家族的尊贵的颜色。

在日本的文化符号中，刀无疑代表了武士精神。新渡户稻造在《武士道》中指出，武士道把刀当作力量和勇敢的象征，武士佩戴在腰带上的东西，也就是佩戴在内心的东西——是忠义和名誉的象征。原始社会时期，居住在竖穴里、靠捕鱼打猎为生的日本人属于阿尔泰系的游牧民族，本质上具有游牧民族好战的性格。历史上，日本曾有很长一段时间由武士集团建立稳固的军事体制并置于武士阶级的统治之下，武士阶级处在社会的上层，持有“苗字带刀”的特权。先天的秉性再加上后天的条件，封建时代的日本人有着尚武的习气，非常好战。明治维新以后，人们把对武士阶层的崇敬之意转为对军人和官僚的仰慕之情，日本政府也公然认可社会阶级的层次差别，将日本的户籍体系分为华族、士族、平民和新平民，这一体系一直沿用到昭和初期。

从菊与刀的特性可以看出日本民族的矛盾性：日本人既醉心于菊的柔美，又崇尚刀的锋利。从这个意义上来说，菊与刀是矛盾的对立面。

一个民族的审美意识同它的地理环境、政治、经济有关，而樱花美学意义和价值的形成是日本历史和文化长期积淀的结果。透过樱花的美学含义，我们可以探究日本民族所走过的精神和文化历程，对今后更进一步的研究大有裨益。

樱花文化意义的起源与日本早期的宗教崇拜有关。日本最古老的书面文学作品《古事记》上记载着“木花佐久夜姬”的传说。该传说讲述了天皇的祖先、天照大御神的孙子迩迩芸命降临人间时与木花佐久夜姬一夜成婚，从此繁衍后代，成为大和民族的始祖。至此之后，木花佐久夜姬的化身——樱花就有了“魔咒”“神力”。于是，人们顶礼膜拜樱花神，祈求她的庇佑。但这很难说这就是樱花美学意义的起源，樱花的美学意义的真正起源应该来自农耕文化。

在生产力极低的远古时代，人们祈求樱花神的庇护是为了让神灵保佑农作物的丰收，实际体现了人类对自然的崇拜。这种朴素崇拜的起源可能是因为樱花盛开之时正合农时令节，平均气温适中（12℃左右），稻田水温较高，不必担心冷空气的袭击，此时种植能保丰收，樱花开放意味着稻谷种植的开始。随着农耕文化的发展，樱花的美学意义逐渐产生了。在春色烂漫的日子，面对锦簇盛开、漫山遍野的樱花，人们人都会联想到美好与丰收。因此，人们将樱花和繁荣、美丽联系在一起，也是自然而然。

每当樱花盛开，日本人都会围着樱花树载歌载舞。在他们眼中，樱花繁花似锦的美实际上是农耕女神驾临人间、赐人丰收的外在形式。这一将自然物与人类的审美直接联系的现象在早期的人类社会是十分普遍的。因此，在日本，人们最初是欣赏樱花的“盛开之美”。而这一审美观点也影响了稍后出现的贵族赏花的审美活动，即“花宴”。

日本奈良时代至平安时代初期，中国梅花和赏梅习俗传入日本，日本诗文中也出现了咏梅的内容，赏花的热情也开始由“梅”转向了“樱”。在《古今和歌集》134首春歌中，樱歌就占了一百多首，而梅花只有20首，这与早期崇尚梅花的《万叶集》形成了鲜明对照。平安时代，每年春天樱花盛开时，贵族们便举行豪华的樱花宴，即所谓“花宴”。上流社会的这种樱花宴政治色彩极为浓厚，它不仅是王权的象征，也是贵族们显示财富的社交场所。

直到大约平安时代中期以前，樱花在日本人的心目中都是美好明艳的象征。在这里，樱花是作为生机勃勃、繁华美丽的形象而存在的。此时期，即使吟唱落花的和歌，也都是积极向上的，落花也被认为是生命再生的预兆。

平安时代中期（9—11世纪）以后，随着平安王朝的结束和贵族文化的衰败，人们对樱花的审美体验逐渐由开放时为其美丽感到欢喜愉快转变为樱花凋落时感到怜惜和哀伤。在自然的变幻无常及佛教的影响下，人们在对客观世界的认识中形成了生命无常的思想，而这种无常观不断得到提高和洗练，最终成为日本人追求的“物哀”美学理念。正如《徒然草》兼好法师所言“万事始与终，方最显情趣”，日本人开始认为凋零的樱花比盛开时更令人动情和感伤，是体现“物哀”这一无常之美的最好的载体。

随着“物哀”审美观的发展和演变，樱花的美学意义也逐渐发生了转变。10世纪时，由于地方豪强地主的壮大和发展，出现了为扩大势力、保护庄园经济的武士阶层。对武士而言，能为主君尽忠，即使生命短暂，但也像樱花般绚烂多彩过。樱花的易逝、洁净之美恰如其分地反映出武士的内心追求和精神，成为武士道精神的象征也就成了自然而然的事。因此，到江

户时代，武士道精神和道德观念已经成为日本整个民族的普遍追求的道德标准。樱花的美学意义进一步深化了，其中具有代表意义的是“花中樱花，人中武士”。

明治维新至二战结束，军国主义分子大肆宣传所谓“为了大和民族，勇敢的武士们，让我们像樱花一样为国奉献吧”等煽动口号，樱花在军国主义者眼中已不再是美好情感的象征，它代表大和民族的灵魂，是“英勇”的标志。而在那些即将死亡的士兵遗言中，大量出现诸如“教儿应如此，似山樱凋散”“樱花为凋散而开，只因散花成英雄”等语句。樱花就此成了军国主义的象征之一。

因为受到武士自杀美学的影响，日本是世界上自杀率最高的国家。实际上，从日本人崇尚消亡的审美理念来看，其自杀行为又是一种顺其自然的行为，诚如丹纳所说：“艺术家从出生至死，心中都刻着苦难和死亡的印象。”因此，在日本，文化人自杀几乎成了一种时髦，他们希望像风吹落樱一样痛快地死去。

二战结束后，日本民族对樱花的审美价值的认识逐渐摆脱被扭曲历史的影响，战前占支配地位的“死亡之花”观念逐渐消失，现在的日本人大多将樱花视为春天的象征、美好生命的化身，人们更多地会想到聚会、恋爱等，日本民族对樱花的审美价值走上了正常的道路。从另一个方面来说，现代日本人对樱花之美的欣赏更多的是单纯地将樱花看作一种美丽的花卉来欣赏，因此樱花的美学意义不再具有特定的内容，而樱花之美也回到了它原本的植物之美。

四、从日本文学看日本文化的独特特征

如今是一个文化大爆炸的时代，人们越来越重视对世界各地文化的研究。在日本文学研究中，日本文化占据了主要地位，从文化中理解和把握日本的政治、经济及社会问题的内涵，从日本文学的发展历程与日本文学产生的社会背景，探讨了日本文化的独特特征，进一步研究这些问题的本质。

近年来，许多研究日本文化的专家和学者都对日本文化提出了自己的见解，有的把日本文化解读为唯美文化，有的则把日本文化称为武士文化，其实这些都是日本文化的一部分。一种文化，包括日本文化是有很深的内涵与多样性的，在历史的发展中也总是在“变”，也就是说，文化是特定社会的文化，不一样的社会会产生不同的文化，文化具有鲜明的时代性，某一时代

具有某一特征，而作为文化一个重要组成部分——文学，则具有人类的共性（世界性），同时具有民族的特定性（民族性），还具有历史的延续性（稳定性），在历史的不断演变中也在吸收不同时代的特点（变异性），我们要挖掘日本文学潜在的特征，以此来研究日本文化的独特性。

（一）日本文学发展历程

日本文学的发展历程十分漫长，具有独特特征。在一个时代中，日本文学可以作为主流文学被人们所认可，也能够随着时代的进步被传承下去，而不被新型的文学所淘汰，因此现在的日本文学身上还有许多旧的文学形式，并没有被新文学全部代替。例如，在古代的抒情诗格式中，短诗是主要的形式，而室町时代的俳句则可以看作是短歌的演化产物，俳句中也包含日本的传统文学特征，符合人们的审美情趣，能够让人们感受到浓浓的“闲寂感”，其中的集大成者就是被人们称为“俳圣”的松尾芭蕉，他将这种“闲寂感”进一步扩大形成了一种别致的风雅美，拓宽了日本诗歌美学范围。进入20世纪，日本接收了大量的欧洲文化，因此日本文学又呈现出了另一种形式，多种多样的日本文学形式如平安时期的“物哀”、江户时代的“风流”等，不仅没有跟随旧时代一起消亡，反而被新时代所接受，继续传承与发展。总而言之，日本文学的发展特征是新旧共存，而不是新文化代替旧文化，具有较强的历史统一性。

（二）日本文学产生的社会背景概述

我国的文化不受城市的约束，而日本不同，文学活动只集中在较大的城市中尤其是京都，公元9世纪以后，日本多数文学活动活动于京都，其他城市则逊色很多，18世纪以后，江户文学兴起，江户与京都逐渐成了文学中心，也就是说，无论时代怎样变化，京都一直是文化的中心，直到明治维新，东京才逐渐成了文学的中心。

另外，文学的阶层随着时代的变迁也发生着不同的变化。在平安、镰仓时代，文学阶层主要是贵族、僧侣等人，江户时代的文学阶层主要集中在武士、町人、商人和农民，文学阶层的不同，自然导致了文学形式、素材的不同。日本文学还有一个特点是文学家都会被编入一个封闭的集团内，如平安时期的贵族集团、德川时期的武士集团等都会得到该集团内部人员的支持。

（三）日本文化的独特特征

1.倾向“物哀”，远离政治

世界上大多数文学作品与政治有着或多或少的联系，尤其是中国的文学与政治联系很密切。我国唐代诗人白居易就曾经说：“文章合为时而著，诗歌合为事而作。”许多作品也与当时的政治有很大的联系，如范仲淹的《岳阳楼记》等。但是日本文学呈现出了很强的脱离政治性，明显区别于世界文学。

一是日本文学脱离政治的原因。日本不同历史时期的不同文化阶层，都对政治不感兴趣，如古代的贵族、中世纪的武士、近代的农民等，还有自然主义文学、浪漫主义文学、现实主义文学等，从事这些文学的人同样不关心政治，犹如局外人一般，正是这个原因导致了日本文学远离政治的独有特征。

日本的文学家都比较认可艺术必须要与政治保持一定的距离，甚至要高于政治和现实。他们认为，一旦文学与政治有了联系，那么这种艺术将不再是高雅的反而沦为庸俗了。

二是日本文学的倾向——物哀。所谓物哀，是指人们受到客观事物的触动而产生的或悲或喜的优美、纤柔的情绪，是日本传统审美观的主要组成部分，这一点与世界文学有着较大的区别。例如，传承了日本文化与传统的《源氏物语》中，“物哀”一词出现了十四次，使“物哀”成了独具一格的日式浪漫。日本文人在遇到一些事物后用语言文字将心中所想书写出来，就形成了“和歌”或“诗歌”。所以说“物哀”是日本文人表达心境的一种方式，把人类最真实的感动表达了出来，对日本后世的人生观与审美情趣有很大的影响。可以说，崇尚“物哀”是日本文学家的普遍特征，他们一般看中柔美的情绪，特别重视腼腆、文雅等风格。再者，女性的情感普遍比男性细腻，这使古代的文人中有一部分是女性。女性以自己独特的视角描写了自己的所思所想，使日本文学的哀怨、惆怅等风格更加明显和深刻，甚至有学者说是女性造就了日本文学惆怅的基调。所以，尽管日本文化受中国文化的影响很深，但是崇尚“物哀”这一特点始终没有改变。“物哀”也成为评价日本文学作品优劣的重要因素。

2.既注重继承沿袭，又注重吸收变异

从日本文学发展史来看，日本文学融合了多种民族文化，并且将这些文化化为己用，形成了自己的风格。

日本的古代文化与中国一脉相承。汉朝以来，中国各个朝代的文化对日本有不同程度的影响，甚至日本的文字都是由汉字演化而来的，古代的日本文学家对中国的文学非常熟悉。例如，《源氏物语》就从白居易的《长恨歌》中挖掘了很多素材，才使文中的贵族生活描写得如此细腻。再如，日本的一些神话和故事中能够找到中国文化的影子，这些文学家对中国古籍的借用不仅限于文字方面，他们往往能抓住文化的内涵，将之不露声色地运用到自己的作品中。中国的一些文学家在日本也是享誉盛名，如白居易、苏轼、罗贯中等。中国的文学作品同样受到了日本人的追捧，如《三国演义》等通俗小说的流行，对日本的读本创作就有很大的影响。

汉诗作为日本文学的主要形式，在日本已经有 1300 年的历史了，其风格的转变受到中国很大的影响。例如，日本最初的汉诗集《怀风藻》中的诗篇就可以看出是受了中国古诗从六朝到唐诗转变的影响，内容也受到了中国宗教观念的影响。日本的小说也有许多“翻案”文学，这些作品对日本形成自己的风格有巨大的推动作用。

19 世纪，日本发动了明治维新，一些政治家和思想家开始把眼光放到全世界，向世界追求知识，这促进了那个时代的新文化运动。在这一运动推动下，欧洲的文化传到了日本，迅速渗透到日本社会的各个层面，推动了日本的近代文化活动，使日本文学也加入了世界文学行列。传入日本的欧洲文化中，有英国的功利主义、法国的自由民权美国的实用主义，以及德国的国家主义。这些文化对日本人民的思想造成了较大的冲击，造成了日本文化的重大转变，使日本只用了几十年时间就完成了欧洲文学的发展过程。这一时期内，日本的文学流派逐渐增多，无论是哪个流派，都有借鉴西方的审美和美学理论，如川端康成创建的新感觉派强调把日本的传统文化与西方文化相结合，在日本古典文学“物哀”的基础上，引入了西方的现代流派观点；日本文学在表现形式和手法上也对西方文学多有借鉴，如乔伊斯的意识流和弗洛伊德的精神分析等。而当代的日本文学对西方文学的借鉴就更为明显，如三岛由纪夫等人的创作等。通过对外来文化的借鉴与吸收，日本文化变得更加多元化。关于日本文化的多元化，日本学者加藤周一将日本融合的文化分成了四类：（1）大乘佛教中的哲学思想；（2）中国的儒家学说，尤其是程朱理学的观点；（3）西方的基督教教义理论；（4）马克思主义思想。加藤周一还说：“在日本文化背后，可以看到三种世界观，即外来世界观、传统世界观、文化的外来世界观。”

3. 具有较强的连贯性

纵观日本的文化史，日本文化一直在不断融合外来文化并变为己用，不断为日本文化注入新鲜的血液，使日本文化能够经久不衰、延续至今。另外，日本文学还有另一种特征——盆景趣味，这是日本文学抒情性的一种表现形式。如果将中国的文学与日本的文学结合来看，两者都具有阴性特征，也就是说中日两国人民的思维方式更偏向于细腻、多愁善感的女性思维，在接触了西方文学后，日本文化并没有将这一特点摒弃，而是在与西方文化对抗中不断寻找能够壮大自身的元素，使文化的发展具有相当的连贯性，这也可以看作是日本文化的独特特征。

综上所述，日本文化是独立发展的，在独立发展的过程中又受到了不同文化的冲击，于是日本文化便将这些外来文化加以融合，丰富、壮大了自身，从而传承至今。从历史角度看，日本在大发展时期，其民族文化也是最传统的，如第一次世界大战前后，日本文化就一直在回归东洋文化，近些年的“日本文化热”也说明了这一特征。

第三节 日本文化的审美类型

虽说人皆有爱美之心，但爱什么样的美，或者说以什么为美，民族之间、国家之间、地域之间是有所不一、各具特色的。西方有西方美，东方有东方美。东方具体到日本，即有日本人常说并引以为自豪的“日本美”。中国则有中国美（尽管中国人不大这样表述）。比如，同样是爱花，中国人更中意牡丹，日本人更迷恋樱花（さくら）。即便对象同是樱花，有人喜欢其盛开时的云蒸霞蔚，有人宁愿把玩其飘零之际的凄婉。个中心理情怀，琢磨起来颇有兴味。

一般认为，日本在文化上对于世界的贡献主要表现在美学方面。日本人对美的感悟、追求和表达，尤其在民众日常生活层面抵达的境界，可用“极致”二字来形容。

一、洁净之美——以洁为美

洁净是日本美的前提条件。提起美，无论西方还是中国，很容易与善良的、强大的、丰硕的形象联系起来。作为西方美滥觞的古希腊雕刻，男性大多表现孔武有力的英雄（正义、善），女性主要凸现其丰满匀称的肢体。作为中国汉字“美”是由“大”“羊”二字组成。日本人关于美首先想到洁净。据日本学者大野晋考证，“美しい”一词在平安时代（794—1185年）乃无垢、爽净之意。后来频繁使用的“綺麗”（きれい）起始也是指干净、清洁，现在仍有此含义。就是说，美首先使日本人联想到洁。相较于尚善、尚大、尚力、尚丰，日本更尚洁。没有洁就无所谓美，洁就是美。

这种审美意识已渗入日本人生活的所有层面。到日本后的第一个印象就是洁净。入其城，路面不见果皮纸屑；观其民，衣着不见油渍汤点；乘其车，窗玻璃不见污痕尘迹；进其室，榻榻米一尘不染。这固然可以简单理解为“爱干净”“有洁癖”，但更是“以洁为美”的审美意识在日常生活的体现，甚至能使人感受到一种宗教热情般的虔诚。日语中最伤人的话，大概莫过于“不清潔（ふせいけつ）”。而对官僚的最高评语也用的是“清潔”。可以说，洁净感是日本美的第一要素。

二、洗炼之美——以简为美

洁出于洗。不洗不净，不炼不纯。“凡物之清洁出于洗，凡物之精熟出于炼。”（清・扬廷芝）是有洗炼，乃《二十四诗品》之一。但把“洗炼”境界推到巅峰的民族，著者以为是日本。

换言之，洗炼者，务去陈言，务去赘物，宁简勿繁，宁少勿多，宁缺毋滥。在建筑物上，日本尚直弃曲，多用直线，极少用曲线。脱胎于日本弥生式时期谷仓样式即最具日本固有建筑风格的伊势神宫，连顶坡都笔直而下，概无飞檐翘角。即使如今的寻常和式民居，进门最鲜明的印象也是直线——榻榻米不交叉的直线、拉门格窗交叉的直线。在园艺上，最典型的是“枯山水”，偌大院内仅有一地白沙和几块天然石，连必有的花草树木都省略一尽。插花艺术（“華道”）上，一般只寥寥数枝。在和室“床の間”（中文往往译为“壁龛”）的一幅挂轴下，则只插一枝，枝上只一朵，可谓硕花仅存。观之，不由想起日本古代一则逸闻：一代名将丰臣秀吉要看茶道大师千利休院里的牵牛花，不料去时利休已把院里的花摘个精光，他心中大为不快。及至主人将其引入茶室，见“床の間”瓶内插的一朵，且仅仅一朵——开得正艳，这名武夫才现出笑容。在传统诗歌方面也是如此。和歌在万叶时期超过百字者以至数百字者亦不罕见，后来逐渐定型为31字（音节），即为“短歌”。而现在最受欢迎的则是仅17字的俳句。

这种美学理想推进的过程，就是省略的过程、否定的过程。日本美学史

论家高阶秀尔称之为“切捨ての美学”“否定の美学”。著者称为“减法美学”。而中国情形应该说是“加法美学”。仅以较能典型反映审美时尚的瓷器为例，宋时崇尚单色，官、汝、定、均、哥，无不为单色。尤以天青色的钧瓷为贵，俗语说：“家有良田千顷，不如均瓷一片。”至元、明，出现青花。入清，便不再以青花为满足，斗彩、三彩、五彩、珐琅彩，把器物涂抹得不留一点儿缝隙。家具风格亦由明代的简洁流畅变为精雕细刻，镶银嵌贝。目前的住房装修也是如此，大家竞相效仿原本为西洋风格的外资星级宾馆，并不断丰富其内容，如枝形吊灯、周边射灯、艺术玻璃、门窗饰框、大理石不锈钢等，距古人倡导的洗炼越去越远。

三、素朴之美——以素为美

洗炼再进一步，势必归于素朴、质朴以至朴拙之境。日本艺术自古不尚雕琢，而追求自然、本分、素淡、和谐，颜色讲究本色美，常用“自然らしさ”（自然而然）作为批评语汇。饮食方面，味道讲究原汁原味，忌用过多的调味品。很多东西都是生吃，如生鱼片（“刺身”）就是一个显例。食物的形状也力求保持原样，如松菇、尖椒、菠菜基本不再过刀；宴会上的“刺身”一般将整条鱼放在小木船上端来（意为刚刚打捞上船），细看才能看出刀口；即便四五寸长的烤河鱼也是头尾翘起，栩栩如生，保持“鱼跃”原态，忌讳给人以僵挺之感。日本传统木结构建筑概无中国风格的雕梁画栋、藻井花窗，木料概不设色，概不饰纹，纵使风吹雨淋得满柱裂纹、疤节累累，也听之任之。

在相当敏感的女性容貌看法上，日本人认为有点个性特征如一两颗虎牙的少女更为动人，甚至有“雀斑美人”之说。以茶道所用的茶碗来看，差不多个个缺边少口，如刚出窑的残次品。日本就是这样推崇素朴美、自然美、原始美、不平衡美，甚至残缺美（“欠如の美学”）、废墟美。日本的残缺美乃是追求完美语境中的残缺，乃是十全十美的残缺，匠心独运的古拙，洗尽铅华的素朴。这一点有别于西方和中国审美情趣尤其民间审美趣味的主流。

四、阴柔之美——以小为美

在审美指向上，西方和中国尚大、尚力，推崇阳刚之美或曰壮美。而日本人尚洁、尚简、尚素，这里还要加上一点——尚小，以小为美，以纤为美，崇尚阴柔之美或曰优美。这同样是日本文化一个极为明显而普遍的特

色。较之喜大求全，日本人更关注局部、细节，关注微观世界，关注弱小生命，宁舍森林而看树木，宁丢西瓜而捡芝麻。开头所说的“美しい”一词的用法，同样据大野晋考证，在平安时期意为洁净之前，其含义是对父母妻儿之爱（《万叶集》:“妻子見ればめぐしうつくし”）和对弱小生命的怜惜（《枕草子》:“なにもなにも小さきものはみなうつくし”）。

在绘画领域，日本画坛泰斗、被川端康成誉为现代日本美学基调构筑者的东山魁夷曾说：“日本风景画构图上很少从开阔的视野收纳风景，而大多撷取自然的一角。”看东山先生的画，任何人都不能不为其安宁、静谧、平和、肃穆的气氛所深深打动。先生终生都在对西方文化的憧憬和对中国文化的倾心中苦苦探索日本美。在这个意义上，他的画就是对日本美的精彩诠释。的确，比之西方美的昂扬、凌厉和工致，他的画显得内敛和朴实；比之中国美的大气、写意和深刻，他的画显得本分与谦和。在具体技法上，日本画可谓极尽穷形尽相之能事，其工序之多，用料之繁，费时之久，堪称世界之最。例如东山先生为创作唐招提寺隔扇画，整整耗费了四年时间。

日本文学界更是以优美细腻、柔曼婉约为鲜明特点。日本小说一向重细节而轻整体构思，欣赏不了细节，也就欣赏不了日本文学。至于俳句，短短17个音节简直被日本人摆弄到了出神入化的地步，写尽了心境的涟漪和造化的微妙。例如，日本“俳圣”松尾芭蕉有一首最具代表性的俳句，大意为“古池塘，青蛙跳入水里的声音”（古池や蛙飛びこむ水の音）。著名诗人与谢芜村一首名俳亦有异曲同工之妙：“石老寺钟的裂缝里，酣睡的蝴蝶哟。”（釣鐘にとまりて眠る胡蝶かな）而这样的诗句在中国诗词里恐怕不易觅得。宋词婉约派代表柳永咏到“杨柳岸晓风残月”。最接近俳句的元曲到“枯藤老树昏鸦”为止。可以说，日本艺术乃盆景艺术、微雕艺术、女性艺术。日本学者称其为“クローズアップ（close-up）の美学”（特写美学）。

五、感伤之美——以悲为美

日本人普遍有一种悲剧情结。

在日本过新年，自然要看新年红白演歌对唱（分男女两组唱日本调歌谣，性质相当于我国的春节联欢晚会）。令人吃惊的是，在大年除夕唱的竟多是撕肝裂肺的歌曲，如“在那月色凄迷的寒冷夜晚”。日本人所以过年时听演歌，无非因为他们喜欢听演歌——那一唱三叹、跌宕起伏的旋律所传达的或绵长隽永的淡淡哀婉，或近乎绝望的深深悲哀，很快就能把听众带入

风雨旅程、带入共鸣境地。日本人为唱演歌发明了卡拉 OK，卡拉 OK 也的确适合唱演歌。而日本演歌中几乎找不出类似我国采茶忙、庆丰收等轻松活泼、欢天喜地的民间小调。可以说，咏叹与悲伤是演歌的基调和魅力，它唱出了这个岛国无数男女的悲剧情结。

另外，日本的小说也极少有皆大欢喜的结局。较之叱咤风云纵横天下的霸主，他们更关注和同情凄风苦雨中的末路英雄。到了诗人笔下，伤春悲秋更是和歌俳句永恒的题材。以咏花诗为例，万叶时期受中国文艺风尚的影响，大多咏的是梅花，以至梅花成了花的代名词。进入平安朝以后，梅花的“花魁”地位逐渐由樱花取代。提起花即是指樱花，“花见”者，赏樱也。这其实透露了一个美学信息——由欣赏凌寒斗雪生命力顽强的梅花转而心仪“花开三日好”的生命力脆弱的樱花。而且较之其盛开怒放之时，人们更钟情于花事阑珊之际，不知多少人借此抒发凄婉、落寞、悲凉、无奈的情怀。较之朝霞满天繁花似锦，夕晖下的断墙残垣、枯草凋花更能深切地触动日本人的心弦。如同欣赏前面提到的残缺美一样，日本人也欣赏凋零美、凄清美、萧疏美、枯淡美、寂寞美，将以悲为美的情致推向难以企及的高度。

这主要是因为受佛教思想，尤其禅的影响。它直接影响了日本人的生命观，使大和民族对生命的本质有格外深刻的自觉，认为衰亡乃生命的本质，文学艺术就是要时刻把握这一本质，从中感受人生况味。相比之下，中国人则往往反向把握：唯其好花不常开好景不常在，才更要有意识地冲淡以至掩饰这种悲剧色彩，才要更多地编织皆大欢喜的结局。

六、象征之美——比喻为美

这也是进入日本艺术世界的一把不可少的钥匙。“床の間”里插一枝花，意味一即一切，象征一个完整无缺的宇宙。插成上、中、下三个层次，即意味中国古代哲学思想中的天、地、人三才。若左插一枝松，右插一枝竹，则称之为“男株”“女株”，象征中国阴阳说的阴阳二气的调和。千利休始创的茶室也具有高度象征意味。茶室由起始的四平方米左右（四叠半）最后缩至不足两平方米（小两叠），泥墙，草顶，圆木柱，无窗，半截门，无任何装饰，用料全部为随手拾来的自然物，以此象征一个不假外力、不假人事的自成一统的世界，亦即绝对独立自足的精神天地。

在日本传统剧“歌舞伎”尤其“能乐”“文乐”中，象征美也得到充分体现。演员那迟缓得近乎笨拙的一举手、一投足，那单调得几乎没有旋律可言而又不屈不挠的鼓点和三弦声，无不集中寄托了日本人特有的审美情感，象征凄寂和悲凉的内心世界。在和歌俳句等文学领域，也是无处不渗透有这一美学追求。和歌理论中所说的“幽玄”“余情”“景气”“わび”“さび”，其审美指向在本质上都是含而不露的“景外之旨”，即通常所说的意在言外，由此繁衍出无数廓然空寂、萧疏淡雅、幽远缥缈的诗情歌境。当然，像多则31字少则17字这样短小的诗歌体裁，若不用含蓄的象征性手法，想必也很难容纳丰富的情感和无穷的意象，很难实现相对完整的艺术构思。

七、时序之美——以变为美

恐怕再不易找出第二个像日本那样对四季更迭那么敏感、对四时风物迷恋得简直到了“同呼吸共命运”地步的民族了。和服上的图案全都是四季代表性的花花草草，并按不同季节换不同图案。插花自不用说，就连挂轴也应时轮换，以便在家中坐拥四季，甚至和式糕点（“和菓子”）的样式都与时令花瓣相符。

和歌俳句里同样显而易见时序之类。正如时间是中国诗人最普遍的动机和主题一样，日本诗人很早就注意到了时间的推移和节序的流转。成书于905年的《古今和歌集》，目录即是按春、夏、秋、冬顺序编排的。吟咏“花鸟风月”等四季景物的“四季歌”在20卷中占6卷，在全集1 100首中占340首之多，仅次于“恋歌”。而“恋歌”中的恋情也主要是借助四季风物抒发的。可以说，去掉“四季”，和歌几乎溃不成军。最典型者莫过于俳句中的“季语”了。若无此点季之语（如菜花为春之季语），便不成为俳句，其严格程度大概仅次于中国格律诗的平仄对仗要求。

究其原因，一是由于日本四季分明，雨量充沛，自然景物依时而变。二是与日本固有的神道教有关。神道其实就是自然崇拜，信奉者认为神在自然之中并孕育万物。天地神祇多达800万，可以说无所不在。因此自古以来，日本人就对自然怀有亲近感，与其融为一体。加之日本人的美学追求大多是感性的和情绪化的，于是“遵四时以叹逝，瞻万物而思纷，悲落叶于劲秋，喜柔条于芳春”（陆机：《文赋》）。目睹日本无山不绿、无水不清，自然植被保护得无微不至，著者时常想日本人的环保意识是不是也与这种审美理想有关。

八、群体之美——以群为美

日本人之所以对樱花情有独钟，是因为樱花具有一种群体美、复数美、气势美。开时云蒸霞蔚，波涌浪翻，弥天盈地，落时联翩离枝，纷然委地，一路花雨。无论开还是落，都显示出惊人的群体性和协调性。这点与国人格外青睐的牡丹和梅花相比就更明显。牡丹“花单生”，雍容华贵而卓尔不群，国色天香而孤芳自赏，不追求同他者的协调。梅花虽然开起来不乏协调性，但国人宁愿欣赏它的孤傲与清高，欣赏它的少与瘦，以少为贵，以瘦为佳。而少莫过于一，古诗中以“一”咏梅者可谓俯拾皆是，如“中庭一树梅，寒多叶未开”“前村深雪里，昨夜一枝开”“一树寒梅白玉条，迥临村路傍溪桥”等。通过对梅花的礼赞，或抒发不畏高压、坚贞不二的节操，或表达不附流俗、洁身自好的情怀，或寄寓孤高幽远的生活情趣，或传达沉沦羁泊的万般感慨。

此种审美倾向也反映在国民性上。如果说中国文化有个人主义取向，日本文化则属于“纽带文化”“同质文化”。比如，中国人讲究出人头地、出类拔萃、脱颖而出、异军突起，注重个性的凸显和个人才能的发挥，留意与众不同的创见；日本则强调群体谐调性，强调安分守己，个人在团体中是渺小的。也就是说，你必须开得像樱花一样隐没在花海之中，而不可像牡丹那样一枝独秀，或像梅花那样不合时流。

第二章　日本传统文论中的美学意蕴

第一节　“幽玄”论的文化意蕴美

幽玄在汉语中的意思是幽深玄妙、幽昧昏暗、幽冥。虽说这是一个略带悲观的词语，而它却是日本的审美意识中颇具代表性的一个词语。

“幽玄”一词是中国的汉语词，最早出自汉少帝的悲歌，而后在六朝和初唐的各类文献中都有所记载。比如，梁武帝时代诗人王筠的《回师草堂寺智者约法师碑》中的“究竟微妙，洞达幽玄”，是用于直说事物的本质。日本的“幽玄”一词，与佛教用语关系密切，如《临济录》的“佛法幽玄”，最澄《一心金刚戒体诀》的“得诸法幽玄之妙，证金刚不坏之身”，空海《般若心经秘键》的“释家虽多未钓此幽，独空毕竟理，义用最幽玄”等说法。后来用“幽玄”来表达审美意识的时候，已经和佛教用语的意义不同了，但并不是完全没有关系。

“幽玄”的审美意识成型于日本中世纪，以崇尚“余情”之美为核心，在风格趣味方面，从重“妖媚”到重“淡薄”，于发展变化中丰富了它的内容。“幽玄”是日本歌论、能乐论中的一个重要理论观念，也是日本美学观中的一个重要审美意识。

“幽玄”的核心是“余情”，讲究的是“境生象外”，寻求的是一种以“神似”为主的精约之美，从而引出欣赏对象的遐想，传达出丰富的内在思想感情。在《日本幽玄》一书中，日本学者大西克礼对“幽玄”做了详细分析，认为“幽玄”的审美意义主要有七点：（1）隐藏不露，收敛于内部；（2）是

朦胧、微暗、薄明的情感与直接、锐利的情感表现相斥；（3）与微暗相伴随的寂静感受；（4）深远，尤其指那些精神上的东西，通常是深奥难以理解的思想；（5）具有内在的充实相，其中凝集着不可言传的意蕴，即所谓的“内容丰富”；（6）有一种神秘性和超自然性，虽然是宗教与哲学的概念，但仍可感受到当中“美的意识”；（7）以一种不合常理的、不可言喻的、缥缈的意味为主。从这几点分析中可以明显看出“幽玄”就是一种神秘、阴柔、不可思议的审美情趣。而这种审美特征首先是在古代诗歌中被传承和发扬，之后一直被看作是日本艺术风格的趋势之一。这样说来，日本的现当代绘画中趋于神秘与抽象似乎就变得顺理成章。

一、作为艺术的歌道，作为美学思想的歌学

所谓“歌道”，其发展历程自古代以来就经历了许多的曲折。应该说，和歌是日本特有的艺术形式，从美学上看，也具有特殊的品格。

第一，从审美意识之作用的直观与感动的关系来考虑，和歌作为一种诗，包括了抒情与述景两个方面，不仅如此，和歌与日本民族的审美意识，或者在更宽广的意义上说，与民族精神的某些特性是密切相关的。抒情与述景紧密融合在一起，可以说是和歌的一个特征。当然，《万叶集》以后，很多歌集都有内容的分类，有四季、恋爱、哀伤之类，在内容上主要是将述景的和歌与抒情的和歌加以区别，然而从实际的和歌作品来看，即便是描写自然的风物与风景，很多情况下也不是单纯的写景，而是将浓厚的抒情因素或明或暗地渗透在其中，这是无须多言的。相反，在表现恋爱和哀伤之类的主观感情的时候，大多数情况下，也常常与自然景物的描写结合在一起，这也是显而易见的事实。例如，《万叶集》中的“秋田禾穗上……”之类，表面上看，上句不过是下句的铺垫而已，而作为审美内容来看，映照在秋田禾穗上的朝霞是将下句的抒情内容加以具象化了。这样的例子可以举出很多。根据福井久藏氏的《大日本歌学史》所作的《藤原家隆口传抄》一书，虽然似乎是假托的伪作，但其中有一句话说得很好：“歌寄情于花鸟风月，然而心必专于一处。”表明了抒情与述景融合的重要性。和歌这一艺术形式，从历史上大量作品来看，在一般的审美意识中，最容易具备的是“直观”与“感动”的有机融合，而且许多作品在这方面做得很好，故而似乎可以把这一点作为和歌的一个特性。众所周知，即便是西方的诗，其中最突出的抒情诗，如歌德等人的诗作，其特点也都是将直观的要素与感动的要素紧密地结合在

一起的。诗歌中若要有这一个必不可少的审美价值要素的话，那么和歌在充分满足这一要素方面可谓有着得天独厚的优势。

第二，在如上所述的审美体验的内容中，从被融合统一的两个要素——“艺术感的要素”和“自然感的要素”的关系来看，和歌容纳了极其丰富的自然感的要素，这是它显著的特性之一。不限于和歌，在日本及东方的艺术中，丰富而且深刻的“自然感的”“审美的”要素也更为发达，这是无须多言的事实。然而在这里要特别指出，这样说并不是单就和歌及其他一般的日本艺术的题材而言，在日本艺术中，所谓自然感的审美要素的丰富性，与西方艺术相比，不单是数量上的差异，而是具有质的不同。

在日本，由于气象风土的原因，以所谓“自然美”即自然物为对象的审美体验，无论是在其广度还是在深度上，早就有了显著的发展。其结果是，这种自然美的体验，对人们而言已经转换为一种艺术体验了，由此而体现出了一种催生审美价值意识的倾向。与此同时，日本独特的世界观使得这种感情的倾向更加朝着思想方面深化和发展，故而，日本人的这种固有意识，似乎就不可能像西方那样继续朝着与“自然美”判然有别，乃至超乎其上的“艺术美”这一特殊观念加以发展了。当然，在日本，像“艺能”或者“艺道”这样的观念，也随着思想的发展而分化着，然而，比起西方的“技能”或者“技术”等观念，它包含着对参与者人格主体的、主观精神的方面加以强调的意味，所以毋宁说，这一思想与“美”自身的问题完全不同（这些概念在审美艺术之外也被广泛地使用着）。在美本身的问题范围内而言，可以说，在日本，无论从思想上还是感情上，都不可能将所谓艺术美和自然美，像西方美学那样在“形式美”和“内容美”相关联的意义上加以区分；也就是说，在日本的审美意识里，在两者密不可分的意义上，自然美和所谓艺术美的意味是相同的。同样的，在所谓自然美当中，也有着艺术美的东西，而且这两者不仅在密不可分的意义上结合在一起，在审美的意义上可以认为两者是直接地由“自同性”而殊途同归的。

就日本人的审美意识而言，某种意义上可以说，在艺术品产生之前，艺术美就已经存在了。从这一立场来看问题，所谓艺术，其本义就是要忠实地呈现和发挥自然中本来就有的艺术美，率直地发表人们对自然美的主观感受，由此进行艺术技能的修行，发挥其全人格的、道德的精神之意义，艺术的根本就在于此。不过，要忠实地发挥呈现自然中的艺术美，并不意味着将自然美的感觉，用西方式的写实主义方法加以描写，与此相反，而是要将自然本身朝着它所内含的理想美的方向加以发挥。在此要强调的是，在自然与

艺术的关系方面，在东方特别是日本的独特的艺术种类，如和歌与俳句等艺术样式中，是否存在着西方艺术中难以设想的特殊的方法呢？为了将艺术的看法简明扼要地加以概括，著者试着使用一个图式来说明。西方的艺术构造具有一种普遍的倾向，在相对的意义上说，就是艺术美的形成 +（自然美的形成 + 素材）= 艺术品；或者根据欧德布莱希特的看法，就成了一个更简单的公式：艺术美的形成 + 素材 = 艺术品。

然而，在日本的艺术的构造（当然是在相对的和概括的意义上）方面，就需要将上述的公式中的括号插入的方式改变一下，即（艺术美的形成 + 自然美的形成）+ 素材 = 艺术品；或者更精确的表示，就是艺术的形成 +[（艺术美的形成 + 自然美的形成）+ 素材]= 艺术品。

最后这个公式，如上所说，对日本的审美意识来说，意味着一种主观的可能性，即在艺术品形成之前，作为一种艺术美已经与自然美合体而存在了。同时，这里所谓的“艺术的形成”，某种意义上已经超出了艺术的范围，如在日本的“艺能”或“艺道”概念中，往往暗含着全人格的、全精神的（也含有道德的宗教的意味），进而是超艺术的意味。在西方，在浪漫主义的艺术观念中，艺术的概念显著地扩大了，这种例外的情况也不应忽视。总之，在极为抽象的、概略的层面上，似乎可以说，在日本的艺术中，“艺术”的真髓一方面在于将人的精神提升到究极本质的高度，或者加深到最深度；另一方面又具有与自然本身“超感性的基体”加以同一化的倾向。总之，对于日本艺术中的“自然感的美的因素”，著者是这样理解的。而对这一点加以强调，将有助于显示和歌、俳句这两种日本独特的艺术样式的美学特性。

第三，将此作为审美意识的形式。从创作与接受的关系来看，和歌与俳句在各种艺术样式中有一个值得注意的特殊性。一言以蔽之，就是在这些特殊的艺术形式中，创作与接受，作为审美意识，能够最明朗、最纯粹地持续保持一种本源上的统一性。以著者之见，尽管和歌与俳句作为一种诗，在艺术上已经发展到了一种很高的境地，然而其外在形式却是极其简单容易的。不过，这里所说的简单容易是单就外形而言的，如果深入其内涵的话，情况就不一样了。例如，在和歌中，从古代就有“风体”“歌病”“禁句”之类的概念；俳句中也有“切字”“季题”之类的规范，用词的选择、句子的接续、格调上的艺术性等，作为艺术的条件都被考虑到了。在某种意义上说，和歌俳句在外形方面只是单纯的短小，而要达到很高的艺术境界，就需要特别用功和修炼。也就是说，这样的艺术样式，入门对任何人来说都比较容易，但真正能够登堂入室的人却是极少数。再换一个角度，不是从客观价值的立场，而是从主观的美的体验的方面来说，和歌和俳句这样的艺术样式，具有审美享受的普及性，也有审美创造的普及性，这两点在整个民族中都齐头并进，并行不悖，这是显而易见的事实。因而，在这样的情况下，著者在美学层面上所思考的审美享受与审美创造的本源的统一性，即便是以一种“兴趣主义”的形式而存在，在产生这种艺术样式的民族生活中，也最有可能将这种特性牢固保持、充分发挥。民族的审美意识本来就有这种倾向，使得这种本源的统一性可以持续地保持并发展，所以才使和歌、俳句这样的艺术样式发生发达起来。或者反过来说，由于这样的艺术样式在种种条件下发生，民族的审美意识才得以朝着这种本源的统一性的方向发展，恐怕这些都是互为因果的。这样看来，在日本的和歌和俳句中，没有被人为性的社会体制因素，如艺术家的职业化、艺术作品的创造与艺术欣赏的分工等发生扭曲，而是将原本就形成的美意识的根源的纯真性加以保持和发挥，这可以说是一个值得我们注意的美学上的特性。

以上是从作为一种艺术的歌道本身来论述的。而从“幽玄”这一概念产生的背景、从对和歌艺术的反省的方面，即歌学发达的角度来思考，也可以指出与此相关的值得注意的一两个特点。本来，在我国，西方那样的美学、艺术哲学之类的内容原本就没有出现，然而在各个艺术领域的美学的反省是很发达的，不管是中国还是日本，都以所谓“诗论”和“画论”之类的形式大量出现，中国的“歌学”就是其中之一。一般而言，这种具体的艺术论，基本上是以研究艺术样式的固有技巧、形式为主的。在日本，这样的研究与文学史、艺术史的研究并没有分化，所以，历史性的考察也含在其中。因而，概言之，在那些诗论或画论中，对艺术中的审美本质问题的反省，是很微弱的，或者说是肤浅的。当然，在中国的画论与诗论中，在对具体的品评中所使用的、有关审美本质、美的印象的形容词，其细致精密、丰富多彩，堪称无与伦比，但关于美学理论上的省察却几乎看不到。比较而言，日本歌学在这一点上与中国稍有不同。最初的歌学著作是奈良朝末期藤原滨成撰写的《歌经标式》，该书通过空海的《文镜秘府论》，受到了由中国输入的中国诗论的影响。但从平安朝到镰仓时代，伴随着歌道的隆盛而发达起来的中世歌学，已经对和歌的审美本质、艺术样式（“风体”）、创造意识及其过程，歌道与宗教意识的关系等单纯的艺术形式之外的问题，也作为精神方面的问题，做了某种程度的深入探究，甚至有些时候我们可以从中发现美学探索的因素。从比较的角度看，在日本，作为一种特殊的艺术论，世阿弥与禅竹的

那些接受中世以降的歌学影响而撰述出来的能乐论著作，可以说已经带有美学或者艺术哲学的性质了。

其次，还需要注意的是在艺术样式论的反省中，常常是把自然美的体验与内容的反省密切地结合在一起。著者认为，在这一点上，作为单纯的特殊艺术论的歌学，已经向一般美学的立场靠近了，有的甚至达到了很高的程度。同时，这一点与上文中论及的和歌与俳句中体现的日本审美意识的特性——即“艺术感的契机”与“自然感的契机”在一种特殊意义上的互渗与融合的关系——相联系。“幽玄”这一歌学的概念是由日本特殊的民族精神所规定的一个美学范畴，根据就在于此。这里所指的歌学反省中的这个特色，著者还将在后文对“幽玄体”这一和歌样式概念进行考察的过程中再加以分析和实证，现在只是先明确它的含义。在“和歌四式”之一的《喜撰式》中，著者认为是“和歌四病”，这些“病”的名称作为一种概念的表达，使用了“一、岸树；二、风烛；三、浪舟；四、落花”等措辞。显而易见，所谓“岸树”，就是容易倒下去的树；所谓“风烛”，就是很容易熄灭的蜡烛；所谓“浪舟”，就是容易倾覆的船舟；所谓“落花”，有缭乱的意味而对和歌中的这些缺点的指陈，并非只是表达出了对某些和歌的审美印象式的感受。例如，第一病“岸树”，举出的有“照日”“照月”之类的第一句及第二句的首字同音现象，其中明显地含有对和歌形式风格特征的认识。在对和歌风格加以概括的时候，“岸树”“风烛”等词就属于表达“自然感”的词汇，以前人们只是将这种用词视为一种比喻和诙谐，而在其中看出了将“自然感”与“艺术感”加以敏锐把握之后而自然呈现出的特殊的美的融合。再如，正如纪贯之所说：“聆听莺鸣花间，蛙鸣池畔，生生万物，付诸歌咏。”在他看来，自然中有诗，也有歌。此后，在中世的歌人的和歌“风体论”中，也能看到艺术感与自然感相互融合的例子，并且最终成为贯穿整个歌学思想发展史的一个基调。“歌如五尺菖蒲，由水而涌出”，在这样的表述中，是立于艺术感与自然感的融会贯通这一根本原理之上的，是超越于比喻或类比的、对和歌本质的一种直截了当的表述。

总之，以下将要论述的“幽玄”概念及其相关问题，都是以这种作为艺术的歌道及作为艺术论的歌学为基础而产生出来的，鉴于此，将“幽玄”作为一个美学范畴来看待，就有了充分的理由。

二、作为美的概念的“幽玄”的内容，对其加以考察的视点

以上从美学的角度对日本中世歌学概念中的“幽玄”做了一番考察。不过，

实际上著者主要是从“价值概念”与“样式概念”的区别及其相互关系的角度作为主要立足点的。因而，到此为止，这种考察与其说是对“幽玄”的意义内容的考察，不如说是将形式问题作为重点所做的考察。由此，著者对近来学界讨论较多的“幽玄”与“有心”问题发表一点浅见。同时，根据这一思路方法，对于“幽玄”这一概念如何能够成为美学立场上——国文学史与日本精神史的立场暂且不论，想进一步明确。所以，以下对“幽玄”的内容意义，即作为美的范畴的“幽玄”究竟是一种怎样的审美形态，加以阐发和说明。

对于这个问题，上文中曾提到的中世歌学者关于这个概念的直接说明，当然要成为首要的参考。然而，我们也应该清楚地意识到，在这个问题上，不能期望他们的一些言论都有美学反思的价值。即便他们直接地、直观地体验到了“幽玄”之美，但也不能期待他们在概念上做出精确的说明。或者在某一问题上，他们引用了一些“幽玄”的和歌，或者为判定“幽玄”之美而举出的一些譬喻与事例，固然更加显示了他们对“幽玄”美体验的直接性，但在那种场合，个别具体的和歌、个别具体的事例能否与“幽玄”的理念相契合，应该说还是颇成问题的。毋宁说有时候固然明确了某一部分的意义内容，而同时又对“幽玄”这个概念造成误解和歪曲。然而无论如何，要考察“幽玄”这个概念，作为直接根据，除了依赖这些文献材料之外，别无他法。正如在上文中说过的那样，将“幽玄”这个概念作为美学概念加以考察，多少会有一定自由发挥的空间，倘若对上述的种种文献资料加以解释，把古人那些体验性的议论朝着作为美学范畴的“幽玄”的方向加以引申，将它置于美学的理论体系中，特别是审美范畴的理论体系中加以思考，那么，就有可能对这个概念做出新的诠释。

藤原俊成在中宫亮重家朝臣家赛歌会上的和歌“越过海滩涌来的白浪”，住吉神社赛歌会上的“晚秋阵雨后，芦庵倍寂寥”，三井寺新罗社赛歌会上的“早晨出海去，伴随鸟鸣声”，御裳濯川赛歌会上的“津国难波之春”及“无心之身可哀”等和歌，都冠之以“幽玄”或“幽玄体”这样的判词。此外，在慈镇和尚举办的赛歌会上，俊成对“冬日枯枝上，山风萧瑟中，白雪依然聚枝头”这首和歌评为“心词幽玄之风体也”；在“六百番赛歌会”上，对寂莲的“茫茫黄昏中，荒野无边草茂盛，一只鹌鹑篱边鸣”一首，俊成评判曰：“此首黄昏篱笆之歌，写的是伏见的黄昏情景，听之有幽玄之感。然篱笆上的黄昏岂非小耶？”在俊成自己的和歌中，他的会心之作是“原野之黄昏，秋风吹我身，鹌鹑躲进草丛里”，这首歌与当时作为俊成的杰作而被广泛推崇的“山峰有白云，悄然起无声，宛若花朵之面容”同样优秀。如果

是别人的作品，俊成肯定会毫不犹豫地以“幽玄”一词加以评价吧。当时的后鸟羽天皇很喜欢俊成的歌，称“颇合愚意，饶有风姿”（见《后鸟羽院御口传》）。而后鸟羽院的御制“风卷花海似白云，船头夜夜望野月”也堪称“幽玄”之歌。鸭长明《无名抄》关于“幽玄”概念的说明中，在《朦胧灯火》与《从前没有亮光的夜》两首之外，还举出了源俊赖的歌：“秋日黄昏中，港湾海风劲，浪花之上无鸟飞。”关于鸭长明所说的“余情”，到了后来，今川了俊在其《辨要抄》中举了一首歌：“莲花叶上挂水珠，晶亮如白玉，微风送凉意”，加以说明，认为“好歌就是如此”。然后他说：“过分说理，则少有余情。”另外，《西公谈抄》举出了《十白酒》及上文已经提到的《海风吹来》一首，作为“寂静之歌”的例子，该书还举出了“黄昏悄然至，秋风随其后，门田稻叶瑟瑟抖”一首作为例子。

关于假托定家的伪书《愚秘抄》中的“幽玄论”问题，上文已有论述，该书有：“心词幽玄之歌，令人爽心悦目，然若要理解之则难，是乃‘歌之精’者也。”并举出“龙田山上树叶稀，山林深处听鹿鸣”。此外，《三五记》中作为“幽玄体”的例子，举出的和歌是《寂寞仍如旧》外二首恋歌；对“幽玄体”中的“行云体”，举出“炊烟何袅袅，无声无迹上云霄，人间情难了”外二首；对于“回雪体”，则举出“随风飘泊中，随波逐流游荡去，千鸟声声鸣”“恍惚行山间，情思迷心不见路，山路在何处”“欲忘复难忘，仰看空中云飘飞，渐渐消散尽”共三首。在《三五记》中，所引用的和歌与汉诗的作品例证，在很多时候比较牵强附会，甚至使人觉得对“幽玄”的概念做了很大的歪曲。

到了室町时代，《正御物语》对于“幽玄”概念的思考，上文已经有所涉及，关于正彻是将怎样的和歌视为“幽玄”歌，可以在《黄昏乱云飞渡》《薄暮依稀见》《夜间花凋零》等和歌，以及《源氏物语》中的两首和歌等所举例子中加以仔细体会和品味。心敬在《私语》中说明“心之艳”即为“幽玄”的时候，举出了《秋田割稻做草屋》《日日月月寂寞同》等和歌，还有“逝者被遗忘，乃世间常情，旅归堪与故人逢”“秋雾何浓重，寂寞居山中，四周不见人踪影”“彷徨又四顾，行行复行行，别离阿妹登旅程”“从此别离去，欲忘又难忘，相会相爱在梦乡”……在这些众多的和歌之外，还可以参照从俊成、鸭长明到正彻等人的著作中用来比拟自然与人间各种现象的事例，对这些复杂繁多的材料加以分析综合，可为我们对“幽玄”这个概念的含义加以分析提供契机。

在对“幽玄”概念进行分析的时候，虽然稍嫌烦琐，但著者仍然觉得有必要从三个视点加以考察。

第一，要对“幽玄”这个概念的非审美的、一般的意义加以注意。这个概念原本来自老庄哲学与禅宗思想，在这里，未必需要站在老庄禅宗思想的角度对“幽玄”的意味加以阐明，在一开始的时候也不能只限于审美的意味，还是要把它作为一般概念加以分析。

第二，在美学的角度对“幽玄”加以观照候时，其审美的意味，借用欧德布莱希特的话来说，就是在“Wirkungsaesthetik”① 的角度上而言的，也就是说，“幽玄”就是诉诸我们的“心”（主要是感情）的心理学的效果而生发的一种审美意味。如上所说，中世的歌论及和歌判词中所出现的“幽玄”的意味，许多时候是在这种意义上所表达的。

虽不太精确，但大体来说，上述的第一种视点下的“幽玄”的意味是以知性为主的；第二种视点下的“幽玄”意味则是以情感为主的。最后要说的第三种视点，就是所谓“Wertaesthetik”② 的视点，这是在以上的两个视点基础上的综合视点，是整体的意味，可以依此从根本上考察“幽玄”之审美价值的成立。第一和第二个视点是从分析的角度理解“幽玄”之本质，而第三个视点则要求我们对“幽玄”的审美意味的深层构造进行现象学的省察，并在基础上对美的价值体验的一般问题加以思辨性的考察。

以上三点，更简单的表述为：第一点是“幽玄”概念的一般意味，第二点是心理美学的意味，第三点是审美价值的意味。

三、“幽玄”概念审美意义的分析

第一，在对“幽玄”这一概念做一般解释过程中，要搞清对象是如何被掩藏、被遮蔽，使其不显露、不明确，某种程度地收敛于内部，而这些都是构成“幽玄”意味的最重要的因素，从“幽玄”的字义上加以推论，这一特点也是毋庸置疑的。正彻所谓的“月被薄雾所隐”“山上红叶笼罩于雾中”，意味着我们对某种对象的直接知觉被稍微遮蔽了。

由此产生了第二个意味，就是微暗、朦胧、薄明的意味。假如不解此趣，就会以为“晴空万里最美”。由于“幽玄”是审美性的，在其情感效果上又具有特殊的意味，使我们对被隐含的、微暗的东西丝毫不会产生恐不安

① Wirkungsaesthetik：德文，意为“审美效果”。

② Wertaesthetik：德文，意为“审美价值”。

感，那是与“露骨”“直接”“尖锐”等意味相对立的一种优柔、委婉、和缓，这一点是值得注意的。同时，在这里还有“雾霞绕春花”那样朦胧的“景气”相环绕之趣。正如定家在宫川歌合的判词中所说的“于事心幽然”，就是对事物不太追根究底、不要求在道理上说得一清二白的那种舒缓、优雅。

第三，与此紧密相连的意味，就是在“幽玄”中，与微暗的意味相伴随的，是寂静的意味含在其中。在这种意味中有相应的审美感情，正如鸭长明所说的，面对着无声、无色的秋天的夕暮，会有一种不由自主潸然泪下之感；被俊成评为“幽玄”的和歌，如“芦苇茅屋中，晚秋听阵雨，倍感寂寥”那样的心情，面对在群鸟落脚的秋日沼泽，不知不觉会有一种“知物哀”之感。

由此更产生了第四种意味，那就是“幽玄”的深远感。当然这一点与前面的论述是相关联的，但在一般的“幽玄”概念中，这种深远感不单是时间与空间的距离感，而是具有一种特殊的精神上的意味，即它往往意味着对象所含有的某些深刻、难解的思想（如“佛法幽玄”之类的说法）。这一点作为审美的意味，在歌论中被屡屡论及，如所谓“心深”或者定家所谓的“有心”，这些也是正彻、心敬等人所特别强调的审美因素。

第五，著者想指出的与以上各点联系更为紧密的一个意味，就是所谓“充实相”。“幽玄”本身的内容不单单是隐含的、微暗的、难解的东西，而是在“幽玄”中有着集聚、凝结了无限大的、“Inhaltsschwer”[①]的充实相，可以说这种“充实相”是上文所说的“幽玄”的所有构成因素的最终合成与本质。正如禅竹所说：“此处所谓‘幽玄’，人所理解者各有不同。有人认为有所美饰、华词丽句、忧愁柔弱，即是‘幽玄’，其实不然。”（《至道要抄》）正是在这个意义上，“幽玄”这个词与“幽微”“幽暗”“幽远”等相关词语岂不是有区别的吗？著者坚持认为，假如把“幽玄”作为一个单纯的样式概念来看，“幽玄”的这个层面上的意味往往就会被忽略，就会对这个概念造成很大的束缚甚至歪曲。

不过，著者所说的“幽玄”的这个“充实相”，在与艺术“形式”相对而言的艺术“内容”的充实性这个意义上，日本传统的歌学已经充分注意到了。例如，“词少而心深，将杂多加以集聚、更有可观之处”（《咏歌一体》）说的就是这个道理。当然，从美学观点来看，在这里所说的“充实相”，就是与非常巨大、非常厚重、强有力、“长高”乃至崇高等意味密切相关的，定家以后的作为单纯的样式概念而言的所谓“长高体”“远白体”或者“拉

① Inhaltsschwer：德文，意为“有内容的”“有意义的”。

鬼体”等，只要与“幽玄”的其他意味不相矛盾，都可以统摄到“幽玄”这个审美范畴中来。上文中曾引述正彻在评价家隆的和歌：“‘月光照海滨，海岸松枝鸣，老鹤枯枝鸣一声’乃‘粗豪强力之歌体’，‘然不属幽玄体之歌’。”他在这里所说的“幽玄”，从现在的立场来看，是过于拘谨了。看看在广田神社歌合上被俊成评为“幽玄”的《划桨出海》歌，在新罗社歌合上的《在何方》歌，还有后鸟羽天皇的《海风吹来》歌等，与家隆的那首歌在审美范畴上实际上是没有差异的。

“幽玄”还有第六种意味，与上述的种种意味相比而言，更具有一种神秘性或超自然性，这种意味在宗教、哲学的“幽玄”概念中存在，是理所当然的。然而这种神秘的、形而上学的意味又是在美的意识中被感受到的，而且形成了一种特殊的情感指向。不过在此要指出的是，这是特殊的情感指向本身所具有的意味，而不是作为和歌题材的宗教思想与观念。在宫川歌合中，判者藤原定家对“宫川溪水流出，皇城紫气飘来”一首评为“义隔凡俗，兴人幽玄”。另外，在慈镇和尚自歌合等场合，也屡屡见到吟咏佛教之心的歌，而这类和歌中的“幽玄”并非审美意义上的。在审美的意义上，这种神秘感指的是与“自然感情”融合在一起的、“歌心”中的一种深深的“宇宙感情”。这种意义上的神秘的宇宙感，就是人类之魂与自然万象深深契合后产生的刹那间审美感性的最纯粹的表现，并在和歌中自然流出来的东西。这种情形在歌人西行面对落满鸟儿的沼泽而产生的“哀”感，对于俊成面对秋风中没有鹌鹑的深草，或者鸭长明仰望秋日的天空而欲流泪的那种感伤中，都会清楚地觉察到。在《愚秘抄》对“幽玄体”的说明中，曾以巫山神女的传说相附会，虽然情形与上述有所不同，但在神秘性、超自然性上，则显得更为明确、更为夸张。

最后，要谈“幽玄”的第七个意味。它与上述的第一、第二种意味极为近似，但又与单纯的“隐”与“暗”的意味有所不同，而是具有一种非合理的、不可言说的性质。作为一般意义上的“幽玄”概念，都与幽远、充实等意味直接相联系，直指不可言说的深趣妙谛，而在审美的意义上，正如正彻在“幽玄”的解释中所说的，是那种具有“飘泊”“飘渺”、不可言喻、不可思议的美的情趣。所谓“余情”也主要是这个意义的延伸和发展，指的是在和歌的心与词之外，在和歌的字里行间飘忽摇曳的气氛和情趣。从“Wirkungsaecthetik”的立场上看，在和歌这种特殊的艺术样式中，就“幽玄”之美而言，具有这种意味是最为重要的。正如之前所说，在中世的歌论中，“幽玄”这个词作为一种价值概念，在很多情况下是着重表达这种意味

的。而且，它又是被限定在优婉情趣这一层面上的，并且由此而生发为一种特殊的样式概念。在著者看来，作为美的概念的“幽玄”中，人们所理解的大都不过是它的某一部分的意味，偏重于一点而难以顾及“幽玄”概念的完整内涵，这就不免会造成对“幽玄”概念的歪曲。

接下来，在以上所做的种种意味的分析的基础上，著者进行更为整体的思考。从上文中已经区别出的第三种视点，即“价值美学”的立场来看，作为美的范畴的“幽玄”最核心的意味究竟何在？这是剩下的最后一个问题。对于这个问题，只能在这里尽可能简单地论述个人的思考和结论，因为要为这个结论找到充分的依据，需要就审美价值的一般问题做最基础性的讨论并且加以展开。不过要使这种讨论不在某种意义上遭到误解，就需要花费更多的笔墨，这是现在的篇幅所不允许的。而以下的议论有不周密之处，只有等待他日再找机会加以补充了。

和歌中作为艺术价值的最高概念的时候，到“幽玄”与“有心”是基本一致的。一方面，我们假定“幽玄”中“深远”是与美的意味中的“心深”“有心”“心艳”等相照应的，顺着这样的思路来考察，在第三视点即价值美学的视点之下，应该见出的“幽玄”概念的最核心的意味，恐怕就是美学意义上的“深”了。第三视点中审美意味的“深”，与从第二视点下加以考察的审美意味的“深”，并不是一回事，这一点是需要加以注意的。从“效果美学”及心理美学的立场上说，这种意义上的“深”归根到底就是“心之深”或者“有心”。然而这种意义上的美之“深”，往往会与“心”自身或“精神”自身的价值依据之“深”，即内在的“精神”的价值内容相联系，因而它很容易走向非直观的、非审美的、道德价值的方面。在和歌中，所谓“心之诚”“心之艳”或“有心”之类的概念的解释，往往是指向这些方面，这是显而易见的事实。众所周知，在利普斯的美学中，也强调“深”。这个“深”虽并不指向狭隘的道德方面，但不可否认，它归根到底同样指向了精神的人格的价值。而今天我们将审美价值的意义上所说的“深”，真正从“价值美学”的立场上加以解释，就不能单纯地从作为审美主体的“心深”这一主观的方面来考察，而必须从主观与客观融为一体的“美”本身的“深度”上加以考察。例如，在对美的“脆弱性”与“崩落性”的性质加以考察的时候，就不能单单着眼于主观意识的流动性这一层面，而必须与美本身的存在方法的解释联系起来。然而，在这种意义上来考察“美”本身的“深”，其依据是什么呢？从美学上又如何解释呢？

正如很多人指出的那样，中世歌学的“幽玄”思想的基本背景是老庄、禅宗等东方思想的哲学思想。在俊成那里，还有后来的心敬、世阿弥、禅竹等人那里，多少也有佛教思想的影子，但他们的美学思想并没有朝体系性的方向发展，作为背景的世界观和哲学观，并没有对他们艺术观的逻辑构造产生直接的作用。因此，在“幽玄”的问题上，也与其世界观的背景完全脱离，仅仅局限在歌学这一特殊的艺术论的范围内，并很快嬗变为具体的样式概念。其结果，反过来在对这个概念的内容做一般说明的时候，则仅仅止于可以把握的审美意义上的“深”，顶多是在如上所述的主观的概念论上加以解释。我们从价值美学的观点来看，在对“美”本身的“深”的意味加以解释的时候，有必要将“幽玄”的世界观依据置于美学价值论的体系中加以思考。这当然是一个很大的课题，绝非轻而易举的事情。不过我们可以根据这种方法，至少可以在“幽玄”美本身的“深”之意味的解释中，从主观的概念论的方向，朝客观的观念论的方向加以转变。可以想象，一种同一性的哲学，亦即凝聚性的美学立场，可以给我们的研究开拓何等新颖的途径。

对于审美价值体验的一般构造，著者一直从“艺术感的价值依据”和“自然感的价值依据”这两个方面加以考察。最近，像欧德布莱希特的美学，仅仅将前者限定在“美的”世界这一严格的范围内，与此不同，著者认为有必要将艺术素材的自然美的意义加以美学上的肯定，并且赋予它以基础依据，同时以这种方法对此加以补足。然而，要在所谓“自然美”中将它所包含的艺术美感（如由艺术想象力所产生并赋予的东西）及单纯的感性的快感等因素，统统都剔除，那么，自然美最后还剩下什么东西呢？这当然是一个很容易产生的疑问。而假如将剩下的完全作为“中性”之美来看待（例如像欧德布莱希特那样），就要对日本人的审美意识特性——即让本来的“自然感情”向一种特殊的方向发展，并在此基础上产生出独自艺术的东洋人的审美意识——做出美学的说明，岂不是很困难的吗？从这样的见解出发，在自然感的审美价值的依据方面，通过对“精神”的一切自发的意识创造原理加以整理，并由此对“自然”的纯粹静观中的超逻辑的、形而上学的意味加以思考，同时把它作为一种审美价值原理加以确认。在这个意义上，齐美尔和麦卡维尔等人在对艺术表现内容中的终极审美意义做出解释的时候，似乎认为有一种柏拉图式的本原存在，或者认为有一种胡塞尔所说的“本质核心”之类的象征性。而著者则在自然静观的美意识中来思考纯粹的、全面性的“存在”本身的“理念”在美的对象中是如何被象征表现的，并由此而思考终极的价值依据。

在对审美价值体验的一般构造做出这样的思考的同时，著者打算以“艺

术感的价值原理”与“自然感的价值原理”这两极的关系为基础，一方面来对艺术的“形式”与“内容”问题加以解释，另一方面将各种审美范畴加以系统的整理，这大概也是可行的，而后者与现在的论题有直接的关系。著者认为，从上述依据中直接演绎出来的基本的审美范畴有狭义上的三个范畴，即“美”“崇高”和“幽默”。而其他的范畴，即美的异态、类型等，大体上都是从这三个基本范畴中基于各种不同的具体经验，以单纯或复杂的形式派生出来的。这是个人尝试性的看法，还需要对此加以更详细周密的论证。

这里探讨的“幽玄”问题，实际上也是从上述的范畴中派生出来的一个审美范畴。从提出这个概念，到对这个概念加以考察，都是将它作为派生概念来看待的。如果要对“幽玄”这个审美范畴做出一定程度的结论性的考察，首先，相对于“艺术感的价值依据”而言，“自然感的价值依据”方面更占优势的时候，两个方面的融合渗透而产生的审美价值体验的本质内涵便产生了某种变貌，在这种场合，便可以把它归为“崇高”（或称“壮美”）这一基本的审美范畴。对于“崇高”的概念，一般在理解的时候存在种种误会，特别是混入了一种道义的因素，是需要指出来的，但在此不再赘言。

从这样的立场出发，最终把“幽玄”之美看作是从“崇高”范畴中派生出来的一种特殊的审美形态，就顺理成章了。上文中说过，作为审美价值的“幽玄”的中心意义，归根到底是在于“美”本身的一种特殊性质，也就是“深”。这种特殊的“深”是从何处而来的呢？著者认为，在美的基本范畴“崇高”中，本来就具有一种“幽暗性”，因而费肖尔也非常重视“崇高”范畴中所具有的这种性质，“深”与“幽暗”在根本上是相通的。而且如上所说，“崇高”这一基本范畴若能从审美价值体验之构造上加以解释的话，它所含有的“幽暗性”，主要是自然感的审美依据中的“存在”本身的理念的象征，投射到整个审美体验中的一种“阴翳”。所谓“‘存在’本身的理念的象征”这一表述是需要加以详细剖析的。简要地说，精神的创造性高度昂扬，使自然的赐予全部归于“我”，沉潜下去的纯粹的静观达到“止观”境地的时候，大自然与精神，或者说对象与自我，就合二为一，“存在”本身的全部在刹那间直接呈现。同时，“个”的存在向着“全”的存在、“小宇宙”向着“大宇宙”延伸扩展，这就是审美体验的特殊性质。在欧德布莱希特的审美意识原理的解释中，艺术感的审美价值依据被作为一种“美的明证体验”乃至“感情的明证”加以说明，而著者在这里却是将两种对峙的方面加以整理。从这个侧面看，所谓“艺术美”的理解有一种特有的“明了性”，而在对“自然美”之“深”加以体味的时候，也要看到其“幽暗性”。在谈到“自然美”的时候，所谓“自然”的意思不仅仅是人类之外的自然，也包含着人类自身在内。想来，“幽玄”美中的特殊的“深”主要是建立在这两者之间的关系基础上的。以上对“幽玄”概念的审美意味所做的诸种分析，都是从这一中心思想中生发出来的。顿阿在《三十番歌合》的判词中对“放眼远看，群鸽掠海面，波涛残月间”这首和歌的评判是：“景气浮眼，风情铭肝。”当时这种评价是否恰当又当别论，这种心的效果，特别是“风情铭肝”的趣味，是与“幽玄”的歌完全相通的。这正像上文所说的，是我们的心在审美体验的刹那间与整个的“存在”相结合，而产生出来的一种感触。

总而言之，著者认为“幽玄”作为美学上的一个基本范畴，是从“崇高”中派生出来的一个特殊的审美范畴。诚然，从逻辑上、从一般的美学的意义上，这类范畴未必只限于日本的歌道乃至日本或东方的艺术中，实际上，这一特殊的美学范畴是在东方的审美意识中得以显著发展的，而美学意义上的“幽玄”作为更为特殊化的形态，是在中世的歌道中被敏锐地体验和省察的，这一事实是我们必须承认的。

第二节　“物哀”论的文化意蕴美

“物哀”是日本传统文学、美学、诗学中的重要理论概念，被称为理解日本文化的钥匙。“物哀”的形成经过了一个较长的历史沉淀，属于日本所固有的一种美学范畴。从《古事记》开始，日本的文学艺术中就有“哀”的记载，而后经过时间的推移，“哀”深深地渗透在日本文化中，慢慢形成“物哀”这种独特的日本艺术美形态。“物哀”是一种纯粹精神性的美的感受，是感觉式的美，不是凭借理智，而是要用心和感觉来体会。日本江户时期国学大师本居宣长分析了《源氏物语》中的本质意图就是在表现“物哀”。此书中分析了“物哀”指的不是悲哀，而是书中描写的那些喜、怒、哀、乐的种种感动体会交织在一起所形成的美感。叶渭渠在《物哀与幽玄：日本人的美意识》一书中把日本“物哀美”归于五个特征：（1）“物哀”是一种客观对象与主观哀的感情一致而产生的一种美的情趣，是以对客体所持有的一种朴素深厚的感情作为基础。（2）在此基础上主体所表露出来的内心情感是非常静默的，它是交汇了哀伤、怜悯、同情、共鸣、爱怜等众多感动的总和。（3）“物哀”带来的感动或反应所面对的事物，不限于自然物，更重要的是人，就算是自然物，也必定是与人有密切联系的自然物，是具有生命意

义的自然物。（4）从对自然物和人的爱怜与感动到对人生万象的反应，是从更高层次体味事物的“哀”的情趣，并用情感去驱动现实的本质与走向。（5）这种感动或反应是以咏叹形式表达出来的。

可见，日本的“物哀美”作为一种审美意识是日本人对自然和人生的感悟，生即死的开始，不惧怕死亡，而是用接受与同情的态度对待死亡。在艺术中则是表达出一种空寂、幽灵般的神秘感，可感却不可见，这便是生命。无法抗拒命运的洪流，也不想完全听任它，看似矛盾，其实也是人生。人生如此这般空灵的美，这般神秘的美，哀而不伤。

一、“哀”概念的多义性及美学考察的困难

众所周知，在日本文学史上，“哀”常常被用来概括国民的审美意识。不过，这个概念作为一个特殊的审美范畴或审美概念，果真被人所认可了吗？如果被认可，那么它又被赋予了怎样的意义？假如把它归属于美的基本范畴，并把它看作是从中派生出来的一个特殊范畴，那么它又具有怎样的内涵呢？对这些问题的考察固然属于本书的题中之义，但我们必须从一开始就意识到其中存在的诸多困难。倘若把“哀”看作是美的一种类型，那么它完全是从日本国民，特别是平安时代的时代精神中产生而来的，具有极为特殊的内涵。不仅西方美学史上没有相关概念涉及于此，即使在学术研究史上，对此做严格的美学层面上的研究的研究者也殆无所见。从本居宣长开始，日本学者对此问题多少有所探讨，但无论他们提出的观点如何有价值，若从美学的角度看，都难以说是充分的。从这一点上看，对“幽玄”及其他概念的研究状况也是如此。总而言之，对于这些东方的乃至日本的美学概念加以美学上的探讨，是一个全新的课题，必须把这个课题的研究承担起来。

在“哀”的研究中，还存在一些特殊的困难。首先值得注意的是，较之“幽玄”和“寂”，“哀”这个概念的历史渊源更为久远，所涉及的范围领域也非常宽广。“幽玄”的概念最早出现在《古今集真名序》中，历史渊源也很久远，但“哀”这个词在《古事记》《日本纪》成书的时代就已被频繁使用了，而且其含义的变迁一直延续到近世的德川时代。有人认为，这个词从奈良时代上溯到上古时代，其含义主要是“可怜”“亲爱”或“有趣”。到了平安时代，主要用于情趣上的感受。到了镰仓时代，其含义则一分为二，一个是表示勇壮意味的“あっぱれあっぱれ”；另一个是表示悲哀意味的“あはれ”。再发展到足利室町时代，这两种意味被调和起来。而到了此后的德川时代，其含义再次被分为两个方面，一个是对道义上的

胜利者称赞为“ぁつぽれ”；另一个则相反，是对失败者加以同情的意义，称为“あはれ”，并主要用以表达怜悯之意。

这种说法是否妥当又另当别论，但它可以清楚地说明这个概念的历史演变有多么复杂、漫长。另外，“幽玄”这个词主要用于歌道和能乐，“寂”这个词主要用于俳谐和茶道，都是以特殊的艺术门类为背景产生出来的概念，而“哀”却不同，它不仅关涉日本文学的各个方面，而且时至今日，仍以极为流行的俗语的形式被广泛使用着（不必说，在这种情况下，它主要用来表示“悲惨”“悲哀”“可怜”等特定的意义）。因而这个概念比起其他概念来，其含义也变得更加复杂多样，要在其中把握最为核心的审美本质的意味，是非常困难的。

“哀”这个概念研究中的困难，实际上并不仅仅在于它的多义性。在此必须特别注意的是，这个概念的特殊性在于有些东西虽然表面上并不突显，但在深层上却给我们的研究带来了更大困难。也就是说，无论它表达的是赞赏、亲近的意味，还是悲哀、怜悯的意味，表现的都属于一种感情或感动本身。因而当这个概念的研究从语言学上的考察进一步深入其内在含义，或者要进一步深入美学层面的时候，就很容易在心理美学层面上停滞不前，不能在美学上充分、深入、全面地展开研究。当然，一般说来，心理美学与一般美学的混同，在许多场合也是屡见不鲜的，甚至一些美学立场的研究，也将心理学的方法作为唯一的方法。就“哀”的研究而言，很容易在研究中走向一种主观主义。在著者看来，这对于一个美学范畴的研究而言是十分有害的。对于这个问题，在下文的探讨中还将明确具体地说明。

二、作为审美体验的“哀”的构造

对“物哀”的直观与感动的感知，在某种意义上是类似于“世界苦”的哀感性的特殊审美体验，“物哀”在人的内心深处，随时随地会被现实世界的一切事象所唤起，它是一个沉潜于内心世界幽暗深处的东西。“物哀”具体内容即便是高兴、有趣乃至可贺、优异之事，在其积极的生活感情中，也常常隐含着深层的生命体验。这种深层生命体验的感情与表层的情调必定是带上一种哀感，与在表面上浮动、摇曳的“高兴”“有趣”等积极的情感色调混合在一起，从而表现出一种不能用概念来加以界说的微妙的情趣和氛围。在平安时代作为审美情感的“哀”中，在表面华丽的贵族生活中，都有着这样的特殊底色和构造。

作为审美概念的“哀”的形成依据，就具体的审美意识而言，无论在何种情况下，主观和客观两方面，或者说“艺术感的因素”与“自然感的因素”都是融合为一的。考察作为审美范畴的“哀”的形成过程，当然也必须考虑其审美意识中的“主观态度”问题。上文中曾指出，宣长所说的“物哀”，其一般心理学的意味是高于一般审美意味的，接着又梳理了它发展演变为一个审美概念的大体路径。在对审美意识的主观态度加以探讨时，也必须考虑到与上述的路径相照应或相并行的关系。这种发展路径主要是顺着客观的方向，从特殊的心理学意味的“哀”，发展到包含着所有情感内容的、一般心理学的层面，然后更进一步发展到表达“世界苦”之体验的“哀”。在这个过程中，作为第二阶段的一般心理学意味上的“哀”，在超越了“悲哀”“伤感”“可怜”等特殊情感内容的同时，也具有了谛观和咏叹的因素，这本身已经与一般的审美意识很接近了。

在这里，若是再次尝试着完全站在主观主义立场上，让作为一般审美体验的“哀”所体验的“态度”，再次返回到作为特殊感情的“悲哀”“伤感”“怜悯”上去，使其与特殊的对象和情景相关联，那我们就会明白，虽然情感的对象是相同的，但实际上我们的体验已经不可能再次返回到作为特殊心理学意味的“哀”了。也就是说，这已经不是我们最初实际体验的那个“哀”了，而是在面对应该感到悲哀、同情、感伤的对象时所产生出的一种审美的快感与满足，至少这种感情会占据优势，因为这是一种特殊的体验方法，是意识的一种特殊的活动方式。这一点本质上属于我们上文所说的第三阶段的“哀”的范畴，只是在具体表现上稍有不同。正如在西方美学中把“悲壮”“悲怆”也作为一种“特异的美”来看待，认为它同样给人以美的满足乃至快感一样，这是由审美对象的特殊性所造成的特殊复杂的审美体验。概言之，以上所说的作为一个特殊审美范畴的“哀”，其审美内涵的形成，实际上就是在这一意义上的审美快感与审美满足的一种特殊表现。

不过，依据这个意义上的特殊性（即心理的、主观态度的特殊性），还不能充分理解作为特殊审美范畴的“哀”。诚然，在平安时代的文学中，有很多作为审美宾词的“哀”的用例，也都强调主观心理这个侧面。关于这方面的用例，后文还将加以考察，这里暂且从略。但谈到这个问题时，仅仅以用例为依据是不行的，因为对于那些用例的使用者，无法准确揣摩他们对“哀”的审美本质如何反省。例如，能够激起我们同情的幼小、纤弱，或者在外观上能引发我们同情的东西，在某种意义上会把它们作为一种审美的对象、一种能够给予特殊快感的审美感动的对象，在这种情况下，往往会使用“哀”这个词来表达。在这种场合中，针对的不仅仅是自然美的审美对象，也有不少是以人类生活中的创造物为对象的，但后者也更多地含有“有趣”“优”“艳”等因素。这些审美因素往往是相互混杂而生的。又如，宣长所说的“悲哀之事”“忧伤之事”与上述的场合也很吻合，假如宣长所说的“深刻的感动”必然是一种审美的满足，那么就可以理解为宣长的“哀”论不单单是这个概念的一般美学意味，而是《源氏物语》等作品中作为一种特有审美情感的“哀”，亦即一种特殊的审美意味。从这个角度来看，我们不能不遗憾地意识到，宣长的观点在美学上的论述还是不充分的。

总之，美学意义上的“哀”，要通过两个途径来超越心理学意义上的“哀”的局限性。第一，狭义的心理学意义上的“哀”扩大、深化到形而上学的高度，从而形成“物哀”，使“哀”成为一种表达一般审美感动的美学范畴。第二，对于引发纯主观的、狭义的哀感乃至怜悯对象与事物，也应该由一种精神姿态来克服和超越，进而从中感到一种特殊的审美满足。实际上，这两个途径常常是合二为一的，从而产生了平安时代“哀”的特殊审美体验与特殊审美构造。从纯理论分析的角度来说，著者还是倾向于将前者作为最为本质的途径。这是因为，作为审美范畴的“哀”，其最终的价值依据不是能以满足感和快感加以说明的。在上述的两种途径中，后者是有其界限的。倘若心理学意义上的“哀”的对象和事态过于强烈，就容易强化我们的消极感情，如悲惨、哀痛等，对于大部分人来说，要产生一种审美体验是很困难的。在这样的情况下，假如不是站在西方近代文艺史上的波德莱尔、奥斯卡·王尔德的唯美主义乃至恶魔主义那样极为特殊的立场上，要真正贯彻这种理论是困难的。当然，在某种意义上说，平安时代文学中的“哀”在其深处，在其精神实质与世界观上，与西方的唯美主义似乎也是有相通性的。

三、美与“哀”、悲哀与美的关系

一般意义上的“哀”的概念有必要发展到作为审美范畴的“哀”。但是，人的悲哀、伤心等特殊的情感体验，与“美”之间有什么特殊密切的关系？这个问题我们尚未触及。如果两者之间有关联，那么究竟要如何加以说明呢？我们首先会想到，这是浪漫主义诗人常常讴歌的美与哀愁之间的特殊关联。济慈有一首题为《忧郁颂》的诗，吟咏的就是美与哀愁之间的特殊深刻关系；雪莱有一首著名的题为《致云雀》的诗，其中写道：“我们最甜美的诗歌，表达的是最悲哀的思绪。”埃德加·爱伦·坡说过：“哀愁在所有诗

的情调中是最纯正的。”波德莱尔也说过：“我发现了美的定义，我的美的定义，那就是：美当中要含有一些情热、一种哀愁，还有一种难以言喻的漠然性。”他还说：“我并非主张喜悦与美不协调，但是我要说：喜悦不过是美的最平凡的装饰物。只有忧愁才是美最好的朋友。无论在何种类型的美当中，若不含有某种程度的不幸，是不可想象的。”

接下来，他得出一个结论：男性美的最完美的类型，正是弥尔顿所刻画的撒旦那样的人。

即便上述诗人的言辞中多少有些夸张和偏见的成分，作为一种生活感情的积极性的喜悦的体验与消极性的悲哀的体验，两相比较，后者无疑带有更多的审美价值。持有这种看法的人，或者至少在悲哀的感情内容中寄托一种特殊审美体验的人，绝不在少数。对此我们是难以否定的，但还需要根据某些事实稍做分析。

首先，若说悲哀带有审美的性格，那么从心理学上说它就不是一种单纯的不快之感，而是在某种意义上必然包含着快感的成分。法国著名心理学家立波特[①]在其《情感心理学》一书中对“Plaisir de la doulenr”（快乐的痛）做了解释，又对“美的忧愁”做了论述，认为在悲哀中包含某种特殊快感，称为“Plaisir dans la doulenr”（“在痛苦中快乐”,Bouillier[②]语），或者“luxury of pitty”（“憾事之乐”,Spencer[③]语），又称为“Lust am eigenen Schmerz”（“快感源于自己的痛苦”，Sydow[④]语）等。很多人都注意到这种心理现象，并意识到了它在近代人的审美意识中的重要性。像“悲哀的快感”这一心理事实，无疑是将“哀”这一特殊情感表达转换为审美体验的一种媒介条件。而从另一方面来说，这种特殊的“快感”即“美”的发生学的确认，不能仅仅止于事实性的描述，还需要更进一步追究其特殊“快感”的由来。

其次，“哀”作为一种情感表达而转化为审美体验的第二个条件，著者认为就在于客观性这一点。“客观性”这个词在一些场合下可能不甚恰当，但在这里指的是：对我们的意识而言，悲哀、忧愁等消极情感体验，及其反面即喜悦与欢乐等积极的情感体验，与客观性比较起来，还是客观性的因素、根本性的事实更能给我们以强烈的直接感与实在感。对这一点的感知或许与人们的人生观与世界观相联系，但若单纯从理论上而言，这种说法是

① 立波特（Ribote,1839—1916），法国心理学家，著有《人格障碍》《情感心理学》等。

② 原文作Boullier，或是作者拼错了。当是指M. Francisque Bouillier。

③ 或是指Herbert Spencer。

④ 或是指Eckart von Sydow。

可以成立的。当然，无论是喜悦还是悲哀，或者无论是积极的感情还是消极的感情，在所谓情绪与情趣方面，客观性的、稀薄化的场合，或者是正相反的情况，即直接的刹那的强烈感动，亦即 Drin-Stehen im Gef ü hl[①] 的心理状态，两者之间是没有什么区别的。然而，这种特殊情形暂且不论，在一般情况下，若对两种或者说两个方向的生活感情的本质加以思考，那么人们所体验到的两个方面似乎是有所不同的。也就是说，生命的存续、成长和发展的过程中，积极的生活感情必须贯穿其中，无论是疾病还是老衰，生命过程本身都存在着生命力显而易见的消长。以健康的状态，或者以青年和壮年的时代为基准来看，疾病、老衰及相对意义上的消极方面中必然常常伴随着悲哀和忧愁等消极感情。但这种积极与消极的方面，从整体上看还是以积极的方面为主导的，在生命意识中，两个方面是融为一处的，其区别也是相对的。因此，无论是病患者还是老人，在日常生活中对于生命中的消极现象并非总是特别加以强烈认知和反省；另一方面，在这个意义上占主导地位的积极的生活感情，如兴高采烈之类的感受，除非是在死里逃生等特殊情况下，一般而言也并不是特别强烈的或者经常被感知的。喜悦之类都在潜意识中存在着，它必然与生命活动本身相伴随。我们的意识在平常状态下，对于它的感知处在一种迟钝状态。

这样看来，在人类生活的深处，积极的生活感情是经常存在着的，而日常生活中的喜悦或悲哀的情感体验，从根本上说是以无意识的积极的生活感情为基准的，或适应之，或昂扬之，或反拨之，或损害之，由此方能意识到某种特殊感情的存在。当然，纯粹的精神性的欢喜和忧愁并不是由这样单纯的 vital[②] 的关系便可以衡量的，但在这里所说的只是人类一般感情生活中的基本关系。从这个角度看，像喜悦这样的积极感情，假如不是处于某种特殊的场合，在人们的意识中并不能经常地、很明显地体验到。因而，很容易常常感到，作为积极的感情动因的客观事态，在这个现实世界中也并不是那么多。与此相反，悲哀、愁苦等消极的情感体验，却经常不断地、敏锐地进入我们的体验，因而我们会很容易地感到，造成这些消极情感的客观事态，在这个世界中无处不在。比如，就像坐上火车，开始启动时会很容易明显地（或者夸张地）感受到向后的反作用力。当然，我们不能以这样单纯的道理来为哲学中的厌世主义寻找依据。但假若这种说法在日常生活感情方面是成立，那么，撇开人生观问题不论，喜悦等积极的感情，与悲哀等消极的感

① Drin-Stehen im Gefuhl：德语，意为“现场感”“临场感”。

② vital：英语，意为“充满活力的”“性命攸关的”。

情，对我们的体验而言就是根本不同的。积极的生活体验往往会从人的主观状态中游离出去，相反，消极的生活感情却常常客观地冲击着人们的生活。“哀”的体验中的客观性，本质上就属于以上所说的消极的情感体验。

这个意义上的“客观性”，即对情感主体的游离性，使得我们在“哀”的体验中，对引发感情的所谓“事之心”“物之心”加以谛观，并容易达成“感动”与“直观”的融合，进而感情体验本身也容易客观化，从而采取咏叹的或者情趣性的方式。由此，“哀”作为一种特殊感情即“哀感”，就接近了“美”的体验，这是“哀”得以成为审美概念的第二个条件。

众所周知，是本居宣长将日语中“哀”一词改造为“物哀”这个词，以便概括《源氏物语》的主题感情乃至和歌的一般审美内容。对“物哀”中的“物”的解释，由于解释方法的不同而有种种不同解释内容。“哀”也常常被表述为“物哀”，这种词语搭配方式在其他词语中也常见，如“物悲しき”（ものかなしき）“物憂き”（ものうき）“物面白き”（ものおもしろき）等。在这里，“物”（もの）作为词素似乎不太有意义。但是若仔细考察这些用例，就会发现，“物”并不是无意义的添加词，它的作用是将某种主观的、直接的感情，间接地投射于外物，从而将气氛情趣加以客观化，至少是某种程度地加以客观化，这一点是毫无疑义的。在表示感情的词汇前面加上“物”并使其具有客观化的意味，大都表现在生活感情的消极方面，而积极的生活感情则不会使用。比如，在日语中，“物悲しき”的反义词应该是“物嬉しき”，“物憂き”的反义词应该是“物楽しき”，但这样的词实际上并不存在。而“物寂しき”（寂寥）似乎也不存在“物賑やか”这样的反义词。在形容词前添加“もの”，除表示主观感情的词汇之外，也见于表现感觉性质的词汇。例如，“ものがたき”“ものやわらか”“ものしづか”“ものさわがしき”等。但是这些词汇对我们的主体生命而言，无所谓积极还是消极，因为所“感觉”的本来就是外在事物的一种属性。即便是一种积极的生活感情，如“高兴”“快乐”“有趣”等，也都含有一种客观化的性质，但其客观化却是直接的感情表达，与“物悲”“物哀”（もののあはれ）等表达方式并不相同，这是毋庸多言的。言语表达的形式常常会把人们的体验方法与方式无意识地表现出来，故而在日语的这些词汇表现中，似乎可以证实悲哀、忧愁等消极的情感体验所隐含的根本上的客观性。

使“哀”的哀感与美相接近的第三个条件是其普遍性，这与上述的客观性有着必然的联系。为方便起见，在此需要单独加以分析。可悲的事情、忧伤的事情，对人的体验而言存在着一种特殊的客观性，这一点上文已经探讨过。这种体验在生命进程中几乎是一种随处可遇的宿命般的存在。而且，这种悲剧性的体验不仅仅是个人的，而是世界上所有人都有的普遍体验。不用说，所谓老、病、死等根本性的痛苦，与人生相伴相随，是任何人都不能逃脱的。无论在何种意义上都可以说，人生的不如意及悲哀、痛苦的体验是普遍的、无处不在的，人们随时随处都可以体验到。而对悲哀和痛苦的这种普遍性的认识，在某种意义上说是对感情本身的不快之感的缓和，或者说是对其施加的一种慰藉，从而将普遍性与个人的特殊性加以中和。实际上，在我们的直接体验中，倘若将自己所遭遇的可悲的事情看作是世界上所有人都普遍遭遇的，这就有了一种达观，起到了慰藉的作用。这种达观多少会减轻心灵的痛苦，并能从中得到某种慰藉。但这毕竟仍然属于一种消极的意识，要把“Plaisir dans la douleur”的一切都从这一点加以说明，特别是把审美的快感与满足从这一点加以说明，是远远不够的。

使“哀”的哀感与美接近的第四个条件是在悲哀忧愁的“哀”的体验中，由一种“精神姿态”而产生的“深刻度”（Tiefe）。在“哀”的体验中，存在着一种客观性和普遍性的谛观态度，这种态度将引导人们在人类生活的经验世界的深处进一步寻找其形而上学的根底。马克斯·舍勒在解释悲剧美“融解”的契机时曾指出：悲剧性的哀伤的根源，在于它与这个世界“存在关联”，因此，悲剧性的价值否定即“悲剧结局”，已经超越了人的个人意志，意识到这一点，心灵便得到了一种慰藉。这样一种形而上学的倾向在我们的内心中无疑是存在的。以这种心态来观察世界，就会感到在人生与自然的深处，隐藏着一个巨大的“虚无”的形而上学的“深渊”（Abgrund），人间的所有悲哀、愁苦、喜悦、欢乐最终都被吸附进去，而“生命”不过是这一过程中的泡沫而已。从这一点出发更进一步看来，宗教的任务就是使人类生活态度得到根本改变，使人的精神心灵得以安定。而人在“审美的态度”中，会深深感受、体味人生与自然现象，同时依靠审美的直观，对终极的“存在根据”加以透彻感悟，这样一来，“哀”的体验就不单单是一种心理学意义上的悲哀、忧愁的意味，而是发展为上述那种特殊审美概念了。悲哀、愁苦的感情本身，无论如何都是一种不快之感，一旦化为这样一种形而上学的、直观的审美情感体验，就会穿过悲哀、超越愁苦，接近“存在”的真实，并由此得到一种类似快感的精神性的满足。所谓“悲哀的快感”，特别是接近于审美状态的快感，常常就是在这个意义上的“深刻”感受的一种变形。与谢芜村有一首俳谐吟咏道：“寂寥，开心，皆在秋暮。”“寂寥”与

“douleur”[①] 虽然不是完全相同的，但芜村所感受到的“开心”与上述“深刻”的体验，确实是有着密切关联的。倘若我们完全无视由此产生的特殊快感乃至满足感，却仍然会产生冯·西多（von Sydow）所说的“Lust am eigenen Schmerz”（快感源于自己的痛苦），那这恐怕就只能算是一种变态心理现象了。

四、美的现象学性格与哀愁

现在，我们有必要再换一个角度考察审美范畴本质中的要素在何种意义上与“哀”的感情相照应。简言之，就是考察在悲哀的感情中，是否含有接近于审美的一种因子。

在这里谈到审美本质，至少要在基本的范围内加以考察。例如，悲剧美（悲壮美）这一特殊范畴在本质上含有悲哀、忧伤的成分，而在其他基本的美学范畴中，“崇高”（壮美）和“幽默”也在某种程度上含有哀愁和苦痛的因子。至少，已有的心理学美学已经在很多场合予以证实，在这些范畴的审美体验中，某种程度的不快之感与快感形成了一种“混合感情”。但这些证实仅仅是从心理学的视角进行的，还不能直接充分地证明“哀”如何与审美的本质问题发生关联。

从存在哲学的立场上看，在美学的基本范畴“美”当中，正如贝克所说，美的本质的存在方式与其“崩落性”或“脆弱性”相关，因而，要在“美”中寻求那些与悲哀、忧愁的感情相照应的因素，就要考察“美”与这种因素的关联。若从这个角度来考察，从而使“哀”作为一个派生的美学范畴得以确认，那么就可以判定，“哀”与基本美学范畴的归属关系主要是建立在“美”之上的。这是因为作为审美概念的“哀”毕竟是从“哀愁”的感情中转化而来的。另一方面，美的“脆弱性”是美自身的本质属性。在人的体验中，“脆弱性”与“哀愁”这两个审美概念在美的本质上有着必然关联。不过，在这里不能忘记，我们所面对的问题不是这个意义上的“哀”，而是原本作为普通概念的“哀”，即“哀愁”的感情与“美”之间的关联。所以在考察时要注意不能混淆两者之间的界限。

所谓“脆弱性”或“崩落性”，是客观事物的性质与人们内心中的“哀”的特殊感情相结合而产生的。但尽管如此，却不能将“美”的本质与普通意义上的“哀”直接联系起来，因为作为“美”的存在方式的“崩落性”或

① douleur：法语，意为“痛苦”“疼痛”。

"脆弱性"与我们对事物形态的"易损坏"或"易死亡"的观感并不是一回事。"美"的崩落性是人们所体验的美的"存在方式"，其性质只不过是对事物的现象学反省的一种反映，因而，作为对"崩落性"或"脆弱性"之反应的悲哀感情，在审美体验中并不是被直接意识到的。对于"美"本身所做出的纯粹的感情反应，无论在何种场合都带有明朗、谐调、快乐的色调的一种满足感。它只要不被转化为一种特殊的"范畴"，人们就不会在其中直接感受到悲哀、忧愁、痛苦的成分。因此，在思考作为美的"存在论"之本质的"脆弱性"时，还不能直接由此得出这样的结论，即作为哀感的"哀"的脆弱性存在于审美体验的感情要素中。

尽管如此，著者仍然认为，随着"美"的感受性的显著发达、审美体验的进一步丰富多彩，对美的本质加以谛观的现象学的反省也自然变得敏锐起来。基于这种自然的精神倾向，一种特别的审美意识、一种特别的哀愁感情，虽不是恒常的，但往往也会在某些时代民众的生活方式中，作为"美"的一种背景乃至 nimbus[①] 而被敏锐地意识到。即便这种"哀愁"本身在审美体验中并没有直接浮现出来，但接下去，"美"的脆弱性作为一种特殊的氛围——或者说是在脆弱性的瞬间产生的"灭亡"感——必然地会被预感到。在这种情况下，人们对于精神世界中的这种"美"的脆弱性、崩落性的痛苦感受，必然会想方设法地在自己的感情上采取一种超越性的"反讽"的态度，这就是所谓"浪漫的反讽"形成的根源。对于"美"具有感受特别敏锐、特别执着追求的浪漫主义者、唯美主义者，都会最深切地体会到这种哀愁。

著者认为，上述意义上的哀愁，与艺术美相比，在自然美中会存在更多的体验。严格的现象学存在论意义上的崩落性与脆弱性，无论是在自然美的体验还是在艺术品的体验中，本质上都是一样的，都是对"美"的体验。实际上，在人的日常意识中，将体验对象的"美"与对象物本身加以严格区别是很困难的，正如我们通常所使用的"艺术美"与"自然美"的概念一样，在通常的反省意识中，自然物的美与艺术品的美既是对对象物性质的区别，也是从对象物自身条件出发，对各自不同的审美特性所做出的规定。一般说来，自然物的美在性质上是不稳定的、流动的，具有易变动性、易灭性。这是因为，作为审美对象的许多自然物在现实世界的存在方式与艺术品是有所不同的。就艺术品而言，它的性质是人为赋予的，有着鲜明的轮廓和边界，并能将瞬间的印象加以永恒固定。与之相对，自然物使人的审美态度极其

① nimbus：英语，意为"（圣像头上的）光轮、圣光"。

不稳定，容易受到那些进入人的意识世界的非审美要素的干扰。在这个意义上，正如古典主义的美学家所反复强调的那样，艺术美是将自然美提纯，并将自然美加以永恒化的东西。

就对自然美有着深深眷顾的日本国民而言，特别是在审美意识特别发达的平安时代，一定会深深地体会到伴随着“美”的那种阴翳般的哀愁氛围。这样说并不是牵强附会的臆断。从这个角度看，在那个时代，就所有的普通日本人而言，正如“飞花落叶”这个词所形容的那样，能够在自然现象中特别敏锐地感受到的美，有许多是带有显著的变化性和流动性的。对自然美的感受性越是发达，就越能在自然变化的微妙之处看美来，这是毋庸多言的。

概言之，哀愁的因素或者“哀”的特殊感情，是与“美”相生相伴并内含于其中的，它们相互作用、相互融合，使得带有平安时代色彩的特殊的审美范畴“哀”得以形成。

五、“哀”的用例研究，其意味的五个阶段

作为审美概念的“哀”是从日本文学尤其是以《源氏物语》为中心的平安时代物语文学发展而来的，因而应该首先对相关作品中的用例加以调查，看看古人是在何种意义上使用这个词的，这本来应该是研究“哀”这一审美概念的正确顺序。不过，“哀”这个词运用非常广泛，它几乎可以用来表示一切的感情，与一切感情内容相关联。假如只对文学作品中的用例进行归纳性研究，除了对纷繁复杂的意味内容加以分类之外，恐怕不可能得到更多结果了。因而，不如放弃这一做法，而采纳本居宣长所用的方法，即站在特定角度上对“哀”加以解释，并以此为出发点展开考察。当然，我们站在美学立场上对“哀”概念的考察，不能与文学作品中的具体用例产生矛盾和背离，应谨慎指出已经被解释、规定、分类的“哀”概念的审美意味，在文学作品中有怎样的表现并加以检讨。

在此之前需要说明的是，我们在美学立场加以纯粹抽象、加以精细规定的“哀”的意味，在《源氏物语》等作品的具体使用中未必都是明确加以体现的，当然实际上也不必做这种预先说明。因为一切美学范畴都是被理论化、纯化、尖锐化了的，即便与文艺作品中实际表现出来的具体美相照应，也不可能将它们完全覆盖。就理论与实际的关系而言，这种情况是理所当然的。在理论上加以纯化和提取的东西，实际上往往是和其他种种要素混合在一起表现出来的。而且，一般美学概念的特点及内涵都是极其微妙，难以把

握，文人和诗人只是把它们作为审美宾词加以使用，不必像真正的美学范畴那样加以严密的规定，因而不能期待这种场合中的相关用例都有助于证实我们所规定的概念。

还有一点需要注意，虽然在这里做词语用例的检讨，但我们的研究无论如何不是语言学而是美学的，因此对用例的探讨方法也自然应该有所不同。例如，发现一段文章中使用了“哀”这个词，若仅仅是对使用该词的前后语境加以把握是不够的，还不能达到目的。因为“哀”这个词的含义本来就不太带感情色彩，只是从一段文章中看其含义，在逻辑上都不会看出很大的问题。因此需要在文章的逻辑和文法之外，从“哀”这个词所使用的实际语境本身来考察其审美内涵。总之，“哀”在文学上的用例不是语言学上的用例，必须从美学角度加以把握才行。

著者对“哀”这个概念所包含的所有意味内容的发展阶段加以区分，可以划分出以下五个阶段。

第一，直接表达“哀”“怜”等特殊意味的狭义的心理学含义。

第二，对这一特殊感情内容加以超越，进而用来表达一般情感体验的一般心理学上的含义。

第三，在感情感动的相关表达中，加入了直观和静观的知性因素，即本居宣长所说的“知物之心”和“知事之心”。心理学意义上的审美意识和审美体验的一般意味由此产生。

第四，这种已转化的意味再次与原本的“哀愁”“怜悯”等特定情感体验的主题相结合，同时，其“静观”或“谛观”的“视野”也超出了特定对象的限制，扩大到对人生与世界之“存在”的一般意义上，多少具有了形而上学的神秘性的宇宙感，变成了一种“世界苦”的审美体验。这样，“哀”的特殊审美内涵才得以形成。

这里需要注意的是，上述第四个阶段的特殊审美内涵得以形成的依据主要是对于人生与世界的一种形而上学的“精神姿态”。从历史角度看，使“哀”这一特殊的审美范畴得以形成的民族与时代的特定文化语境，并没有让“哀”朝着有关人生观、世界观的思辨性、理论性的方向发展，而只是给予直观的、感情性的自然美体验以某种微妙的影响，并使得这个概念分化出特殊的审美意味。为了将第四个阶段与第五个阶段加以区分，在此把这一阶段称为“哀”特殊的审美意味的分化。

第五个阶段是最后一个阶段，是“哀”作为审美范畴在意义上的完成和充实的阶段。在上一阶段，它被赋予了带有“世界苦”性质的一种形而上

学的“哀愁”色彩，从而具有了自己的特质并进一步分化出来。接着，它更加发展为一个审美的范畴，将优美、艳美、婉美等种种审美要素都摄取、包容、综合和统一过来，从而形成了意义上远远超出这个概念本身特殊的、浑然一体的审美内涵。

在以上五个阶段中，第三个阶段以后的审美意味形成阶段，在实际上是难以很明确区分的，这里勉强进行上述区分，只是为了理论论述上的方便而已。

以下，著者将基于这种阶段划分，对“哀”的概念在文学作品中的实际用例加以整理。

首先，关于第一阶段特殊的心理学意义上的用例，因为可以一目了然，就不必特别加以列举了，但为了严谨起见，这里只需一两个例子。《源氏物语》的《明石》卷有一段文章就属于这个阶段上的用例。其中写道：“把久久搁置起来的琴从琴盒里取出来，凄然地弹奏起来，身边的人见状，都感到很悲哀。”

这里所描写的身边的人看到源氏在须磨凄然而居的样子，感到悲哀可怜。《贤木》卷写到藤壶出家时的情景：连渐渐老衰的人，要出家遁世而去，也令人感到悲哀，何况藤壶皇后，事先并没有透露一点这样的意思，突然要出家，亲王不由得放声大哭起来……宫中皇子们，想起昔日藤壶皇后的荣华，不由得更加感到悲哀。

这两个例子都属于第一阶段上的含义。

第二阶段即表达一般心理学意义上的感动之情的用例极多，例如，《土佐日记》中有：“划船的人不知何为物之哀，只管自己喝酒……”

这里的“物之哀”指的是对一般意义上的事物的感动，用来形容船夫冷漠无感觉的样子。

本居宣长的“哀”概念主要是指在这个意义上的感动。在《源氏物语》中，这类用例也非常多。例如，“胸中的物之哀无以排遣，便取过一把琴，弹奏了一首珍奇的曲子，真是一场趣味无穷的夜会”（《若菜》卷上）。

在这里，“哀”可以表现人与人之间的亲密关系及爱恋等情绪，其具体含义也非常复杂，特别是表达爱恋的时候，必须同时考虑它与第三阶段含义的联系，但无论如何，它所表达的核心感情如狭义上的怜悯、广义上的同情，都是包含在第二阶段的“哀”之内的。本居宣长在论述“物哀”的时候，引用了藤原俊成的一首歌：“若没有恋爱，人就没有心魂，物哀从恋爱生起。”他认为“若没有恋爱，就很难理解‘物哀’”。因而著者才把这个意义上的“哀”作为心理学意义上的一般感动的表达。这个意义上的“哀”在《源氏物语》等作品中出现最多，也就不足为怪了。

“哀”第二和第三阶段含义之间的关系是极为紧密的。内容上未经特殊化的一般情感体验，在感动的方式上要与某种对象相结合，方可满足一般美学意义的心理条件。因而若要将它理解为本居宣长所说的“物哀”的意思，那么在很多情况下就需要将通常的“人情”和审美意识也包含进去，尤其是与恋爱那样的复杂感情相关联的时候，“哀”的第二和第三语义实际上是很难区别开来的。不过，另一方面，若要查考第三阶段即一般美学意味的“哀”的用例，就会发现在很多情况下，它与优、丽、婉、艳这样一般的“das Schöne”内容是几乎难以区分的。这一层面上的“哀”的用例在《源氏物语》等物语文学中出现很多，甚至令人感到“哀”全部的审美内容在第三阶段已经道尽了。

例如，《源氏物语》的《蝴蝶》卷有一句话：“从南边的山前吹来的风，吹到跟前，花瓶中的樱花稍有凌乱。天空晴朗，彩云升起，看去是那样的哀而艳。”在《航标》卷有：“头发梳理得十分可爱，就像画中人一般的哀美。”《浮舟》卷有：“景色艳且哀，到了深夜，露水的香气传来，简直无可言喻。”《藤里叶》卷写头中将与夕雾两人一起欣赏藤花，说了这样的话：“正当惜花送春之时，这藤花独姗姗来迟，一直开到夏天，不由令人心中生起无限之哀。”《桥姬》卷在形容琴声美妙的时候，也使用了“哀”这个宾词：“筝琴声声，听上去哀而婉美。”

总之，在这些用例中，主要是用来形容“美”的，而几乎没有包含悲哀、忧愁等特殊感情。在这个意义上，可以把“哀”看作审美概念，但这还只是一般意义上的审美概念，并没有充分发展到特殊美学意味的阶段。

第三节　“寂”论的文化意蕴美

“寂”是日本古典文艺美学特别是俳谐美学的一个关键词和重要范畴，也是与“物哀”[①]“幽玄”[②]并列的三大美学概念之一。在比喻的意义上可以说，“物哀”是鲜花，它绚烂华美，开放于平安时代文化的灿烂春天；“幽玄”是果，它成熟于日本武士贵族与僧侣文化的鼎盛时代的夏末秋初；“寂”是飘落中的叶子，它是日本古典文化由盛及衰、新的平民文化兴起的象征，是秋末初冬的景象，也是古典文化终结、近代文化萌动的预告。从美学形态上说，“物哀论”属于创作主体论、艺术情感论，“幽玄论”是“艺术本体论”和艺术内容论，“寂”论则是“审美境界论”“审美心胸论”或“审美态度论”。就这三大概念所指涉的具体文学样式而言，“物哀”对应于物语与和歌，“幽玄”对应于和歌、连歌和能乐，而“寂”则对应于日本短诗“俳谐”（近代以后称为“俳句”），是俳谐论（简称“俳论”）的核心范畴。又因为“俳圣”松尾芭蕉及其弟子（通称“蕉门弟子”）常常把俳谐称为“风雅”，所以“寂”就是俳谐之“寂”，亦即蕉门俳论所谓的“风雅之寂”。

“寂”是一个古老的日文词，日文写作“さび”，后来汉字传入后，日本人以汉字“寂”来标记“さび”。对于汉字“寂”，中国读者第一眼看上去，就会立刻理解为“寂静”“安静”“闲寂”“空寂”，佛教词汇中的“圆寂”（死亡）也简称“寂”。如果单纯从字面上做这样的理解，事情就比较简单了。但是“寂”作为日语词，其含义相当复杂，而且作为日本古典美学与文论的概念，它又与日本传统文学中的某种特殊文体——俳谐（这里主要指“俳谐连歌”中的首句即“发句”，近代以来称为“俳句”，共“五七五”十七字音）相联系。如果说，“物哀”主要是对和歌与物语的审美概括，“幽玄”主要是对和歌、连歌与“能乐”的概括，那么，“寂”则是对俳谐创作的概括，它是一个“俳论”（俳谐论）概念，特别是以“俳圣”松尾芭蕉为中心的所谓“蕉风俳谐”或称“蕉门俳谐”所使用的核心的审美概念，在日本古典美学概念范畴中占有极其重要的位置。

---

① 关于日本的“物哀”论，参见本居宣长《紫文要领》《石上私淑言》等，见《日本物哀》[M].王向远.编译，长春：吉林出版集团，2011.

② 关于日本文论史上的“幽玄”论，参见能势朝次等《日本幽玄》[M].王向远，编译，长春：吉林出版集团，2011.

但是，相对于“物哀”与“幽玄”，“寂”这一概念在日本古典俳论中显得更为复杂含混，且众说纷纭。现代学者对于“寂”的研究较之“物哀”与“幽玄”，也显得很不足。日本美学家大西克礼在1941年写了一部专门研究“寂”的书，取名为《风雅论——“寂”的研究》，是最早从美学研究角度对“寂”加以系统阐发的著作。虽然该书许多表述显得啰唆、不得要领，暴露出不少日本学者难以克服的不擅长理论思维的一面，但该书奠定了“寂”研究的基本思路与方法，而且此后一直未见有更大规模的相关研究成果问世，另外一些篇幅较短的论文更显得蜻蜓点水、浅尝辄止。较有代表性的是语言学家、教育家西尾实收于《日本文学的美的理念·文学评论史》一书中的论文《寂》（东京河出书房，1955年），西尾实觉察到“寂”在内涵上有肯定与否定的对立统一的“二重构造”或“立体构造”，但他并没有将这种构造清楚地呈现出来。至于在我国，虽然有学者在相关著作中提到“寂”，但只是一般性的简单介绍，难以称为研究。

为了给我国学者的相关研究提供关于“寂”的原典资料，学者王向远把松尾芭蕉及其弟子的俳论摘要翻译出来，又译出了大西克礼的《风雅论——“寂”的研究》，合在一起编译了《日本风雅》一书，[①] 在此基础上，运用概念辨析的方法，特别是历史文化语义学、比较语义学的方法，试图将“寂”的复杂的内部构造描画出来，将其审美意义揭示、呈现出来。

综合考察日本俳论原典对“寂”的使用，著者认为，“寂”有三个层面的意义，第一是“寂之声”（寂声），第二是“寂之色”（寂色），第三是“寂之心”（寂心）。

“寂”的第一个意义层面是听觉上的“寂静”“安静”，也就是“寂声”。这是汉字“寂”的本义，也是中国读者最容易理解的。松尾芭蕉的著名俳句“寂静啊，蝉声渗入岩石中”表现的主要就是这个意义上的“寂”。正如这首俳句所表现的，“寂声”的最大特点是通过盈耳之“声”来表现“寂静”的感受，追求那种“有声比无声更静寂”“此时有声胜无声”的听觉上的审美效果。“寂静”层面上的“寂”较为浅显，不必赘言。

“寂”的第二个层面是视觉上的“寂”的颜色，可称为“寂色”。据《去来抄》的“修行”章第三十七则记载，松尾芭蕉在其俳论中用过“寂色”（さび色）一词，认为“寂”是一种视觉上的色调。汉语中没有“寂色”一词，所以中国读者看上去不好理解。“寂色”与我们所说的“陈旧的颜色”在视

① 大西克礼等．日本风雅[M]．王向远译，长春：吉林出版集团，2012.

觉上相近，但“色彩陈旧”常常是一种否定性的视觉评价，而“寂色”却是一种完全意义上的肯定评价。换言之，“寂色”是一种具有审美价值的“陈旧之色”。用现在的话来说，“寂”色就是一种古色（水墨色、烟熏色、复古色）。从色彩感觉上说，“寂色”给人以磨损感、陈旧感、黯淡感、朴素感、单调感、清瘦感，但也给人以低调、含蕴、朴素、简洁、洒脱的感觉，所以富有相当的审美价值。“寂色”是日本茶道、日本俳谐所追求的总体色调（茶道中“寂”又常常写作“侘”，假名写作“わび”）。茶道建筑——茶室的总体色调就是“寂”色，屋顶用黄灰色的茅草修葺，墙壁用泥巴涂抹，房梁用原木支撑，总体上呈现发黑的暗黄色，也就是典型的“寂色”。“寂色”的反面例子是中国宫廷式建筑的大红大紫、辉煌繁复、雕梁画栋。中世时代以后的日本男式日常和服也趋向于单调古雅的灰黑色，也就是一种“寂色”，与此相对照的是女性和服的明丽、灿烂和光鲜。

日本古典俳谐喜欢描写的事物常常是枯树、落叶、顽石、古藤、草庵、荒草、黄昏、阴雨等带有“寂色”的东西。“寂色”不仅在古代日本文化中具有重要的审美价值，而且在现代文化中也具有普遍的审美价值。众所周知，在现代审美文化潮流中，“寂色”也相当彰显，甚至“寂色”已成为一种不衰的时尚。例如，1950 年后，从北美、欧洲到东方的日本，全世界都逐渐兴起了一股返璞归真的审美运动，表现在服装上，则是以牛仔服的颜色为代表的“寂色”服装持久流行，更有服装设计与制造者故意将新衣服加以磨损，使其出现破损，追求“破衣烂衫”的效果与情趣，反而可以显出一种独特的时尚感。这种潮流到 1990 年后逐渐传到中国，直至如今，人们已经习以为常。但现代汉语中还没有一个恰当的词来表示这种色彩与风格。著者认为，借用日本俳谐美学的“寂”及“寂色”这个名词来概括，最为合适。

“寂”的第三个层面指的是一种抽象的精神姿态，是深层的心理学上的含义，是一种主观的感受，可以称为“寂心”。“寂心”是“寂”的最核心、最内在、最深的层次。有了这种“寂心”，就可以摆脱客观环境的制约，从而获得感受的主导性、自主性。例如，客观环境喧闹不静，但是主观感受可以在闹中取静。从人的主观心境及精神世界出发，就可以进一步生发出“闲寂”“空寂”“清静”“孤寂”“孤高”“淡泊”“简单”“朴素”等形容人的精神状态的词。而一旦“寂”由一种表示客观环境的物理学词汇上升到心理学词汇，就接近于一个美学词汇，很容易成为一个审美概念了。

日本俳谐所追求的“寂心”，或者说是“寂”的精神状态、生活趣味与审美趣味，主要是一种寂然独立、淡泊宁静、自由洒脱的人生状态。所谓

“寂然独立”，是指只有拥有“寂”的状态，人才能独立；只有独立，人才能自在；只有自在，才能获得审美的自由。这一点在“俳圣”松尾芭蕉的生活与创作中充分体现了出来。松尾芭蕉远离世间尘嚣，或住在乡间草庵，或走在山间水畔，带着若干弟子，牵着几匹瘦马，一边云游，一边创作，将人生与艺术结合在一起，从而追求“寂”、实践“寂”、表现“寂”。要获得这种“寂”之美，首先要孑然孤立、离群索居。对此，松尾芭蕉在《嵯峨日记》中写道：“没有比离群索居更有趣的事情了。”近代俳人、评论家正冈子规在《岁晚闲话》中曾对松尾芭蕉的“倚靠在这房柱上，度过了一冬天啊”这首俳句做出评论，说此乃“真人气象，乾坤之寂声”，因为它将寒冷冬天的艰苦、清贫、单调、寂寞的生活给审美化了。

过这种“寂”的生活，并非是要做一个苦行僧，而是为了更好地感知美与快乐。对此，松尾芭蕉的弟子各务支考在《续五论》一书中说：“心中一定要明白：居于享乐，则难以体会‘寂’；居于‘寂’，则容易感知享乐。”这实在是一种很高的觉悟。一个沉溺于声色犬马、纸醉金迷之乐的人，其结果往往会走向快乐的反面，因为对快乐的感知迟钝了。对快乐的感知一旦迟钝，对更为精神性的“美”的感知将更加麻木化。所以，“寂”就是要淡乎寡味，在无味中体味有味。松尾芭蕉的另一个弟子森川许六在《篇突》中就表达过这个意思：“世间不知俳谐为何物者，一旦找到有趣的题材，便咬住不放，是不知无味之处自有风流……要尽可能在有味之事物中去除浓味。”这里所强调的都是“寂”是一种平淡的心境与趣味。这样的心境和趣味容易使人在不乐中感知快乐，在无味中感知有味，甚至可以化苦为乐。这样，“寂”本身就成为一种超然的审美境界，能够超越它原本具有的寂寞无聊的消极性心态，而把“寂寥”化为一种审美境界，摆脱世事纷扰，摆脱物质、人情与名利等社会性的束缚；摆脱痛苦的感受，使心境获得对非审美的一切事物的“钝感性”乃至“不感性”，自得其乐，享受孤独，从而获得一种心灵上的自由和洒脱。

“寂”作为审美状态，是“闲寂”“空寂”，而不是“死寂”；是“寂然独立”，不是“寂然不动”。它是一种优哉游哉、游刃有余、不偏执、不痴迷、不执着、不胶着的态度。就审美而言，对任何事物的偏执、入魔、痴迷、执着、胶着都只是宗教的虔诚状态，而不是审美状态。松尾芭蕉自己的创作体验也能很好地说明这一点。他曾在《奥之小道》中提到，他初次参观日本著名风景圣地松岛的时候，完全被那里的美景震慑住了，一时进入了一种痴迷状态，不可自拔，所以当时竟连一首俳句都写不出来。这就说明，

“美”实际上是一种非常可怕的东西，被“美”俘虏的人，要么成为美的牺牲者，要么成为美的毁灭者，却难以成为美的守护者、美的创造者。例如，王尔德笔下的莎乐美为了获得对美的独占，把自己心爱的男人的头颅切下来；三岛由纪夫《金阁寺》中的沟口为了独占金阁的美，而纵火将金阁烧掉了，他们都成为美的毁灭者。至于为美而死、被美所毁灭的人就更多了。这些都说明，真正的审美就必须与美保持距离，要入乎其内，然后超乎其外。而“寂”恰恰就是对这种审美状态的一种规定，其根本特点就是面对某种审美对象，可以倾心之，但不可以占有之，要做到不偏执、不痴迷、不执着、不胶着。一句话，“寂”就是保持审美主体的“寂然独立”，对此，松尾芭蕉的弟子向井去来在《三册子》中写道：“不能被事物的新奇之美所俘虏，若一味执着于追新求奇，就不能认识该事物的‘本情’，从而丧失本心。丧失本心，是心执着于物的缘故。这也叫作‘失本意’。”古典著名歌人慈圆有一首和歌这样写道：“柴户有香花，眼睛不由盯住它，此心太可怕。”在他看来，沉迷于、胶着于美，是可怕的事情。用日本近代作家夏目漱石的话来说：“你需要有一种‘余裕’的精神状态，有一种‘无所触及’的态度，就是要使主体在对象之上保持自由游走、自由飘游的状态。”

那么，究竟要在哪里游走飘移，又从何处、到何处游走飘移呢？综观日本古典俳论特别是蕉门俳论，可以发现其中存在着四个对立统一的范畴（“四论”）及其相关命题：第一，“虚实”论，提出了“游走于虚实之间”的命题；第二，“风雅”论，提出了“以雅化俗”“高悟归宿”的命题；第三，“老少”论，提出了“忘老少”的命题；第四，“不易、流行”论，提出了“千岁不易，一时流行”的命题。要使“寂”这一审美理念得以成立，审美主体或创作主体就是要在“虚与实”“雅与俗”“老与少”“不易与流行”之间飘移，由此形成了既对立又和谐的审美张力，并构成了“寂心”的基本内涵。

一、“寂心”中的第一对范畴——“虚实”论

“虚实”论本来是中国哲学与文论中重要的对立统一的范畴，指的是有与无的关系、现实与想象的关系、生活与艺术的关系、虚构与真实的关系，等等。作为文论概念的“虚实”主要指一种艺术手法，具体表述为“虚实兼用”“虚实互用”“虚实互藏”“虚实相半”“虚实相生”“虚实相间”“虚实得宜”等，而日本“虚实”概念的含义虽然基本上与中国相同，但与中国文论所不同的是，日本俳论中的“虚实”概念是包含在“寂”论之中的。在日语

中，有一个动词写作“さぶ”，名词型写作“さび”，这个词在词源上可能与“寂”有所不同，但显然与“寂”是同音近义的关系，所以也不妨将它作为“寂”的派生用法。“寂”（“さぶ”“さび”）这个接尾词可以置于某一个名词之后，表示“带有……的样子”的意思，相当于古汉语中的“……然”的用法。例如，“翁さぶ”“秋さぶ”分别是“仿佛老人的样子”“有秋天的感觉”的意思；“山さび”是说某某东西像是“山”。在这里，本体是“实”，喻体是“虚”，这是“寂”作为接尾词在日语中的独特的语法功能。通过这一功能的作用，就可以将“虚”与“实”两种事物联系起来、统一起来。

另一方面，“寂”论中的“虚实”论指的不是中国文论中的“虚实互用”“虚实相间”之类的艺术表现手法，而是主张审美创作者与美的关系，或者说是人与现实之间形成一种既有距离又不远离的若即若离的审美关系。用蕉门俳论中的术语来说，是要“飘游于虚实之间”。对此，《幻住庵俳谐有耶无耶关》一书中，以松尾芭蕉的名义写了这样一段话：“于虚实之间游移，而不止于虚实，是为正风，是为我家秘诀。”并举了一个风筝的例子加以形象地说明：“虚：犹如风筝断线，飘入云中。实：风筝断线，从云中飘落。正：风筝断线，但未飘入云中。”以此说明“以虚实为非，以正为是，漂游于虚实之间，是为俳谐之正。”在这个形象的比喻中，地为实，天（云）为虚，风筝是俳人的姿态。风筝断线，方能与“实”相脱离，但又不能飘入云中，否则就是远离了“实”而“游于虚”。只有“飘游于虚实之间”，才是“寂”应有的状态。

对此，大西克礼在《风雅论》一书中用德国浪漫派美学家提出的“浪漫的反讽”的命题加以解释。他认为，所谓“浪漫的反讽”就是“一边飘游于所有事物之上，一边又否定所有事物的那种艺术家的眼光”。“反讽”的立场，是把现实视为虚空，又把主体或主观视为虚空，结果便在虚与实之间飘游，在“幻像”与“实在”之间飘游、在“否定”与“肯定”之间飘游。按著者理解，“审美的反讽”实际上就是一种审美主体的超越姿态，就是以游戏性的、审美的立场，对主客、虚实、美丑等的二元对立加以消解，在对立的两者之间来回反顾，自由地循环往复。这样一来，“虚”便可能成为“实”，而“实”又可能成为“虚”。由此，才有可能自由地将丑恶的现实世界加以抹杀，达到一种松尾芭蕉在《笈之小文》中所提倡的那种自由的审美境界，即“所见者无处不是花，所思者无处不是月”。这一点集中体现于松尾芭蕉的创作里。在他“寂”的“审美眼”里，世间一切事物都带上了美的色彩。例如，他的俳句“黄莺啊，飞到屋檐下，朝面饼上拉屎哦”“鱼铺里，

一排死鲷鱼，呲着一口白牙”，都是将本来令人恶心的事物和景象写得具有美感。19世纪法国诗人波德莱尔的“恶之花”的审美观与艺术表现与此有些相似，但波德莱尔立足于颓废主义立场，强调美与丑、美与道德的对立，松尾芭蕉并非有意地彰显丑，而是用他的“审美眼”、用“寂心”来看待万事万物。有了“寂心”，不仅会对非审美的东西具有“钝感性”或“不感性”，还能够“化腐朽为神奇”、化丑为美。一般而言，把原本美的东西写成美的，是写实；将原本不美的东西写成美的，才是审美。在这方面，不仅松尾芭蕉如此，以“寂”为追求的松尾芭蕉的弟子们也都如此。据《去来抄》记载，一天傍晚，先师对宗次说：“来，休息一会儿吧！我也想躺下。”宗次说：“那就不见外了。身体好放松啊，像这样舒舒服服躺下来，才觉得有凉风来啊！”于是，先师说：“你刚才说的，实际上就是发句呀！你将这首《身体轻松放》整理一下，编到集子里吧！”宗次的这首俳句是：“身体轻松放，四仰八叉席上躺，心静自然凉。”表现了俳人的苦中求乐的生活状态。这种态度，这种表达，就是俳谐精神，就是“寂”的本质。松尾芭蕉的另一个弟子宝井其角在夜间睡眠中被跳蚤咬醒了，便起身写了一首俳句：“好梦被打断，疑是跳蚤在捣乱，身上有红斑。”同样是将烦恼化成快乐。在这些俳谐中所表现的就是俳人的甘于清贫、通达、洒脱和本色，是一种无处不在的游戏心态和审美态度。显然，在这洒脱的精神态度中，也含有某种程度的“滑稽”“幽默”“可笑”的意味。实际上，“俳谐”这个词的本义就是滑稽、可笑，因而俳谐与滑稽趣味具有天然的联系。所以，大西克礼在《风雅论》中，以西方美学为参照，认为“寂”是属于“幽默”的一个审美范畴。这是因为“寂”飘游于虚实之间，也飘游于“痛苦”与“快乐”“严肃”与“游戏”“谐谑”与“认真”之间，并使对立的两者相互转换。于是，“寂”这种原本“寂寞”“寂寥”“清苦”就常常走到其反面，带上了“滑稽”“有趣”“游戏”“满足”乃至“可笑”的色彩。

“虚实”及“虚实论”是一种俳人的人生态度与审美态度，是一个高度抽象的哲学问题。而在具体俳谐创作中，“虚实论”又具体表现为“华实论”（花实论）。尽管日本俳论中各家对“华实”的解释各有不同，但基本上与中国古代文论中的“华实”论相通，就是主张以“实”为主，以“花”为辅。例如，向井去来在《去来抄·同门评》中认为俳谐中吟咏的中心对象是“实”，一首俳谐中“实”是确定不变的，而“作为修饰性的‘花’可以有多种多样，但应选取有雅趣的事物”。

二、“寂”论的第二对范畴——“雅俗”论

“寂”所包含的这种淡薄、宁静、自由、洒脱、本色、幽默的生活态度，从另一个角度来说，就是“风雅”。在这个意义上，“寂”常常被称为“风雅之寂”。著者认为，“风雅”不同于日语中的另一个近义词“雅”（みやび）。“雅”是宫廷贵族的高贵、高雅之美，其意义结构是单一的，而“风雅”则是一种对立结构，是“风”与“雅”的对立统一，用日语来说，就是“俚”（さとび）与“雅”（みやび）的对立统一。对于“风雅”（ふうが）这个汉字词，日本人历来有种种解释，如“风”与“雅”是汉诗的“六义”中的两义，“风雅”指诗歌文章之道，是一种艺术性的风流表现。这些解释都是汉语中“风雅”的原意。日本俳论中对“风雅”一词的理解也很不一致、很不明确，但是只要对日语及日本文学、文论语境中的“风雅”加以分析，就会看出“风雅”是作为“寂”的一个审美条件，指的是“风”与“雅”的对立统一。“风”者，风俗也、世俗也、大众也、民间也、底层也、俚俗也；在“风雅之寂”的审美理念中，“雅”者，高尚也、个性也、高贵也、纯粹也、美好也。“风雅”的实质就是变“风”为“雅”，就是将大众的、底层的、卑俗的东西予以提炼与提升，把最日常、最通行、最民众、最俚俗的事物加以审美化，就是从世俗之“风”中见出美，也就是通常所说的“俗”与“雅”的对立统一。为此，松尾芭蕉提出“高悟归俗”的主张。“高悟”之后再“归俗”，就不是无条件地随俗，而是超越世俗，然后再回归于俗。有时表面看上去很俗，实则脱俗乃至反俗。为此，松尾芭蕉还提出了所谓“夏炉冬扇”说。火炉与扇子固然是俗物，但夏天的火炉，冬天的扇子，一般人会认为是不合时宜的无用之物，而“夏炉冬扇”作为一种趣味，恰恰可以表示一个人的不合时宜、不从流俗、特立独行的姿态。从语言使用的角度看，俳谐与和歌的不同点就是使用俗语，就此，蕉门俳论书《二十五条》鲜明提出俳谐创作就是“将俗谈俚语雅正化”，与谢芜村在《春泥句集》序中也提出俳谐使用“俗语”但又要“离俗”的意思都是一样的。或者在雅归俗，或者在俗向雅，都存在着一个“雅”与“俗”互动，或者“俗”与“离俗”互动的审美张力。而根本的指向就是“以雅化俗”，这也是“风雅之寂”最显著的审美特征。

“风雅之寂”作为一种心胸或态度，又叫“风雅之诚”。“诚”者，不仅仅是指客观的真实，更是指主观的真心、真性情，是很个人化的、很自我的

精神世界。"风雅之寂"与"风雅之诚"就是一种超越于雅俗的审美追求。这一点也可以从一些俳人所起的名号中看出来，如有人叫"去来"，有人叫"也有"，有人叫"横斜"，有人叫"一茶"，有人叫"芜村"，等等，通俗至极，但奇特至极、风雅至极。站在现代社会的角度看，"风雅之寂"就是人的内在修养的外在表现，是"贵族趣味"与"平民姿态"的对立统一。一个人的精神趣味是贵族的、高雅的、脱俗的，但外在表现上却又是平民的、随和的、朴素的，这就是"风雅之寂"，是人格的一种大美。相反则是矫揉造作、假模假式，拿架子、摆派头，那就是不"寂"，就是丑。

三、"寂"论的第三对范畴——"老少"论

"寂"这一概念的深层意义是"老""古""旧"。本来，"寂"在日语中作为动词，具有"变旧""变老""生锈"的意思。这个词给人的直观感觉就是"黯淡""烟熏色""陈旧"等，这是汉语中的"寂"字所没有的含义。如果说，"寂"的第一层含义"寂静""安静"主要是从空间的角度而言，与此相关的"寂然、寂静、寂寥、孤寂、孤高"等的状态与感觉，都有赖于空间上的相对幽闭和收缩，或者空间上的无限空旷荒凉，都可以归结为空间的范畴；而"寂"的"变旧""生锈""带有古旧色"等义，都与时间的因素联系在一起，与时间上的积淀性密切关联。"寂"的这种"古老""陈旧"的意味，如何会成为一种审美价值呢？古老、陈旧的反义词是新鲜、蓬勃，这些都具有无可争议的审美价值。而"古老""陈旧"往往表示着对象在外部所显示出来的某种程度的陈旧、磨灭和衰朽。这种消极性的东西，在外部常常表现为不美乃至丑。而不美与丑如何能够转化为美呢？

一方面，衰落、凋敝、破旧、干枯、不完满的事物，会引起俳人们对生命、对于变化与变迁的惋叹、感慨、惆怅、同情与留恋。早在14世纪的僧人作家吉田兼好的随笔集《徒然草》第82则中，就明确地提出残破的书籍是美的。在该书的第137节写道："比起满月，残月更美；比起盛开的樱花，凋落的樱花更美；比起男女的相聚相爱，两相分别和相互思念更美。"从这个角度看，西尾实把《徒然草》看作是"寂"的审美意识的最早的表达。在俳谐中，这种审美意识得到了更为集中的表现。例如，看到店头的萝卜干皱了，俳人桐叶吟咏了一首俳句："那干皱了的大萝卜呀！"松尾芭蕉也有一首俳句曰："可惜呀，买来的面饼放在那里干枯了。"这里所咏叹的是"干皱""干枯"的对象，最能体现"寂"的趣味。用俳人北枝的一首俳句来说，

"寂"审美的趣味，就是"面目清癯的秋天啊，你是风雅！"在这个意义上，"寂"就是晚秋那种盛极而败的凋敝状态。松尾芭蕉的弟子森川许六在《赠落柿舍去来书》中写道："我已经四十二岁了，血气尚未衰退，却也做不出华丽之句了。随着年龄增长，即便不刻意追求，也会自然吟咏出'寂'之句来。"在他看来，"寂"是一种自然而然的"老"的趣味。但是，仅仅是"老"本身，还不能构成真正的"寂"的真髓，正如莺立所说的"过于'寂'，则如见骸骨，失去皮肉"。假如没有生命的烛照，就没有"寂"之美。关键是人们要能够从"古老""陈旧"的事物中见出生命的累积、时间的沉淀，乃是真正的"寂"之美。这就与人类的生命、人类的生命体验，产生了一种不可分割的深刻联系。任何生命都是有限的、短暂的，而我们又可以从某些"古老""陈旧"的事物中，某种程度地见出生命的顽强性、坚韧性、超越性和无限性。这样一来，"古老""陈旧"就有了生命的移入与投射，就具有了审美价值，最为典型的是古代文物。有时候，尽管"古老""陈旧"的对象是一种自然物，例如，一块长着青苔的古老的岩石，一棵枝叶稀疏的老松，只要我们可以从中看出时间与生命的积淀，它们就同样具有审美价值。

另一方面，俳论中的"寂"论确认了有着生命积淀的"古老""陈旧"事物的审美价值，但这并不意味着"寂"专门推崇或特别推崇"古老""陈旧"之美。诚然，正如中国著名词人苏东坡所说："大凡为文，渐老渐熟，乃造平淡"（周紫之:《竹坡诗话》）；又如明代画家董其昌所说："诗文书画、少而工、老而淡。"(《画旨》）是说人到老了，容易走向平淡，也就是容易得到"寂"。但这并不意味着"寂"是老年人的专利，也不意味着"老"本身就是"寂"之美。虽然俳谐的"寂"的审美理念中包含了"古老""陈旧"的审美价值，但我们也不能像大西克礼那样把俳谐划归于"老年文学"。著者认为，总体而言，日本文学与中国文学的一个最大的不同，就是中国文学在观念上十分推崇"老"之美，常常把"老道""老辣""老成"作为审美的极致状态，而日本文学则把"少"之美作为美的极致，尽力回避老丑的描写。例如，在《源氏物语》中，所有女性的主要人物都是十几岁至二十几岁的青年，男性则大多是属于中青年。作者对男主人公源氏也只写到40岁为止。作者笔下的女主人公都是在20岁前后去世的，这就避免了写到她们的老丑之态。整个平安时代的贵族文学中，基本情形就是如此。即便是到了俳谐文学这样后起的文学样式，也仍然继承了这一传统。最典型的代表是江户时代后期的俳人小林一茶，他在中晚年写了大量充满孩子般的、天真稚气的俳句，如"没有爹娘的小麻雀，来跟我一块玩吧""瘦青蛙，莫败退，有

我一茶在这里”等。可见，在日本文学中，似乎存在着一种“写‘少’避‘老’”的传统，存在着对“老丑”的一种恐惧感。例如，井原西鹤《好色一代女》中女主人公，在年老色衰后隐遁山中不再见人；又如，川端康成《睡美人》中的男主人公因年老、性能力丧失感到羞愧，只能面对服药后昏睡的年轻女子回顾往昔、想入非非；谷崎润一郎的《疯癫老人的日记》所描写的也是如此。这一传统在日本俳谐文学及俳论中的“寂”论中也有表现。“寂”论实际上包含了“老”与“少”这对矛盾的范畴。松尾芭蕉在《闭关之说》一文中表达了他对“老少”问题的看法。他认为，年轻时代的男女因为“好色”而做出一些出格的事情是可以理解和原谅的，“较之人到老年却仍然魂迷于米钱之中而不辨人情，罪过为轻，尚可宽宥”。在松尾芭蕉看来，青壮年时代“好色”是人情，是美的，而年老时若只想着柴米油盐，而失去对“人情”的感受力与实行力，那是不可原谅的。这是以“少”为中心的价值观。所以松尾芭蕉主张，老年人只有“舍利害、忘老少、得闲静，方可谓老来之乐”。换言之，老年只有“忘老少”，即忘掉自己的老龄，“不知老之将至”“不失其赤子之心”，才能真正达到“乐”的境界，也就是“寂”的境界。芭蕉弟子各务支考在《续五论》中也强调：“有人说年轻则无‘寂’，这样说，是因为他们不知道俳谐出自于心。”也就是说，有没有“寂”，不取决于年龄的老少，而决定于心灵状态。这一点与中国文论的相关议论也颇为吻合。明代项穆在《书法雅言·老少》中，谈到书法风格时说：“书有老少……老而不少，虽古拙峻伟，而鲜丰茂秀丽之容；少年不老，虽婉畅纤妍，而乏沉重典实之意。二者为一致，相待而成者也。”也许正是为了“老”与“少”的“相待而成”，晚年的松尾芭蕉努力提倡所谓“軽み”（かるみ）的风格。所谓“轻”，是与“老”相对而言的，实际上就是“少”的意思，就是年轻、青春、轻快、轻巧、生动、活泼的意思。这个“轻”，与“寂”所本来带有的“古老”“陈旧”的语义是相对立的，而这一对立就是“老”与“少”的对立。不妨认为，以松尾芭蕉的“夏炉冬扇”的反俗、风雅的观点来看，人越是到了老年，越要提倡与“老”相反的“轻”，如轻快、轻巧、生动、活泼的东西。松尾芭蕉晚年的俳谐作品中固然有着老年的不惑与练达，却并没有暮年的老气横秋，也大量表现了新鲜、少壮、蓬勃之美。如此，就使得“寂”的“古老”“陈旧”之美中不乏新鲜与生气，不失去其生命活力。这就是“老”与“少”“寂”与“轻”的相反相成的关系。换言之，“寂”之美就是从“老”与“少”的对立统一中产生出来的。

四、“寂”的第四对范畴——“不易、流行”论

空间意义上的“寂”与时间意义上的“寂”的交织，作为一种生命状态、美的状态，不是刻板的、沉闷的，而是时刻都处在变与不变之中。在这个意义上看，“寂”这一审美概念又与松尾芭蕉提出的“不易、流行”论密切关联。

所谓“不易”，就是不变，就是“千岁不易”；所谓“流行”，就是随时改变，就是所谓的“一时流行”。“不易、流行”就是变与不变的矛盾统一，它有两个层面的意思。浅层的是指俳谐作品的样式，即“不易之句”和“流行之句”。“不易之句”就是有传统底蕴的、风格较为保守固定的俳句，“流行之句”就是追求新风的俳句。这里讲的是创作风格的变与不变的矛盾统一。但“不易、流行”更深层的寓意，乃是指“寂”的一种本质内涵——也就是永恒与变化的矛盾统一、“动”与“静”的矛盾统一。松尾芭蕉弟子之一服部土芳在《三册子》中曾引用松尾芭蕉的一段话：“乾坤变化乃风雅之源。静物其姿不变，动物其姿常变。时光流转，转瞬即逝。所谓‘留住’，是人将所见所闻加以留存。飞花落叶，飘然落地，若不抓住飘摇之瞬间，则归于死寂，使活物变成死物，销声匿迹。”说的就是“动”与“静”的关系。“不易、流行”论所要揭示的道理就是“不易”是“寂”的根本属性，“流行”是“寂”的外在表征。换言之，“静”是“寂”的根本属性，“动”是“寂”的外在表征。绝对的“不易”或“静”就是纯粹的无生命、就是“死寂”；绝对的“流行”或“动”就是朝生暮死，转瞬即逝。只有“不易”与“流行”、永恒与变化、“动”与“静”的对立统一，才是真正的苍寂而又生机盎然的“寂”的境界。最能体现“寂”之真谛的俳谐，最美、最具有“俳味”的俳谐，都是“不易”“流行”“动”与“静”的辩证统一。对松尾芭蕉的众多名句加以仔细体味，就可以常常感受到其中的“不易、流行”的奥妙。例如：“古老池塘啊，一只蛙蓦然跳入，池水的声音。”“寂静啊，蝉声渗入岩石中。”这两首俳句写的是“静”还是“动”呢？没有古老池塘的寂静，哪能听得青蛙入水的清幽的响声？没有树林中的寂静，哪能感觉到蝉声渗入坚硬的岩石？在这里，“寂”并非寂静无声，而是因有声而显得更加寂静；“寂”也并非不“动”，而是因为有“动”而更显得寂然永恒。这就是禅宗哲学所说的“动静不二”。“不易、流行”及“动、静”所达成的这种审美张力与和谐，也就是宇宙的本质、是世界与人之关系的本质，也就是“寂”的本质。

俳谐就是这样，作为世界文学中的最为短小的由 17 个字音构成的诗体，体式上极为简单，却包含了上述颇为复杂的哲学、宗教、美学的思想蕴含，也许正是在这个意义上，近代俳人、俳论家高滨虚子才断言："和歌是烦恼的文学，俳谐是悟道的文学。"也就是说，和歌是以抒情为主的，而俳句是以表意为主的。和歌是苦闷的象征，俳谐是觉悟的表达。这样，俳谐的简单的体式与复杂的表意之间就构成一种审美的张力，这也是"寂"的一个重要特点。

以上所说的"寂"论及"寂心"中所内含着的"虚实"论、"雅俗"论、"老少"论、"不易、流行"论这四个对立统一的范畴，作为一种形而上学之"道"，只要被俳人所"悟"，就必然会在具体的俳句作品中体现出来。将这四个对立统一的范畴总体地、浑然地、自然而然地加以综合表现而呈现出来的那种外在状态，就是日本俳论中所主张的所谓的"しおり"（旧假名标记法写作"しをり"），读作"shiori"。从词源上来看，"しおり"是一个合成词，它的原型是树枝的"枝"字——日语音读为"し"（shi）——后头再加上一个动词"折る"（"おる"）而形成的动词"枝折る"（しおる），其名词形是"枝折"（しおり）。"枝折"的意思是"折枝"，就是将柔软的树枝折弯、折下的状态。在这个意义上，"しおり"又以汉字"挠"字来标记，写作"挠り"，"挠"也就是"折"的意思；又因为被折弯或被折下的树枝显得软弱、萎靡、沮丧，所以又以汉字"萎"来标记，写作"萎る"（しおる）时，作为动词，它表示一种萎靡的状态和"蔫"之美。此外，在走山路的时候，人们会折下或折弯路边的树枝，用来作为路标，这时也写作"枝折"，又从"路标"这个意思，引申为夹在书本中的书签，汉字写作"栞"。综合上述"枝折"（しおり）的这些意思，可以看出这个词有两大特征：第一，它表示一种柔软、曲折之美，一种可怜、可哀的"蔫"之美；第二，它是一种标志物，是呈现在外的视觉性的特征。我们应该从这两个特征入手，对"枝折"一词的美学属性加以分析和理解。

"枝折"这个概念在日本古典俳论中使用的相当多，但由于缺乏明确的界定，也缺乏理论体系上的准确定位，以致一直以来学者们对将"枝折"与"寂"乃至与"细柔"作为同一层次的概念相提并论，从而产生了逻辑上的严重混乱。著者认为，"枝折"与上述的四对概念一样，也是"寂"的一个从属范畴。如果说，"虚实"论、"雅俗"论、"老少"论、"不易、流行"论这四个对立统一的范畴是"寂"的内在含义，那么，"枝折"则属于"寂"的外在表现、一种外在标志。正如松尾芭蕉弟子去来在《答许子问难辨》中所说："'枝折'是植根于内而显现于外的东西。"倘若借用日本古典文论中常常使用的"心"（内在精神）、"姿"（外在表现）的比喻来说，四个对立统一的范畴是"寂之心"，而"枝折"就是"寂之姿"。"寂"作为俳人的精神内涵，通常是沉潜着的、含而不露的，当它表现在俳谐创作中的时候，必然要体现出外在的风格特征与表现形式（日语称为"句姿"）上面，这种体现，就是所谓的"枝折"。蕉门俳论中对俳句的"句姿"的"枝折"做了许多描述，如《祖翁口诀》中说："句姿应如青柳枝上小雨垂垂欲滴之状，又如微风吹拂杨柳，摇曳多姿。"这实际上也就是对"枝折"之美的描述。"枝折"就如同柔软的树枝那样的弯曲、纤细、摇曳、游弋、飘忽、扶摇、婀娜、潇洒的那种状态。假如借用上述的"虚实"论中飘游的风筝来做比喻，放风筝者有一颗"寂之心"，风筝就是"寂之姿"，风筝及风筝线细长、柔韧、浮游、飘飘忽忽，若有若无，若隐若现，其作用和功能是把"寂之姿"放飞、呈现出来，这种状态就是"枝折"。正因为如此，日本古典俳论常常将"枝折"与"细柔"（ほそみ）连在一起使用。在这种情况下，"细柔"就是"枝折"状态的一种描述。换言之，"枝折"的，必然就是细柔的，正如风筝线一样，要让风筝飘起来，达到"枝折"的效果，就必然有一条"细柔"之线。再打个比方，"寂"就像一个蚕茧，蚕茧的外壳是"寂声""寂色"，内部包含着的蚕丝就是"寂心"。倘若蚕丝不抽出来，那就好比是"寂之心"没有外化；倘若蚕丝由内及外地抽出来，就使"寂心"有了外在表现。表现得好、表现得美，就是艺术创作，就是艺术表现，就呈现出了"枝折"之美、"柔细"之美，这种美就是"寂姿"。"寂姿"表现在具体的俳谐（俳句）创作中，就是日本俳论中常说的"句之姿"，是一种余情不绝、余韵缭绕、摇曳多姿、委曲婉转之美。这就是"枝折"的最基本的审美外化的功能。

假如以上的分析与结论可以成立，就用现代学术的逻辑分析与概念辨析方法，为历来众说纷纭、暧昧模糊的日本"寂"论建立起了一个理论系统，显示出了它内在的逻辑构造。概言之，"寂"在外层或外观上，表现为听觉上的"动静不二"的"寂声"，视觉上以古旧、磨损、简素、黯淡为外部特征的"寂色"。在内涵上，"寂"中包含了"虚与实""雅与俗""老与少""不易与流行"四对范畴，构成了"寂心"的核心内容，所表示的是俳人的心灵悟道、精神境界与审美心胸。"寂"表现于具体俳谐作品上，则是"寂姿"，是以线状连接、余情余韵为特征的"枝折"。"枝折"将这上述四对范畴分别呈现、释放出来，从而使俳谐呈现出摇曳、飘逸、潇洒、诙谐的"枝折"

之美。总之，从外在的“寂声”“寂色”，到内在的“寂心”，再到外在的“寂姿”，构成了一个入乎其内、超乎其外、由内及外的审美运动的完整过程。

说到底，“寂”作为一个美学概念，体现了日本文学，特别是俳谐文学的根本的审美追求，具有理论表述与思维构造上的独特性，同时与其他民族的审美意识有所相通，特别是与中国文化有着深层的关联。在哲学方面，“寂”论显然受到了中国老庄哲学的返璞归真的自然观、佛教禅宗简朴而又洒脱的生活趣味与人生观念的影响。在审美意识上，“寂”的状态与刘勰《文心雕龙》中所提倡的“贵在虚静、疏瀹五藏、澡雪精神”的观点十分契合，与中国文论中提倡的“淡”，包括“冲淡”“简淡”“枯淡”“平淡”也一脉相通，与苏东坡在《评韩柳诗》中提倡的“外枯而中膏、似澹而实美”，与明代李东阳提倡的“贵淡不贵浓”等主张若合符节。在艺术形态上，日本的俳谐及由此衍生出来的“俳文”“俳话”所显示的“寂”的风韵，与中国古代的瘦硬枯淡的诗、率心由性的随笔散文、空灵淡远的文人水墨画，都是形神毕肖的。日本古代俳人及俳论家的智慧就在于就这些复杂的东西，以一个貌似简单的“寂”字一言以蔽之、一言以贯之，从而表现出日本化的理论思考，体现出了日本古典文艺美学独特的风貌，形成了日本文学从古至今的审美传统，也为今天我们了解日本审美文化乃至日本人的精神世界，提供了一个不可忽略的聚焦点和切入口。

第三章　日本文学的现代主义述评

第一节　日本现代主义文学内涵

讨论日本文学，特别是讨论日本近现代文学史时，时常会使用一些西方文学的概念来解说日本近代文学发展过程的特点。讨论日本文学史时所使用的现实主义、浪漫主义、自然主义、唯美主义、现代主义、后现代主义等文学概念，基本都来自西方文学。甚至可以这样说，如果不使用西方文学的概念，有时就很难讨论日本近现代文学。自然，在讨论“日本现代文论”这个宏大课题的时候，同样无法摆脱西方文学的框架，仍然需要使用一些西方的文学概念进行讨论。但是不可否认，即使无法摆脱西方文学的框架，也并不意味着日本现代文学就与西方文学完全等同，即使使用了西方的文学概念，其内涵也未必与西方文学概念完全相同。所以，我们有必要在一些基本概念上进行辨析，以加深对日本现代主义文学的认识。本节主要讨论日本“现代主义文学”概念的基本内涵以及所涉及的文学现象。

当我们关注日本现代文学史时，特别是讨论日本 20 世纪二三十年代的文学发展的时候，必然要碰到“モダニズム”（MODERNISM）这个词汇。翻译成中文，应该是“现代主义”。但是在日语中，这一词汇的内涵却有着其自身的意义。首先，“现代主义”表示迎合现代流行与感觉的倾向，具有所谓新潮、现代风潮之意。其次，在艺术领域，它所指的是与传统主义对立、试图以现代感觉进行表现的倾向。在美术领域，现代主义指试图将前卫艺术的各类运动符合现代感觉的态度、运动。而从文学的意义上看，“モダ

ニズム”这个词汇特指大正末期至昭和初期的新感觉派、新兴艺术派等一系列文学、艺术运动。也就是说，日本文学方面的所谓“现代主义”一般指的是由两个文学流派所构成的文学运动，即日本现代文学初期的重要文学流派“新感觉派”与“新兴艺术派”的文学活动。尽管日语词典从三个方面对现代主义的内涵进行了比较清晰的解释，明确了这个词汇的意义差异，但是这并不意味着它所解释的三个方面是孤立的，三者之间毫无联系。其实，如果从迎合现代流行与感觉的角度来看，日本20世纪20年代的文学与当时的现代流行风潮有着密切的联系，甚至可以说，没有欧美的新生活方式的影响，没有飞速变化的摩登世俗生活的外部环境的作用，日本新感觉派的产生可能就会变得十分困难，新兴艺术派的描写也许就没有了合适的对象。

日本1889年（明治二十二年）全国只有31个市，而到1920年已经发展到81个市，总人口的20%都住在城市。到1925年，这种城市化的现象更为突出，东京郊外的人口已经超过市区的两倍，形成了工作在市中心、生活在郊区的现代工薪阶层的生活雏形。新的社会中产阶层此时开始形成、扩大，回应来自新阶层的文化需求的新文化也就应运而生，这就产生了以美国文化为基调的所谓“モダニズム”。此处的“モダニズム”也许译作“摩登主义（风潮）”更合适。这种摩登主义风潮表现在青年男女的时装、发型上，表现在摩登男女沉迷的咖啡馆、舞厅上，表现在更多的灯红酒绿的摩登娱乐文化之中。正像著名评论家矶田光一明确指出的那样：“新感觉派文学运动的基础正是《东京进行曲》的现实。”这种摩登风潮可以说是新感觉派发生的巨大背景，所谓《东京进行曲》表达的正是一种都市生活的抒情。继新感觉派之后，于1930年出现在日本文坛上的“新兴艺术派”，同样与关东大地震后都市人的虚无、享乐的风潮有着密切的关系，他们表现的是那种迅速流变的摩登社会“黄色、荒诞、无聊”的表象。在日本近现代，艺术领域及美术领域是接受西方文化艺术思潮最为迅速的领域，日本文学与艺术、美术之间的关系也是日本文学研究者极为关注的，它们之间的相互影响关系无法否认。未来派、立体派、表现派、结构派、达达主义、超现实主义等前卫艺术潮流确定了20世纪艺术的基调、方向，形成了其历史性格。进而，不仅在欧洲发生国，而且作为国际性浪潮之一环，给以新感觉派的文学运动为基础的日本现代主义文学的历史性发展以结构性的影响。由此看来，现代主义虽然涉及社会文化、艺术美术、文学创作，但是这三者在日本这一大的背景之中，还是相互联系，并非各自孤立的。

当然，词典对于现代主义三个层面的分别解释并没有错误，这种解释表明了使用“现代主义”这一词汇时需要分别理解的不同侧面。当强调现代风潮的时候，人们需要看到社会文化现象之中对现代生活的追求，在讨论艺术、美术方面的现代主义的时候，人们看重的是对于传统表现形式的冲击、否定及全新的创造，在谈到文学时，人们则将视点集中在20世纪20至30年代重视文体试验、重视时代新感觉、重视都市描写的新感觉派和新兴艺术派之上。在文学意义的词义解释之中，日本的“现代主义文学”显然与20世纪欧美的文学潮流有着无法否认的联系，甚至可以说此时的日本的现代主义文学就是欧美以城市生活为背景、否定近代文学传统的、前卫文学运动在日本的实验活动。

但是，我们在中国的文化环境中讨论日本现代主义文学时，显然存在一个无法回避的问题，那就是是否仅仅依照日本文学研究者的“现代主义文学”的概念描述日本现代主义文学就可以了。与日本文学史上的现代主义文学概念相比，中国文学研究界所使用的现代主义文学概念显然更为宽泛，所包含的内容也更为丰富，似乎更加接近西方现代主义文学的内涵。中国研究者所使用的现代主义文学概念可以说是不断理解、解释西方现代主义文学的结果。如果仅仅简单地认为日本文学史上的“现代主义文学”概念就是日本现代主义文学的全部，那么就有可能将日本现代主义文学局限在一个十分狭窄的范围中，使我们无法在更为开阔的视野中讨论认识日本现代主义文学。

我国的研究者所使用的“现代主义文学”概念，几乎包含了自20世纪前10年在世界文坛产生过影响的各类先锋文学，如未来主义、结构主义、表现主义、象征主义、达达主义、超现实主义、存在主义等。从其形式上看，我国研究者所使用的“现代主义文学”概念所涉及的内容十分广泛，其所包含的先锋文学内涵很难用几句话简单概括。尽管如此，我国的文学研究者还是试图从不同的角度对现代主义文学的基本内涵进行概括，吴晓东认为：“现代主义核心的美学追求是反叛性、先锋性、实验性，是对既有文学规范的颠覆。”这种归纳较为清晰地概括了现代主义文学的基本内涵。无论是其反叛性，还是其先锋性，或其实验性，从本质上看，都可以说是对以往文学的颠覆，而所谓“既有文学”，究其本质，也就是在文学发展的历史过程中所形成的文学传统。在这种意义上，现代主义文学最为主要的一点就表现在它的反传统性上。由此看来，现代主义文学的重要特点完全可以归纳为在现实主义、浪漫主义文学之后，高举反传统大旗，对既有文学进行彻底颠覆的“反传统”，而反传统的内容则在于其先锋性、实验性。如果从这个角度来考察日本现代主义文学的重要代表——新感觉派，其最大特点同样在于

它的反传统性。当然，除了反传统这一特点以外，其先锋文学、实验文学的特征也是区别其与同时代其他文学派别的重要指标。在国内，也有研究者将现代主义文学的内涵概括为文体实验、内向性、抽象性和文本的不透明性。这种概括所看重的是现代主义文学文体变革的特点。当然，这种文体上的变革、实验毫无例外都与现代主义文学的反传统有着密切的关联。所谓的“内向性”，实际上就“根植于现代主义文学家的反现实主义的文艺观”。现代主义文学的重要一支“象征主义文学”可以说是西方现代主义最早的实践，它强调“艺术是表现，不是再现”，表现“不是现实，而是精神”。而另一支现代主义文学“超现实主义文学”所追求的是表现一种“超级现实”，表现人性背后更深层、更真实的现实。超现实主义的基础是信仰超级现实。这种现实即迄今遭到忽视的某些联想的形式。在现代主义文学中，意识流小说可以说是最充分体现其内向性特点的流派。如果从文体实验性、从内向性的角度认识日本现代主义文学，那么可以发现在新感觉派、新兴艺术派之后，还有一些文学现象与现代主义文学有着千丝万缕的联系。譬如，日本“二战”前的心理主义文学、“二战”后的战后派文学、“二战”之后日本文学存在的“存在主义”文学创作、超现实主义文学的创作似乎都可以与西方的现代主义文学发生联系。如果我们在讨论日本现代主义文学时把这些文学事实一一忽略，恐怕就很难清楚地认清日本现代主义文学的整体面貌。但是，如果沿用中国研究者的现代主义文学概念，将所有在西方出现过的现代主义文学在日本文学中寻找它们的影子，似乎又显得过于宽泛，那样，日本第二次世界大战后的不少文学现象似乎都可以归纳在这个现代主义里面，现代主义文学的概念与日本现代主义文学的实际状况会产生很大的距离。所以，我们有必要将日本现代主义文学的概念限定在一个既不过于狭窄也不过于宽泛的范围中，使相关的探讨不会因为概念过于狭窄而忽略日本现代主义文学的整体现实，也不会因为概念过于宽泛而将日本现代主义文学变成一个任何日本现代文学现象都可以随便放入的“大筐”。

曾根博义在《现代主义的崛起》一文中从两个方面解释了日本的现代主义。他认为“现代主义”一词首先是历史概念，“‘现代主义’这个词汇是‘现代’等一些流行语所派生出来的词汇，指大地震后积极接受主要由美国传入的都市的新流行、新风俗、新的生活样式等的志向、态度。”但是，“现代主义”也作为文学史用语使用。在作为文学史用语使用时，则未必严谨，从广义上指大正末年至昭和初年以后的非无产阶级派，用当时的用语就是“艺术派”的新的文学革新运动整体，在昭和五年（1930 年）以后的文坛上基本与“新兴艺术派”同义。曾根博义的解释可以说代表了目前研究者的一般观点。日本现代文学史上所使用的“现代主义”一词，主要指新感觉派以及其后的新兴艺术派的所谓“艺术派”的文学活动，几乎所有的文学史及研究论文都将它们作为日本现代主义文学的代表。对于新感觉派文学的反传统性与文体试验性，千叶宣一在《比较文学研究》及日本文学新史现代的相关章节进行了比较详细的归纳、总结，很具代表性。在关于“新感觉派之成立与展开”一节里，千叶宣一谈到新感觉派的重要代表人物川端康成在新感觉派的重要刊物《文艺时代》的创刊词里曾经明确表示自己及同人的责任就是“推翻旧的文学传统，更新文坛的文艺，更新人生的文艺，从根本性上更新艺术意识”。而且在此之前，川端康成亦曾撰文表达他们这一派的文艺新人需要在关东大地震之后的历史环境中“更加露骨地、大胆地表示对于既有文艺的不满，以明确的形式提倡新文艺的要求”。在川端康成看来，“地震无疑是原有文艺的终点，是新文艺的起点”。而且，同时代的评论家也明确指出，在新感觉派反传统诉求的背后是“新的语汇、诗和节奏的感觉”。事实上，川端康成也试图从“表现主义的认识”与“达达主义式的想法”两个方面整合新感觉派表现的理论根据。另一位新感觉派的主将横光利一在他的《感觉活动》一文中明确表示：“未来派、立体派、表现派、达达主义、象征派、结构派、如实派的一部分，这所有一切，自己认为都属于新感觉派。”他将新感觉派视作来自欧洲现代主义文学艺术各种流派特点的文学综合体。千叶宣一认为，这是新感觉派代表人物的自我告白，“不仅证明了他们对旧文学、既有文坛在理论上的挑战，还证明了以横光利一为旗手的《文艺时代》的新一代竭力探究文体与思想的现代性，对于作为方法技术上的学习对象——欧美新兴文学动向是何等关心与期待”。事实上，横光利一的代表作品《日轮》的构想与文体的题名与情调都有借用西欧作家日译作品的明显痕迹。评论家伊藤整认为：“从未有过像新感觉派这样在技术上带来巨大变化的文学运动。”由此看来，新感觉派与欧洲现代主义文学的渊源十分明显，而且主要表现在文学方法技术上的反传统的革新运动。

千叶宣一认为，“现代主义”成为文坛的口号，作为批评用语，并且开始与之相适应的作品创作活动，最终形成轰轰烈烈的文学运动，应该在昭和五年（1930 年）。在这一年，《新潮》发表了平林初之辅等人的《现代主义文学及生活的批判》。同年 3 月，中村武罗夫在朝日新闻上撰文，认为现代主义文学的主要倾向之中，色情文学与无聊文学占有主要成分，并没有导入现代文明精神的科学、机械的文学出现。在千叶宣一看来，1930 年 4 月组

成的文艺团体“新兴艺术俱乐部”应该是对日本现代主义文学发展至关重要的团体。新兴艺术俱乐部的成立及同时开始的新潮社发行“新兴艺术派丛书”的大规模宣传，使现代主义文学成为人们关注的对象，产生了巨大的影响。随之，几种以“尖端”“新锐”命名的丛书开始刊行，丛书的作者多为新兴艺术俱乐部的成员。其中，最为引人注目的是《十三人俱乐部创作集》的刊行。人们认为十三人俱乐部成员唯一的相同点就在于他们“不满足于试图将文学置之于政治性强权之下的马克思主义文学”，追求“艺术主义的复兴”。千叶宣一对新兴艺术派的看法与曾根博义对现代主义文学的概括、归纳是一致的。

但是，如果从新兴艺术俱乐部主要成员创作成果来看，文学史上所称的“新兴艺术派”的文学创作，虽然依然坚持新感觉派文体试验等超越近代传统的文学创作手法，在反传统的意义上与新感觉派非常接近，但是他们的创作内容并不具备超越新感觉派的任何新意，因此，他们的文学往往被批评为“黄色、荒诞、无聊”。千叶宣一认为，正是“新兴艺术派”的文学形成了典型的现代主义文学的日本形态，正是新兴艺术派的文学最为精彩地、敏感地、多样地、不统一地反映了作为社会思潮的现代主义。这种社会思潮对于当时的时代感觉、世相风俗给予了巨大的影响。这种批评虽然是从积极方面评价新兴艺术派的创作，但也从另一个角度说明“现代主义文学”的概念使用在新兴艺术派文学创作时，主要指的是对社会思潮的现代主义的反映，而不是积极的现代主义文学的创新。

假如从创作方法的求新角度看，与新兴艺术派同时出现在日本文坛上的新心理主义文学显然具有极强的创新性。日本作家堀口大学在1925年曾撰文论及“内心独白”的影响，坚信这种形式的创作必将在不久的将来出现。到1932年，正如堀口所预料的，迎来了新心理主义文学的繁荣时期。这一年，《文学》《新文学研究》等不少文学刊物登载介绍乔伊斯、普鲁斯特的文章，形成了从未有过的介绍西方意识流文学的高潮。在这一高潮中，最为引人注目的是在日本新心理主义文学的形成与发展中发挥了重要作用的伊藤整。他不仅于1932年在《改造》上发表《新心理主义文学》，还在新心理主义文学创作上显示了自己的能力，《幽鬼街》（1937年）可以说是他使用意识流创作方法的成熟之作。在新心理主义文学理论的核心文献中，伊藤整表示自己对于表现人的存在本身的小说方法十分关心，认为“心理现实主义的表现方法虽然在外表显得晦涩，受到种种非难与攻击，但是现在如果否定新的心理主义，就无法设想小说的前进”，他在《新心理主义运动前后》一文中对新心理主义文学运动的意义进行了概括，认为新心理主义派的意识流是近代日本文学与新感觉派比肩的、最为重要的形式上的新的实践，是“欧洲先锋文学的‘诸种技术的全面性综合’”，新心理主义文学运动“介绍、移植欧洲文学，对日本文学产生了冲击”，使日本文学“重视文学上的思考”“探讨文学的道德性”。这种概括无疑是切中新心理主义文学实质的，特别是对“欧洲先锋文学的‘诸种技术的全面性综合’”的归纳，更能够显现出新心理主义文学的现代主义文学性。尽管新心理主义文学的创作成果远远不如它在理论上的介绍、归纳、总结，但是它所带来的意识流、内心独白等心理描写的方法、所带来的西方文学的影响，对日本战后文学的影响是重大的。

关于广义的文学史上的“现代主义”，曾根博义对研究界的一般论点作了简洁的归纳，认为开始于新感觉派的日本的现代主义因素进入昭和后，通过年轻一代由新兴艺术派和新心理主义派所继承，新兴艺术派产生新社会派，试图从都市的消费层面进行生产面的描写，以失败告终，而新心理主义派则从引入弗洛伊德的精神分析的新心理小说出发，摄取普鲁斯特的“内心独白”、乔伊斯的“意识流”这一20世纪的新的心理、内面的表现方法，对以后文学的革新和发展做出了很大贡献。堀辰雄的早期创作《拙笨的天使》《神圣家族》，新感觉派的老将横光利一的《机械》，川端康成的《水晶幻想》都被认为是新心理主义的代表之作。毫无疑问，这一归纳符合日本现代文学发展的基本事实，只是曾根博义没有对新心理主义对于以后文学的革新、贡献进行进一步说明。但是，曾根博义在文章中所介绍的濑沼茂树的观点，对我们认识“二战”后日本现代主义文学很有帮助。濑沼茂树认为，新心理主义文学的来源需要在新感觉派的内部进行探索，其系谱可以沿着主知文学、不安的文学、第一次战后派排列下去，继而成为探究志在认识、重建解体分裂的自我的人的内面这一20世纪文学的一大潮流的尖锋。事实上，如果从日本现代文学发展的事实来看，新心理主义对以后文学的最为直接的影响应该是战后派文学的创作。

“二战”之后的日本文坛是十分繁荣的，出现了许多与近代文学颇为不同的文学创作，“战后派”文学就是其中重要一支。虽然作为文学流派，其存在时间并不算长，但是“战后派”的理论主张和创作实践在相当长一段时间内产生了重大影响，并且得到了文学史家与研究者的充分认可，奥野健男给战后派文学很高的评价，认为“他们的轰轰烈烈的出现，可以与曾给席卷文坛的新感觉派、无产阶级文学派当年出现在文坛上的状态相匹敌”，他们

在“将方法的革新与内容的革新，即‘文学的革命’和‘革命的文学’有机结合为一体这一点上，更为必然、现实，而且强有力”。对于他们的文学创作，奥野健男认为：“他们所关心的已经超出了文学的框架，直接面对人、世界、思想、革命、上帝等。”“他们的文学都不约而同地将战场、败军、俘虏、监狱、殖民地、废墟、饥饿等极限状态作为背景，日常的心理、感情、习惯、道德则销声匿迹，而与人的生死相关的原绪性感觉、行动以及人的存在之核心的思想、观念密切相连。（通过）描写极限状态下的体验，直接与人的普遍性观念相通。”战后派文学的特点归纳为四点：①“对政治与文学关系的敏锐的问题意识”；②“存在主义倾向”；③“对传统的日本式现实主义和私小说的扬弃（或者说愿望）”；④“文学视野的扩大”。

其中的“存在主义倾向”与西方现代主义文学的存在主义文学有着密切的关联，其中的“扬弃传统日本式现实主义、私小说”这一特点，与战后派文学否定、批判近代文学传统、积极变革创作方法这一文学史事实有着不可分的联系，也是战前新心理主义文学等现代主义文学的影响所致。荻久保泰幸在《日本文学新史》一书的“战后派文学（第一次、第二次）”一章中认为，战后派文学确实具有与战前、战中的文学断裂的异质的一面，但是（它）也可以被看作流经“战中”的一股细流，其源头为昭和初期的无产阶级文学与现代主义派。当然，荻久保泰幸的论点不是他个人的，是在他之前的一些著名文学评论家的论断支持下而得出的。西田胜在《战后文学的开端》一文中指出战后派的特色在于“将第一次世界大战期间开始的欧洲文学的新的方向，也就是作为20世纪小说有别于19世纪文学的方向，综合地移植过来”，前面所提到的濑沼茂树的论点也是支持荻久保泰幸以上结论的重要依据。濑沼茂树在《战后文学的系谱》一文中更加明确地指出“战后派文学在昭和文学的系谱上可以概括为以无产阶级文学与新感觉派以后的‘近代艺术派’为源头，是其在战后的批评、继承、发展”。尽管战后派文学与战前、战中的现代主义文学有着密切的联系，但是这种联系更主要是在心理主义的描写手法上的继承与展开。毫无疑问，战后派文学并不等同战前的现代主义文学，它具有自己独特的现代主义文学的倾向，这就是著者和众多研究者所提及的“存在主义倾向”。

存在主义可以说是“二战”之后的世界性的流行语。“二战”后至20世纪50年代这一期间同样盛行于日本，影响到一代作家的文学创作。萨特的《呕吐》等作品在“二战”结束后不久被迅速翻译为日文，对日本作家的创作产生了直接的影响。不过，日本作家创作之中出现的存在主义倾向不仅与萨特的存在主义有关联，而且与陀思妥耶夫斯基的创作、与“二战”后价值观念的巨大变化、“二战”期间的个人经历等关系密切。拓殖光彦认为日本存在主义可以定义为两点：一是重视对自由的敬畏的感觉；二是重视对他者、事物的不安，存在主义文学是以“对于自由的敬畏的感觉”“对于他者、事物的不安”为基础的文学。这种存在主义的倾向实际上自20世纪20年代已经开始出现，如芥川龙之介、牧野信一、江户川乱步、梶井基次郎、坂口安吾等。但是真正形成思潮还是在“二战”之后的20世纪40年代后半期。战后派的代表作家植谷雄高曾经描述过战后时期文学的发生状态，认为首先是以椎名麟三为代表的存在主义文学最先出现，继而出现了以野间宏为代表的具有社会广度的作品。在拓殖光彦看来，战后文学的存在主义倾向首先是自发产生的，以后由于与萨特的关系而扩大，成为一个巨大的文学潮流。即使20世纪50年代中期出现在日本文坛上的大江健三郎的创作，同样在这样的文学潮流的作用下，具有较强的存在主义倾向。另外，需要指出的是，同样属于战后派的文学家群体，安部公房的文学创作一方面具有较强的存在主义色彩，另一方面具有较为浓厚的超现实主义的文学色彩。这也从另一个方面告诉我们，日本现代主义文学没有仅仅停留在“二战”之前，即使在“二战”之后，其影响依然深远，并且影响到年轻一代作者的创作，以新的方式呈现在读者的面前。

第二节　日本现代文学的类型

日本现代文学史的书写始于大和田建树于1894年出版的《明治文学史》，而在形成现代文学史书写框架上发挥重要作用的是岩城准太郎的《增补明治文学史》（1902），以及大正时期和昭和初期涌现的一系列文学史。这些文学史均将自然主义文学看作现代文学达成的一个标志，以“写实主义话语体系”为基准将传奇小说等文学类型作为通俗小说予以排斥，形成雅俗二元对立的文学史观。具体而言，这个话语体系有三个要素：在文体上推崇文言一致体、在手法上主张写实主义至上论、在内容上关注自我确立。这种文学史观一直持续到战后，甚至以解构“现代文学观”著称的柄谷行人也认为明治末期是一个“文学类型消亡”的时期。然而，被认为业已消亡的传奇文学在20世纪20年代作为“时代小说”风靡一时，形成大众文学的重要类型之一，也浸透到一些纯文学作家的创作之中。尽管一些研究者已经注意到

这方面的问题，并开始尝试打破雅俗二元对立的文学史观，但由于对“写实主义话语体系”及相关理论问题缺乏深入探讨，使得这方面的研究不仅进展缓慢，甚至出现了消解“文学研究”的倾向。因此，本节从反思有关写实与自我、文言一致体关系的文学史论述入手，从语言的性质和文体的变迁等角度考察文学类型与日本现代文学之间的复杂关系及其文学史意义。

一、现代文学史书写与文言一致体

针对日本自然主义文学在文学史上的定位，中村光夫早在20世纪50年代的《风俗小说论》中就曾提出过严厉的批评。中村光夫直言日本自然主义文学运动是日本现代写实文学发展的一个重大“挫折”。究其原因，一是日本资产阶级革命的不彻底性导致了民主主义制度的不健全，个人的自我没有得到充分确立；二是科学精神的缺失使“写实”很难做到客观。因此，自然主义文学开创者田山花袋在《棉被》中所采用的“自白”形式不仅缺乏艺术性的创造，还剥离了欧洲写实主义小说应具备的广阔的社会视野和虚构。尽管中村竭力在二叶亭四迷的《浮云》和岛崎藤村的《破戒》中发现真正的写实主义——具有虚构性和社会性的写实主义可能性，但总体上看，中村光夫的文学史观其实并没有摆脱自然主义文学思潮以来所形成的“写实主义话语体系”的大框架。

对这种“写实主义话语体系”从语言的角度进行深刻反思的是柄谷行人。他在《日本现代文学的起源》中断然否定上述文学史关于写实的解释。在柄谷看来，此种解释基于这样一个认识论的前提，即“写实”是由一个确立了的“自我”对外部现实世界的客观描写。柄谷认为，这种看法是滑稽的，就好像“现代自我”能先验地存在于大脑之中似的。他说，“现代自我”“只有通过某种物质性的东西或所谓的‘制度’才可能存在”。这种被依附的东西就是文言一致体。因此，他在考察“现代自我”确立这一问题的时候，有意识地避开从“内面”观察“文言一致”运动，是相反，通过“文言一致”体的形成来考察“内面的发现”问题。因为不如此观之，则“只会更为强调已被视为不证自明且自然而然的‘内面’及其‘表现’之形而上学性，而看不到其历史性”。柄谷指出，在《浮云》中二叶亭四迷首次尝试用文言一致体写小说，在小说中人物的“内心格斗”与小说文体的“文”与“言”之间的格斗是交织在一起的。“内面”（“现代自我”）正是通过“文言一致”而得以形成的。在此意义上，浪漫主义的自我主张与写实主义的写实手法并非截然分离，两者是通过文言一致体紧密地结合在一起的。

柄谷行人的这一观点，对于“理解文言”一致体形成的复杂性，以及纠正简单地将浪漫主义与写实主义对立起来的文学史观具有重要意义。但是过于强调内面性与“文言一致”体的紧密关系也存在问题。比如，柄谷认为，“文言一致”体是一种中性化叙述，而日本现代文学中类型多样性的消失与这种叙述的中性化密切相关。在近世小说中，叙述者是显在的，但在现代小说中通过句尾的“た”抹掉了这样的叙述者。他解释说，“た”是过去时态，可以起到把存在于故事的超维度上的叙述者中性化而产生“仿佛真的一般”的效果。另外，句尾“た”还使从某一点上回顾故事的发展成为可能。这种回忆的方式使叙述者与主人公的内面获得了同一性，从而让叙述者和主人公暧昧地同化在一起。日本现代文学在文体上自如地使用“た”是从自然主义作家开始的。丰富的文学类型就是在这样的文言一致体和新的叙述方法确立中被逐渐排斥的。柄谷行人进而指出，夏目漱石因为目睹了这些丰富的类型被排斥的过程，因此，有意识地不使用“た”予以抵制，从而在他的文学创作中保留了多种文学类型。

夏目漱石的作品中确实有多种文学类型，按柄谷行人的分类，《梦十夜》《虞美人草》等是罗曼司，《二百一十日》等是近世的“劝善惩恶”式的“读本”，《我是猫》则受“落语”的影响。无可否认，这些作品中的叙述人是显在的，但柄谷行人没有区别漱石作品中的显在叙述人与传统作品中的显在叙述人有何不同，因此，笼统地将其划分为“文”就看不到漱石的现代性转化。尤其在分析“た”的问题时只提漱石的《矿夫》不使用“た”的开头部分，而不论及从中间部分开始使用“た”的情况，更没有涉及《三四郎》《从此以后》和《门》等作品，必然使其议论偏颇。因为在《三四郎》等作品中漱石不仅使用“た”，而且尽力消抹显在的叙述人。当然，无可否认，在这些作品中依然保留了柄谷行人所谓的多种类型的要素。但如果看不到漱石在保留多种类型过程中所做的现代性转化的努力，不仅无法真正理解漱石文学，也会无视自然主义文学中的类型问题，以至于认为类型从日本现代文学中消失。

二、语言的性质与文学的创新机制

关于文学类型问题，柄谷行人与夏目漱石的立场是不同的，这种不同源于他们两人各异的语言观。

柄谷行人认为，“文言一致”体一旦形成，与之对应的内面便形成。他

说，国木田独步在明治30年代创作时基本上与“文言一致”体没有任何距离了。他已经习惯了新的“文”。这种习惯意味着他已经具有了能够“表达”的“内面”。在国木田看来，语言已不是可以分为口语和书面语的，而是深深浸透到“内面”的东西。正是这个时候，“内面”开始作为直接的显现于眼前的东西而自立起来。同时，从这时起“内面”的起源被忘却。柄谷行人进一步指出：“可以说在现代日本文学中从国木田独步那里开始获得了写作的自在性，这种自在性与‘内面’和‘自我表现’概念的不证自明性相关联。”即是说，在柄谷看来，“内面”是可以用“文言一致”体自由表达的。

但夏目漱石的语言观却与此迥异。夏目漱石认为，包括“文言一致”体在内的所有语言形式均无法充分表达“内面”。夏目漱石在《文学论》中指出：“语言的能力（在此指文章）”在于“用相应的符号记录下人们心中那无尽的（意识流的——引者注）曲线之波浪，但这种记录只是将波浪的尖峰部分一段一段地串联起来。”而波浪的谷底部分，语言则无法毫无遗漏地记录下来。夏目漱石清楚地意识到文字无法完整地记录人的所有意识。这是漱石对语言性质的第一点认识。他的第二点认识是任何语言都背负着文化和历史的积淀。夏目漱石的文学理论就是建立在对语言性质的这两点认识基础之上的。以这两点认识为前提，夏目漱石首先提出，文学家不可能也没有必要做到彻底的“写实”。文学家应该努力表达的是那些感染读者的情绪，而不是对事物不差分毫的描摹。当然，在表达某种情绪时也会做一些描摹，但那本身不是目的，最终还是要通过描摹传达某种“情绪”。他说，文学上的“写实”与“科学上的求实”不同，是为了追求艺术上的“真实”。为了表达这种“真实”，作家需要在文字表达上做一些艺术化处理。夏目漱石关注的是，经过艺术化处理的文字能在多大程度上刺激读者情绪上的想象。他将这种唤起读者情绪上的想象称为“幻象”。可以说“幻象”是贯穿于夏目漱石文学理论中的一个核心概念。在此意义上，一般文学史将夏目漱石当作反自然主义文学的代表人物有一定的道理。但这只是问题的一面而已。夏目漱石其实并不否定作为幻象方法之一的“写实法”。夏目漱石认为，“写实法”也是一种有效的幻象方法。值得注意的是，“写实法”对于夏目漱石来说，绝不是无技巧，而是制造幻象的一种技巧。同时代日本自然主义作家的最大问题就在于没有意识到“写实法”也是一种技巧。再一个根本问题是，自然主义文学派将“写实法”绝对化，与其他方法对立起来，造成自然主义文学的文体单调。夏目漱石要否定的不是自然主义，而是这种自然主义至上论。

在自然主义文学思潮盛行的时候，夏目漱石提出“幻象”理论具有重要的意义。这不仅打破了自然主义独占文坛的局面，还解放了其他创作方法和其他创作倾向，打开了其他修辞手段和题材的大门。并且，他指出写实也是一种“幻象”，为深化写实的内涵提供了理论根据。

夏目漱石认为，凭空的文学创新是不存在的，总是与文化和历史传统有某种关联。夏目漱石将文学创新的关系做了四种类型的分类：第一种类型是（现在的审美趣味）+（古的审美趣味）；第二种类型是（现在的审美趣味）+（古 + 古的审美趣味）；第三种类型是（现在的审美趣味）+（新的审美趣味）；第四种类型是（现在的审美趣味）+（新 + 古的审美趣味）。由此可以看出，无论哪种超越方式都是由现在的审美趣味生发开的，是由现在的审美趣味加上其他的审美趣味所形成的一种新的审美趣味。审美趣味具体包括文体、手法、题材、体裁、故事等。

学界关于文学的创新机制，以俄国形式主义的相关研究最为著名。

俄国形式主义用“自动化”和“陌生化”两个概念来阐明其中的原理。什克洛夫斯基认为，任何事物如果被类似的语言形式反复描写，必然无法持续引起读者的关注，这就是所谓的“自动化”。而“陌生化”则是把语言形式扭曲化，增加感受难度，从而唤起新鲜感，达到艺术效果。在《艺术作为手法》中，什克洛夫斯基说，艺术的手法就是使事物陌生化的手法，是使形式变得模糊、增加感觉困难和时间的手法，因为艺术中的感觉行为本身就是目的，应该延长；艺术是体验一个事物艺术性的一种方式，事物本身并不重要。关于“陌生化”的方式，什克洛夫斯基认为，诗歌和散文有所不同。诗歌语言是经过人工加工的，是一种“困难的、扭曲的话语（充满障碍的语言）”。因此，诗歌的晦涩、延迟现象，即诗歌的文学性，只能通过扭曲日常语言创造。然而，散文艺术的小说则一直是普通的、节约的、易懂的话语，语言本身并不太扭曲，它是通过情节和结构扭曲叙事方式创造“晦涩、延迟现象”，在通过改造现在的艺术手法达到艺术创新这一点上，俄国形式主义与夏目漱石的思路有不谋而合之处。但与强调难度和求新的“陌生化”理论相比较，夏目漱石的理论的包容范围更广泛。按夏目漱石的分类看，“陌生化”理论相当于第三种类型，即（现在的审美趣味）+（新的审美趣味）。但夏目漱石认为的创新方式还包括其他三种类型，尤其是这三种类型都与“古典审美趣味”有关系。也就是说，对于夏目漱石而言，不仅“新的审美趣味”具有艺术性，“古典审美趣味”及与此相调和也会产生新的艺术性。这一点对于理解包括自然主义文学在内的所有文学都有互文性具有重

要的理论意义。的确，即便是绝对真实，但在其作品中也不难发现各种互文关系和类型的痕迹。

三、雅俗二元对立的文学史观与类型

“纯文学”和“大众文学”这一对概念的出现与文艺批评中对类型的歧视密切相关。本来泛指一切书面语言艺术的“纯文学”这个词，是在20世纪20至50年代对“大众文学”的类型化倾向的排斥过程中强调自身独创性而其含义发生转变的。

关于纯文学和大众文学二元对立思维模式的表述，桑原武夫的《文学入门》有其代表性。桑原武夫使用的是“真正的文学”和“通俗文学”两个术语。从使用方法上看，“真正的文学”的范围不限于私小说，还包括具有社会性的写实主义小说，而“通俗文学”等同于“大众文学”。他认为，“真正的文学”具有三个特性，即创新性、变革性、现实性。创新性要具有真正的社会意义，必须经过主体与客体相互作用的客观化的过程，使其具有“现实性”。他说:“他（指作者——引者注）的作品是他的经验，他没有考虑别人、没有考虑读者，坚持走自己的孤独的路。看起来有几分利己主义，但由他的孤独产生的作品得到很多人喜爱并打动他们，成为公共性的作品。之所以产生这种不可思议的现象，是由于经过了客观化的过程，是由于他的胸中预先存在着社会。”

这种具有“创新性”和“现实性”的作品，不仅在创作的过程中会改变作者自己，读者通过对作品的阅读也会改变自己，即所谓的“变革性”。从这三大特性可以看出，桑原武夫推崇的是具有社会性的写实主义文学。

与此相对的“通俗文学”，在桑原武夫看来，在价值上是重复性的、在精神上是保守的、在性质上是主观的。这里所说的变革和保守的概念是指作者对读者的影响，而不是指政治立场。通俗作家因为有很多伴随的读者，总是在考虑迎合伴随自己的那些读者的趣味，因而丧失主体性和强烈的艺术个性。

关于“真正的文学”与“通俗文学”之间的关系，桑原武夫认为是模仿与被模仿的关系。他说，“真正的文学”中人物是鲜活生动的。因为作者可以深入人物之中进行描写，因此，有新的经验形成，也有新的价值发现。但是在“通俗文学”中，人物则是僵死的。因为是作者为了取悦读者而臆造的，不能深入其中描写，只能是外在地摆布人物。因此，没有新的经验形成，也不可能发现新的价值。在“通俗文学”中，价值是预设的，缺少作者

的切身体验。所以，“通俗文学”始终处于对“真正的文学”的模仿位置，只能是低一个等级的文学。

的确，在大众文学草创期，由于出版环境、作家素质及读者教养水平等因素，确实存在纯文学与大众文学之间的水平差异。但是这种差异绝不是桑原武夫所说的有无“独创”与“模仿”的问题。“模仿”在桑原武夫看来是“类型化”，因此他坚决否认“真正的文学”也存在“类型”问题。但其实类型不仅存在于大众文学，也存在于纯文学之中。关于这个问题，卢卡奇曾指出:“所有伟大的作品都是满足所属于的文学类型的法则的同时又扩大它。并且，伟大的天才和形式的独创者因为同时表达了历史的转换，后来的作者需要与它对决，在这种时候，真正的伟大的、世界级的作家在个人的创作过程中，要面临双重矛盾，一方面在扩大形式法则的时候吸收了不变的东西和启发未来的东西，另一方面根据历史状况既扩大又满足这个法则。”这虽然是卢卡奇论述司各特的历史小说的一段话，但是具有普遍的文艺学意义，即独创总是在以对某种类型规则的突破的基础上才能实现的。

因此，问题不是有无类型的问题，而是如何转化及转化质量的问题。就此而言，不可否认，纯文学在转化上做了很多探索，但大众文学也并非毫无建树。尤其到了战后，大众文学的探索与纯文学可谓并驾齐驱，在某些时候甚至超越纯文学。20 世纪 50 年代，社会派推理小说在文坛上异军突起后，一些文艺批评家也不得不承认其重要的文学史意义。伊藤整说，松本清张的推理小说不仅继承了无产阶级文学对社会现实的批判传统，还纠正了无产阶级文学中存在的概念化倾向，使日本的“社会写实主义”文学达到新的高度。也就是说，桑原武夫所推崇的具有社会性的写实主义文学在日本文学史上其实不是由纯文学实现的，而是在大众文学中实现的。

江藤淳曾在 20 世纪 50 年代次文艺座谈会上尖刻地批判当时纯文学杂志上的作品毫无创意：“纯文学的很多作品都是模仿，很无聊，反而中间小说的虚构写得好又有趣，不应该无视这样的现象。”“我并不是为了恶心纯文学而列举了中间小说，而是中间小说已经达到文学的标准而列举的。在纯文学杂志上感觉不到文学，当然毫无办法。”“比如，我曾经评论过山本周五郎的《阿山》。他刻意追求西洋现代小说手法，并在作品中获得了成功，而这一点在大江健三郎的小说中也没有完全做到。”

山本周五郎的《阿山》是时代小说，在题材上是最典型的大众文学，但江藤淳却从中发现了连纯文学作家都没有尝试成功的崭新技法。因此，那种漠然地认为大众文学始终处于纯文学模仿位置的看法是相当片面的。

四、文学发展的动力：类型的融合与分化

日本现代文学中存在着多种类型，比如，历史文学、社会小说、私小说、纪实文学、恋爱小说、滑稽文学、推理小说、幻想文学等。与此同时，也要看到，类型之间并非泾渭分明，而是在题材、结构、文体等方面有交叉融合之处。比如，恋爱题材几乎贯穿在所有的类型之中，像东野圭吾的《嫌疑人 X 的献身》和吉屋信子的《德川的夫人们》既是出色的推理小说和历史小说，也是纯情恋爱小说的杰作。再以手法而论，幻想虽然主要用于幻想小说，但是滑稽小说将事物大肆夸张有时也就变成了幻想，尤其在 20 世纪 90 年代以后呈现出幻想要素浸透到其他小说的倾向。小谷真理在 1996 年的《文艺年鉴》中指出类型之间的混合现象时说："最显著的是推理小说、恐怖小说、时代小说和纯文学的小说类型的混合现象。"

有意识地进行这种类型融合创作的作家当首推村上春树。村上春树提倡"并列阅读"和"中央突破"的方法。前者指阅读方法，后者指创作方法，但两者有密切关系。前者是指读者拥有同时阅读不同类型的权利，后者则是指作者既充分吸取不同类型独特的长处，又不拘泥于这些类型，而将这些类型融为一体的创作方法。也就是借用小说这种独特媒介将不同类型融入其中，最大限度满足读者的"并列阅读"的需求。村上春树在长篇小说创作时有意识地进行"中央突破"：引入通俗文学的类型，如侦探小说、科幻小说等；引入历史事件、社会新闻；引入历史著作、信件、日记、调查报告等文类。这些类型在文本中被处理成隐蔽和显在的互文关系，如《寻羊冒险记》中虽然在故事结构上模仿钱德勒的小说《漫长的告别》，但是在小说中完全没有提及该小说，属于隐蔽的互文关系。也有显在的互文关系，如《海边的卡夫卡》就明显地借用了《俄狄浦斯》的故事，在小说中也明显提及；《1Q84》也是以科幻小说《1984》为蓝本的。无论隐蔽还是显在的互文关系，对于彰显主题、丰富内容都发挥了重要作用。村上春树的小说广受欢迎绝非偶然，这与他在小说中有意识地将各种类型融汇在一起密不可分。

尽管出现了这样的融汇混合倾向，但是类型并不会消亡。因为只要人因性格、年龄、性别、社会处境及教育的不同而有所差异，那么就必然存在不同的阅读倾向和不同的创作风格。传媒业自然会竭尽全力将这两者的需求结合起来，以达到自身利益的最大化。作品有好坏之分，但类型没有高低之别，不同类型的不断融合和新的分化，会不断创生新的类型，并促进文学的发展。

类型不会消亡的关键在于，如夏目漱石所言，语言具有不可充分表达的性质和背负着不同的文化历史积淀。因为语言（包括“文言一致”体在内）不可能完全表达，因此，需要各种各样的表达方式，作品的故事结构、人物和风格倾向必然是丰富多彩；又因为语言背负着不同的文化历史积淀，因此，任何作品只能诞生于一定的文化历史积淀的语言环境中。时代小说当然明显地包含了传统的类型。即便是纪实作品，也需要借助某种故事框架才能将“事件”呈现出来。

那种认为丰富的文学类型在现代文学中消亡又在后现代文学中复活的看法，其实是强化了雅俗二元对立的观点，而遮蔽了日本现代文学的历史性和复杂性。

第三节　日本现代主义文学流派

现代主义含后现代主义文学不仅在许多西方国家广泛流行，在不少东方国家也拥有相当大的势力，日本便是其中之一。自 20 世纪 20 年代以来的数十年间，日本文坛上接连不断地出现了许多各种名目的现代主义文学流派，举其要者即有新感觉派、新兴艺术派、战后派、无赖派、太阳族、荒原派、内向派、透明族等。现将各个流派的产生发展过程、思想艺术特点和代表作家作品简要评述如下。

一、新感觉派

新感觉派是 20 世纪 20 年代中期活跃在日本文坛上的文学流派，堪称日本现代文学史上的第一个现代派。新感觉派的始末兴衰是与《文艺时代》杂志的创刊、停刊密不可分的。1924 年 10 月，《文艺时代》创刊号出版发行，主要成员有横光利一、川端康成、片冈铁兵等人。其后不久，千叶龟雄便在《世纪》第 2 号（1924 年 11 月）上发表题为《新感觉派的诞生》的文艺时评，指出《文艺时代》年轻作家的倾向是重视技巧和感觉，故意由小孔窥视人生内部全面的存在和意义，他们的出现意味着新感觉派的诞生。从此以后，《文艺时代》的同人便获得了新感觉派的称号。《文艺时代》在赞成与反对交织的呼声中支撑了不足 4 年，于 1927 年 5 月停刊，共计出版了 32 号。

新感觉派的出现并不是纯粹偶然的事件，而是日本国内外种种条件所造

成的必然结果。从国外来说，欧洲大陆于1914—1918年间爆发了第一次世界大战，这场大战不仅给欧洲各国带来了深重灾难，而且使欧洲各国的思潮发生了深刻变革，文艺随之全面更新。后者迅速波及日本，从20年代初起，欧洲各种现代派文学艺术相继被介绍、翻译过来，成为新感觉派产生的适宜媒介。从国内来说，1923年9月1日的关东大地震造成严重后果，这次地震对东京市民及集中于东京的日本文化和文学艺术的影响几乎可以与第一次世界大战对欧洲各国的影响相匹敌。正因为如此，我们可以说，大地震的不幸为日本追踪战后在欧洲兴起的新文艺提供了合适的地盘。

新感觉派往往被视为不得要领的文坛流行现象，或者青年作家文学技巧的失败尝试。它确实具有这样的一面。这不仅表现在新感觉派运动本身的短命上，还表现在新感觉派没有留下多少经久不衰的作品上。但这只是事情的一面，还有另一面，即新感觉派在日本文坛上掀起一股轩然大波，公开宣告旧文学时代的结束和新文学时代的开始，并且赢得了许多青年读者的心。尽管新感觉派没有完成这个划时代的任务，但它冲击了以私小说为代表的旧传统，引进了欧洲现代派的新潮流，从而促进了日本文学的发展，乃是无可否认的事实。

《文艺时代》其实是个没有特定的理论和主义的刊物，所以新感觉派曾经被人评为没有理论的文学运动。川端康成后来说过，《文艺时代》时期，自己也曾著文论述新感觉派，不过那些东西不能构成系统的文学理论，不能成为文学运动的一翼。事实上，不仅是川端康成，其他成员也没有能够提出系统的理论主张。从创作实践来看，他们重视感觉和技巧，经常使用象征、暗示、拟人和夸张等手法，追求新奇的文体和华丽的辞藻受当时流行的西方各种现代派的影响。有人认为，未来主义、立体主义、表现主义、达达主义、象征主义、构成派、如实派的一部分归属于新感觉派。当然，这并不意味着新感觉派是西方多种现代派的大杂烩，只不过是说它的影响不是来自一个流派，而是来自许多流派罢了。

横光利一（1898—1947年）是新感觉派的代表作家，是最典型的新感觉派作家。他这时的主要作品有《蝇》（1923年）、《太阳》（1923年）、《头与腹》（1924年）、《春天乘着马车来了》（1926年）等。其中，《春天乘着马车来了》是描写丈夫看护病妻的，生动地表现了丈夫的悲痛和绝望心理，代表横光利一这个时期创作的最高水平，也是他一生的杰作之一。这篇小说从表面上看是私小说，是对旧传统的复归，但它不注重描绘“生活”本身，而是着重表现丈夫的“感觉”，从而构成另一个新的世界，与传统的私小说性质迥然不同。他的创作深受表现主义、未来主义和达达主义的影响。他最显著的特色是，无论如何也要写出新东西来，以便表现自己非同一般的个性。这当然也可以说是新感觉派作家的共同特点，不过在他身上表现得格外强烈，甚至成为他创作作品的动机本身。

川端康成（1899—1972年）是新感觉派日后取得最大成就的作家，却不是最典型的新感觉派作家。之所以这样说，是因为他在这个时期的创作具有两种不同的倾向：有的采用纯粹的新感觉派的写法，有的则采用不纯的新感觉派的写法。前者如《感情装饰》（1926年），极力强调主观感觉，热心追求新颖形式，如拟人法和拟声法的大量使用，不同形象和联想的突然组合，重视色彩的对比，故意造成有节奏的跳动和快速的反复等。后者如《十六岁的日记》（1925年）和《伊豆的舞女》（1926年），尽管其中具有某些新感觉派文学的特色，但几乎没有使用新感觉派作品所常见的那种奇特的修辞方法和精心修饰的文体。

二、新兴艺术派

新兴艺术派是继新感觉派之后，于20世纪20年代末30年代初登上日本文坛的现代派文学团体。1929年年末，一个自称“艺术派十字军”的文学团体“十三人俱乐部”宣布诞生，成员共有13人。1930年4月，该团体又以“十三人俱乐部”为基础，创立“新兴艺术派俱乐部”，成员扩大为32人。其中包括中村武罗夫、嘉村磯多、龙胆寺雄、久野丰彦、井伏鳟二等。此外，如川端康成是“十三人俱乐部”成员，但不是“新兴艺术派俱乐部”成员。总之，新兴艺术派几乎网罗了无产阶级文学阵营以外活跃于当时文坛的新作家。

新兴艺术派文学的特色在于着重表现低级庸俗的现代城市生活，追求刺激和冲动。这种文学与娱乐文学相差无几，对社会整体不能发挥任何积极作用。他们的作品大多刊载在《近代生活》《文学时代》和《新兴艺术派丛书》等书刊中。

龙胆寺雄（1901—1992年）被认为是新兴艺术派的代表作家之一。他在《放浪时代》（1928年）和《公寓的女人们与我》（1928年）等一系列作品中所刻画的放荡不羁的摩登女郎形象充分地表现了新兴艺术派的风格。但是，这一流派较有价值的作品并不出自龙胆寺雄之手，而是产生于井伏鳟二（1898—）、嘉村礒多（1897—1933年）和川端康成等人的笔下。其中，川

端康成的《浅草红团》堪称新兴艺术派最优秀的代表作，也可能是新兴艺术派可以名垂史册的唯一作品。其他如吉行英介虽然一度显示才华，可是终归未能取得显著成绩便弃笔了。总的来看，新兴艺术派所取得的艺术成就远不及新感觉派。

三、战后派

适应战后新时代而登上文坛的一批新作家被称为战后派。战后派是日本战后产生的第一个现代派，也是影响较大的一个现代派。战后派作家以1946年创刊的《近代文学》为中心，在《近代文学》文艺评论家的指导和推动下从事创作活动。这些评论家大多受过战前无产阶级文学运动的影响，但战后以艺术至上、尊重人权等为基本精神，提倡文学独立于政治斗争之外，主张创作不受政治党派和政治理论的束缚。

当然，即使都称为战后派作家，各人的经历、作风、文学思想也有不少差异，可是他们确实具有与战前文学不同的某些新因素。所谓新因素，从思想内容上说，是指重视表现战争的主题，描写侵略战争对人的肉体和心灵所造成的创伤，探讨人的存在价值，描述人在政治斗争中的“转向体验”；从艺术表现上说，是指突破传统的现实主义和专写个人身边琐事的私小说手法，大量吸收西方各种现代派的手法，如意识流小说、超现实主义、存在主义等，不太注重情节描写和性格刻画，着力描述心理活动，细致分析内心感受，力求深入开掘人物的深层意识领域和精神境界。

战后派文学与战前的现代派文学既有联系，又有区别。一方面应当看到，大部分战后派文学实际上在20世纪二三十年代已以各种萌芽形态被提出和尝试过，并在一定程度上取得了进展，可惜不久便被军国主义和侵略战争断送了。另一方面也应当承认，战后派文学是在战后的新土壤上培育起来的，他们力图大胆创新，对于战前的所有文学怀有不满情绪，极力希望与战前的所有文学一刀两断。

战后派拥有的作家多，作品也多，代表作家和作品有野间宏（1915—1991年）的《阴暗的图画》（1946年）和《脸上的红月亮》（1947年），梅崎春生（1915—1965年）的《樱岛》（1946年）和《崖》（1947年），椎名麟三（1911—1973年）的《深夜的酒宴》（1947年）和《永远的序章》（1948年），武田泰淳（1912—1976年）的《审判》（1947年）和《秘密》（1941年），中村真一郎（1918—1997年）的《在死亡的阴影下》（1947年），埴谷雄高

（1909—1997年）的《亡魂》（1946—1949年），大冈升平（1909—1988年）的《俘虏记》（1952年）和《野火》（1948—1951年），三岛由纪夫（1925—1970年）的《假面的告白》（1949年），安部公房（1924—1993年）的《墙—S·卡尔玛氏的犯罪》（1951年）等。

野间宏是战后派中成绩卓著的作家之一。他在战后发表的第一篇作品是《阴暗的图画》。这篇以战争期间日本进步青年学生的苦闷和命运为主题的小说，在杂志上一发表就以其独特的感受和新颖的手法引起广泛注意，被认为是战后派文学出现的先声。比如，本多秋五曾经这样叙述当时人们的印象："对于今天的读者来说，也许以为当时觉得理解至难的《阴暗的图画》不过是文学发展上一个业已踏平的里程碑；但在那时，像开头之类的描写，几乎被认为怪物一般。这种思想，这种思考方法，这种感受性，究竟从何而来呢？令人感到茫无头绪。"（《物语战后文学史》）其后，野间宏又以旺盛的精力接连发表了《两个肉体》（1946年）、《肉体潮湿》（1947年）、《脸上的红月亮》（1947年）、《第三十六号》（1947年）《地狱篇第二十八歌》（1947年）、《残像》（1947年）、《崩溃感觉》（1948年）等一系列中短篇小说，从各个角度挖掘人们的青春、爱情、个性和幸福是怎样被罪恶战争所扼杀和破坏的。

安部公房被认为是战后派中一个特异的存在。他的创作深受象征主义、存在主义和超现实主义的影响，以特殊的场面、怪诞的情节、象征的手法和深刻的寓意为特色，旨在揭露日本战后社会的不合理性，描绘日本人的孤独生活，表现日本人的孤独体验，探求解决这些问题的出路。比如，《墙—S·卡尔玛氏的犯罪》的开端是主人公早晨醒来感到似乎"有些异样"，后来才弄明白是自己的名字丧失了。这类"异化"故事近似卡夫卡的《变形记》，在日本文学中实属少见。所以，难怪有的学者认为，安部公房是一个极力要把日本战后文学和明治维新以前文学切断联系的作家，极力要把日本战后文学和西方现代派文学紧密联系起来的作家。

四、荒原派

荒原派是战后活跃于诗歌领域中的现代主义文学流派。荒原派因其主要刊物《荒原》而得名。《荒原》创刊于1939年，其后休刊，战后于1947年9月复刊，1948年6月停刊。自1950年8月起，又开始出版年刊《荒原诗集》，共出八册，主要执笔人有鲇川信夫、田村隆一、三好丰一郎、黑田三郎、木原孝一等。

"荒原"一词出自英国象征主义诗人艾略特的著名长诗《荒原》。这首长诗被誉为后期象征主义的代表作品，它把现实社会描绘成一片荒原，从而揭露了现代西方世界的黑暗腐败，表现了人们的悲观失望。在荒原派看来，战后的日本社会也是一片荒原，而诗人的责任则是对它加以探究。正如《荒原诗集》第一集序言中所说的那样："不求平安，敢于发问，充分发挥听觉器官耳朵的作用，为了加深对自己生活的认识，坚定不移地进行理智的探究——我们必须以这样切实的努力，走向现代的荒原。"

荒原派诗人大多属于所谓"战中派"，即在战争期间被征入伍，具有惨痛战争体验的一代人。他们对这场侵略战争持批判态度和否定态度。他们的作品重在表现自身的战争体验，力求以新的理性恢复诗的秩序，从而为战后诗歌确立了一个方向，对推动战后诗歌的发展起到了一定作用。

鲇川信夫（1920—1986年）被认为是荒原派的支柱，他的诗歌创作深受艾略特《荒原》的影响，1947年发表的《死去的男子》一诗，表达了经过战乱立于荒原的孤独心境，标志着荒原派的新起点。与艾略特不同的是，艾略特重视传统，而鲇川信夫则极力否定传统，不仅否认荒原派诗歌与战前现实主义诗歌的关系，而且否认荒原派诗歌与战前现代主义诗歌的联系。他的诗作收录于《鲇川信夫著作集》（十卷本）之中。

田村隆一（1923—1998年）是荒原派的另一代表诗人，他在战后参加《荒原》杂志，成为活跃分子。在诗集《四千个日日夜夜》（1956年）和《无言的世界》（1962年）里，表述参加战争的深切体验，揭示现代文明的深刻危机。

五、内向派

20世纪60年代末70年代初，一批新作家登上文坛，被称为内向派。这批新作家相继获得芥川奖，立即引起了评论家的注意。小田切秀雄在《满洲事变后四十年的文学问题》一文中写道："最近引人注目的新作家和批评家，除了若干例外，都只在自我和个人的状态之中追求自己作品的真实效果，正在作为超意识形态的内向文学的一代，形成一种现代的时代潮流。"于是，"内向派"一词便流行起来。

内向派的产生与20世纪60年代末70年代初日本社会形势的变化有联系。在经济上，由于经济恐慌、美元贬值、能源危机、公害污染等的冲击，人们普遍感到好景不长，前景暗淡。在政治上，由于政局动荡不安、党派斗争加剧等的影响，人们更加觉得社会难以把握，未来变幻莫测。因此，内向派认为现实社会不可理解，只好回避，进入“超现实”和“内向化”的境界。

内向派作家一般不大关心社会现实和社会问题，往往安于表面的和平与繁荣，埋头追求自身内部和日常生活中的不安定因素，所以，他们作品的主人公以普通人为主，而不以知识分子为主。他们主要描写城市生活，这种生活是从传统的“家庭”“血缘”“故乡”分离出来的，于是变成专门描写无意义的人们在无意义的场所所过的无意义的生活，这些人虽然生活在现代社会之中，但他们离开了社会，离开了周围的人，甚至连自己究竟是否确实存在也无法确定。内向派作家在艺术上大多采用超现实主义方法进行创作，有时具有表现主义、存在主义和象征主义色彩，因此，常常写出一些令人难以理解的小说，把现实抽象化和折光化，充满寓意和象征。

内向派的代表作家和作品有古井由吉（1937—2020 年）的《杳子》（1970 年），后藤明生（1932—1999 年）的《夹击》（1973 年），黑井千次（1932—1972 年）的《时间》（1969 年），阿部昭（1934—1989 年）的《司令的休假》（1970 年），柏原兵三（1933—1972 年）的《德山道助还乡记》（1967 年），小川国夫（1927—2008 年）的《一部圣经》（1973 年），等等。

后藤明生的《夹击》是典型的内向派小说。这部小说的主人公“我”，用了整整一天时间寻找过去穿过的一件“旧陆军步兵外套”，结果没有找到。在小说开始时，“我”站在茶水桥上，试图证明自己是存在的，但很难达到这个目的，于是只好自称为“具有某种想法的一个实例”。这表明内向派感到异常孤独，甚至怀疑自己的存在了。

古井由吉的《杳子》具有新型小说的艺术魅力。女主人公杳子是个年轻貌美、精神失常的姑娘。小说以“杳子独自坐在深谷里”开篇，描写她一坐下去，便感到周围的重量仿佛全都慢慢地向自己身上压来，她害怕极了，好久不敢抬起头来。这里所表现的也是人生的孤独感。不仅如此，从小说写法方面也充分体现了它的新，即由日常的简单的片段中展示细微的内容，并不着眼于讲述一个完整的爱情感伤故事。

六、透明族

从 20 世纪 70 年代中期起，中上健次、村上龙、三田诚广等一批更加年轻的作家登场，称为“透明族”。经过 20 世纪 60 年代的高速发展，进入 70 年代以后，生产现代化的目标已经基本达到。然而，这种新局面对人们

意识形态的影响却是复杂的、微妙的。首先是怀疑产生了，人们对过去感到怀疑，对未来产生不安；接着是混乱出现了，用某评论家的话来说就是，从1972年下半年到1973年，日本好像什么地方发狂了一般。这个时代给文学造成了困难。第一个困难是人生的意义丧失了。人们不知道为什么而生活，也不知道怎样生活才好，于是小说的现实基础也就发生了动摇。第二个困难是日常的形象丧失了。在青年一代中流行着“空白的日常”的说法，它意味着失掉形象的日常，任何形象也没有的日常。旧的日常消失了，新的日常又看不见，这也动摇了小说的现实基础。

由于上述情况，促使20世纪70年代以后的文学产生了一系列新变化，其中之一便是“透明族”的问世。他们不满意现有的社会秩序，也不服从现有的规章制度，可是自己又没有明确的理想和目标，因而行动起来往往是盲目的，具有无政府主义、虚无主义和自由主义的倾向，实际上是一种新颓废派。

中上健次是这批新作家的第一个代表。他以1975年发表的《岬》获得芥川奖，使人感觉到与以前几代战后作家不同的新人的出现，表现了全新的感受。正如他在《十八岁》中所写的那样：“我们是幸福的，是幸运的一代。既没有被驱赶到战争中去，也没有体验过母亲常常提起的B29轰炸机轰炸的灾难和恐怖。”

继之村上龙的出现对于文学界是一个新的冲击，他的处女作《近乎无限透明的蓝色》（1976年）立即获得《群像》新作家奖和芥川奖，发行量达一百余万册。这篇作品以东京近郊美军基地周围的青年生活为内容，具有浓郁的嬉皮派风格。由于表现出以青年一代为中心的生命意识的现代格调，由于去掉了所谓“战后”的观念，写出了新时代的感受性，所以这篇小说大受读者青睐，“透明族”也因此而得名。

综观日本现代派文学的发展历史，著者认为需要注意以下几点。

第一，日本现代派文学的流派众多，形式多样，名目繁多。它们在日本文坛上相继出现，此起彼伏，互相更替，连绵不绝，不断冲击日本文坛和传统文学，推动日本文学向前发展。从历史的角度来说，现代派的力量在不断壮大，战后比战前壮大，20世纪六七十年代又比战后初期壮大，现在已经拥有巨大的实力。至于今后的发展趋势，尚须拭目以待。不过有一点是可以肯定的，即如果西方国家的现代派文学继续存在，日本的现代派文学也就不会销声匿迹。关于西方国家现代派文学的寿命问题，学术界存在着不同的看法，有不少人认为业已结束（下限为20世纪70年代，因此本文也暂以此为限），但也有人认为尚未结束，甚至还有可能出现新的高潮。当然，历史究竟如何演变，还得静待事实发展。

第二，日本现代派文学是在西方国家现代派文学的影响下产生的。日本虽然在地理上是距欧洲最远的东方国家，但在文学上却是受欧洲现代派影响最早的东方国家之一。这是因为，自明治维新后，日本便把目光从亚洲大陆转向西方，努力向西方看齐，力求在政治、经济和文化上与西方同步前进。在文学方面，日本对西方的新理论和新创作的翻译介绍既快且多，所以，接受它们的影响也就既广且深，不仅浪漫主义、现实主义、自然主义等传统流派迅速传入日本，并在日本近代文学史上留下了自己的足迹。另外，随后产生的象征主义、意识流小说、未来主义、表现主义、达达主义、超现实主义、存在主义、垮掉的一代等现代流派也迅速传入日本，对日本现代文学的发展产生了很大的影响。不过，日本的现代派并不以西方现代派的原有样子出现，而是结合日本的特殊情况，反映日本的特殊问题，采用日本的特殊形式。并且，一个日本现代派往往不只受一个西方现代派的影响，而是受许多西方现代派的综合影响。

第三，若就日本现代派作家与西方现代派文学的关系而言，情况更是千差万别，但大体上可以归纳为两种类型。第一种类型是有些作家走上了“全盘西化”的道路，即几乎采用西方现代派方法进行创作。这类作家为数不少，并有日益增多之势。以安部公房为例，如上文所述，他是用象征主义、存在主义和超现实主义方法进行创作的，所以渡边广士称他为“国际性的作家”“最明显地表现出与日本文学的过去切断联系的作家”（《安部公房·后纪》）。那么，安部公房所走的这条道路是否行得通呢？事实说明是行得通的，他所出版的系列作品便是行得通的证明，他所获得的国内声誉和国际声誉便是行得通的证明。如果再问一下。这条道路为什么会行得通呢？大概有两个原因。一是日本是个资本主义国家，与西方各国社会性质相同，社会状况接近，所以作家可以全盘“西化”，全盘“现代派化”。二是所谓全盘“西化”和“现代派化”并不是绝对的，充其量仅仅限于创作方法和表现技巧，至于作品所表现的生活和反映的问题则仍然是日本的，否则他的作品便会丧失赖以存身的土壤，便会丧失国内读者和国外读者。第二种类型是有些作家采取了“东西结合”的方针，即力图把继承日本文学传统与学习西方现代派方法结合起来进行创作，这类作家也占相当的比重。以川端康成为例，他在经历了新感觉派时期和单纯模仿意识流小说时期之后，自 20 世纪 30 年代中期起，开始走上了“东西结合”的道路，既重视继承日本古典文学传统，又

注意吸收西方现代派文学方法，并使二者有机地结合在一起，而以前者为主的道路。用他自己的话说便是“我受过西方现代文学的洗礼，也曾试图加以模仿，但我在根底上是东方人，从十五年前起就不曾迷失过自己的方向”(《文学自传》)。正因为如此，他既不同于使用传统创作方法进行创作的日本作家，也不同于全盘接受西方现代派创作方法的日本作家，又不同于采用纯粹现代派创作方法的西方作家，可以说他是一个日本式的现代派作家。也正因为如此，他的作品形成了自己的鲜明特色，引起了日本和世界各国人士的瞩目，并且由于“以敏锐的感受，高超的艺术技巧，表现了日本人内心的精髓”(《授奖辞》)等原因获得了诺贝尔文学奖。由此可见，川端康成的道路也是行得通的。

第四章　日本近现代文学经典作品中的美学阐释

第一节　《我是猫》与讽刺艺术

夏目漱石作为日本近代文坛首屈一指的批判现实主义作家，其处女作《我是猫》以辛辣的讽刺艺术和强烈的幽默艺术受到广大读者的高度评价。《我是猫》这部小说主要描述的是金田小姐的婚事所引起的一系列风波，通过猫的视听、所见和感知，强烈讽刺了20世纪初期日本知识分子无比空虚的内心世界，深刻反映出了当时日本资本主义社会的黑暗与腐朽，尖锐批判了日本社会的极度拜金主义思想，以及一切以金钱为中心的奢靡生活方式，带有强烈的讽刺意义与效果。

一、《我是猫》的创作历史背景

文学从一定视角去看就是社会的一面镜子，每部文学作品其实都是对一定历史时期下的社会现实的反映与折射。很多时候，人们不能开口直言，只能借助文字将欲言之事表达出来，包括《我是猫》这部作品。《我是猫》凭借独特的批判现实主义写作风格在日本文坛备受关注，尖锐地讽刺了当时社会中金钱至上的观念，而这所有的事情都源于作者对社会现实的真实体会，即整部作品是以特定历史背景和作者的切身体验为基础的[①]。

---

① 高兴兰．特殊的视角深刻的批判：从讽刺艺术角度解析《我是猫》[J]．浙江海洋学院学报：人文科学版，2008（2）：52-55.

当时的日本社会现实是《我是猫》的根本催生因素。19世纪60年代，日本在西方资本主义工业文明冲击下进行的具有资本主义性质的全面西化和现代化的明治维新运动，开始积极实施对外开放政策，努力吸收西方文明，民众以极大的热情学习西方先进文化。同时，在19世纪末，日本为了积极推动资本主义经济的发展，开始发动侵略战争，如甲午中日战争与日俄战争等，在这一系列侵略战争中，日本对中俄两国的财富进行了疯狂掠夺，进而迅速实现了原始资本的积累，日本的资产阶级也因此壮大起来，并与地主阶级一同疯狂压榨底层劳动人民，致使很多民众只能生活在生死边缘，民间怨声载道，社会矛盾日益激烈。与此同时，处于小资产阶层的知识分子开始面临严峻的失业问题与贫困问题，这就促使其以创作形式对资本主义社会进行无情的揭露。

另外，夏目簌石的个人人生经历是其创作《我是猫》的内在动因。夏目漱石于1900年留学英国，在此期间，他不但攻读了西方文学理论专业，而且对西方国家的先进文明也有着深入的了解。夏目簌石于1903年回国，但他回国之后发现当时的日本社会与心中所想完全不同。那时的日本，将金钱视为社会运转的中心，金钱也成为人们疯狂追逐的目标，而道德标准却在不断下降，所谓的民主和自由只是一个口号而已。理想与现实之间的差异使夏目漱石内心充满了彷徨、愤恨和苦闷，于是，夏目簌石将悲愤转化为动力，把自己的一腔热血与深厚情感诉诸笔端，小说《我是猫》开始进入人们的视野之中。

二、讽刺对象的多元化

（一）讽刺知识分子

小说《我是猫》于明治三十年日俄战争爆发之前问世，这时的日本已经走上了侵略扩张道路，疯狂压榨各国底层民众。而当时日本社会中的资产阶级小知识分子，内心空有一腔热血，却没有改变现状的力量，整日做一些无聊之事来消耗时间。在小说中，这种现象处处皆是。那些经常在苦沙弥家聚集、卖弄诗文的知识分子们，终日无所事事，只能坐在一起讲逸闻趣事、讲无聊的笑话，又或者他们聚在一起作诗、相互吹嘘。表面上看，他们似乎很忙，实则并没有做什么有意义的事情，他们只是用这些无聊的行为来弥补内心世界的空虚和孤独[①]。

① 高兴兰．一样的讽刺，别样的风格:《围城》与《我是猫》讽刺风格比较［J］．牡丹江师范学院学报，2008（1）：31-33.

（二）讽刺黑暗政治

明治维新末期，日本所推行的资本主义并非是真正的资本主义，而是掺杂了许多封建落后因素的资本主义，是不彻底的、陈旧的、黑暗的资本主义。与此同时，当时日本的资产阶级作为传统封建统治者的附庸，同地主阶级一起压迫并剥削底层民众。夏目漱石带着强烈的社会责任感，借助猫的视角，将社会的空虚无聊和停滞不前进行了深刻的抨击和揭露，旨在帮助那些沉醉在无聊且畸形生活中的人们醒悟过来，表现了作者强烈的爱国思想与信念。

（三）讽刺金钱社会

在明治时期的日本社会，金钱统治一切。极端的拜金主义与金钱万能论是当时日本大多数人的思想状态，《我是猫》就是对这种金钱社会的真实写照与淋漓尽致的反映。猫作为叙述者，冷眼旁观着眼前发生的一切事情，并不由自主地发出了内心的感慨，即猫公家虽然搞不清楚是何种力量在使地球旋转，但明确知道金钱是让社会转动的力量；作品中的金田老爷就是社会上的“无冕之王”，他有“让人生就生、让人死就死的本领”①。这些讽刺性的描写将明治时期日本社会的疯狂拜金主义展露无遗。通过猫公的口吻，夏目漱石对以金钱至上的社会现实进行了猛烈抨击，同时对该历史背景下的扭曲人格进行了尖锐批评，表达出了自身对拜金主义的厌恶之情与极度鄙视。

三、多样化的讽刺手法

（一）主观评论与客观叙述相结合

小说《我是猫》以猫的视角对故事进行阐述，文中猫的所见所闻直接揭露出了其主人的生活状态，透过猫主人苦沙弥日常生活中的琐碎细节，刻画出了明治时期的日本社会近乎病态的状况，揭示出了当时日本资产阶级的奢靡、颓废生活，尖锐地批判了当时日本人以金钱至上的拜金主义观念。《我是猫》这部作品甚至被誉为日本文坛领域中一部“空前绝后且与众不同”的杰出作品。同时，夏目漱石在《我是猫》中，不仅以猫的口吻进行评论，也以猫作为故事的叙述者从客观上对故事情节与人物形象进行描述，把客观阐

① 崔月.《我是猫》的讽刺艺术研究[J].鸭绿江(下半月版),2014,(12):49+48.

述与主观评论进行充分结合，促使整部作品水到渠成，在扩大了讽刺宽度的同时，也进一步加强了讽刺的深度，一针见血地揭露出了事实的本质，使讽刺效果更加强烈与突出。

（二）反语修辞手法的巧妙运用

反语是文学作品中常用的讽刺手法，褒扬中暗示着批判，正面话语中透露着反语，整部作品带有强烈的讽刺意味。同时，在日语语言中还有一种独特的反语修辞手法，就是把自谦语、敬语和礼貌语颠倒运用。作品《我是猫》中的猫不但博学多才、神通广大，而且富有爱心、美德、聪明与睿智。但相比之下，明治时期的日本人在猫公的眼中却过着纸醉金迷的肮脏生活，小说将他们的贪婪好斗与卑鄙龌龊表现得淋漓尽致。从中也可以看出作者试图通过猫揭露出明治时期日本人的丑陋嘴脸，即通过《我是猫》将这一时期的日本人贬低到不如猫的境地。《我是猫》中的猫公不仅扮演了叙说故事的角色，还尖锐地批判了人类的拜金主义、自私与自负。夏目漱石在《我是猫》中大量运用反语，大大增强了小说的讽刺意味，小说的叙述者本质上是一只猫，却常以狂傲的口气示人，不但很好地吸引了读者的阅读兴趣，而且深刻地反映出了作品的创作主题与中心思想。

（三）夸张修辞手法的独特使用

夸张手法的使用能够使讽刺文学更加生动形象。作者在小说中大量采用夸张手法，对人物的个性特点进行巧妙的描述，显得尤为滑稽幽默。与此同时，夸张式的语言与漫画式的写作效果也给读者营造一种独特的幽默感与诙谐感，不仅展示出了强烈的嘲讽，也加深了读者的印象。诸如，作品中将金田夫人的形象描写成“大坝似的发帘、峭壁般的眼睛”，很显然，在现实生活中很难找到这般形象的人物，但作者通过应用漫画式的夸张效果，夸张式地突出了金田夫人的丑陋外表[①]。夏目漱石在《我是猫》中通过运用别具一格的夸张手法，将社会现实和人物关系进行了再次放大，进而达到讽刺的艺术效果，让读者可以更加直接、深刻地感受到现实社会的可笑与滑稽。同时，夏目簌石《我是猫》中运用夸张修辞手法，一方面是为了引人发笑，另

---

① 李素．试论夏目漱石小说中的“高等游民”形象——以代助和“先生”为中心[J]．长春工业大学学报：社会科学版，2014（1）：137—140.

一方面则是让读者笑过之后从内心生出深深的感伤，即对现实社会生活进行反思，这就是《我是猫》中夸张修辞的独特与高超之处。

《我是猫》以其尖锐无情的批判、辛辣滑稽的独特风格，以及所表达的文化精神，成为日本近代文学史上是一部不可多得的作品。该小说借助猫的视听和感知直面明治维新后的日本社会现状，通过辛辣幽默的语言描述，强烈地嘲笑并鞭挞了人类本身所固有的种种弱点和金钱至上的社会时弊，同时大量引用古今东西方文人达士的名言警句，处处闪烁着文采与机智，嬉笑怒骂皆成文章。《我是猫》是一部深入社会底层的讽刺巨作，能够警醒世人，便是它的最大价值所在。

第二节　《破戒》与自然主义

自然主义文学思潮于 19 世纪下半叶在法国兴起，影响逐渐波及许多国家。20 世纪初，自然主义成为日本最主流的文学思潮，其倡导的文学主张对 20 世纪文学产生了极大的影响。日本作家岛崎藤村曾是浪漫主义诗人，其后他渐感命途多舛、生活艰辛，逐渐远离激情梦幻的浪漫主义，转而倾向于自然主义，其代表作《破戒》正是在这一过渡期问世的，因而兼具浪漫主义和自然主义倾向。尽管如此，《破戒》作为日本自然主义文学的奠基之作，其自然主义倾向最为鲜明。著者试图从文学创作的真实原则，主观客观化的创作手法，冷静的细节描写及消极的人生观几个方面探讨小说的自然主义倾向。

自然主义理论中最为主要的就是“真实论”，强调在文学创作中更绝对、彻底、自然真实地反映人生，展现社会生活。左拉给自然主义下的定义是：使真实人物在真实环境里活动，给读者提供人类生活的一个片段，这就是自然主义小说的一切[①]。自然主义要求尽可能贴近现实生活，排斥浪漫主义的梦幻、超现实、唯美倾向等主观因素，注目于生活中的黑暗和丑恶，不遗余力地描绘出真实情况。

《破戒》以主人公丑松打破父亲告诫这一自我觉醒过程为主线，广泛触及日本近代末期农村的现状，如实反映出日本近代社会是残留着浓厚封建色彩的资本主义社会。丑松厌恶一直以来的虚伪生活，在违背内心，苦苦遵守

① ［法］左拉．论小说．自然主义．[M]．北京：中国社会科学出版社，1988：501.

父亲戒律的过程中，他宁可抛弃爱情与名利，也要选择尊重真实，坦白身份，透露出了作者追求真实的信念。小说的人物和背景都具有真实的生活原型：1903 年，信州一名部落民出身的教员被强行解除教职，引起了岛崎藤村的注意。他将调查整理的资料与自己追求自由的精神相结合，塑造出了丑松。正宗白鸟认为，丑松不是同神一般纯洁完美，毫不在乎秽多部落民身份的大人物，他只是一个会为此感到羞耻、担忧的普通人，因此是真实的。此外，信州的风光、丑松的教学生活、潦倒的风间教员一家、家长的束缚等，都一一对应作者的亲身经历。岛崎藤村在封建大家庭中长大，长期生活在父权阴影之下，产生了反叛和畏惧的矛盾心理。父亲殁后，他自发去乡村担任了七年的教师，深刻体验了农村的状况。他将自身体验写进《破戒》中，使小说具有了打动人心的真实感。

岛崎藤村不仅重视对外部自然（自然环境、社会现状等）的真实描写，对内部自然（人的心理、情感等）亦是着力描绘。他采用主观客观化的手法，使心理描写也成了自然主义范畴的一部分。吉田精一认为："作者能够把自己的问题深入体现在作品的主人公身上，使主人公讲出了自己的心情。"[①] 岛崎藤村和丑松一样，不得不遵从家族意志，是继续遵守家规，还是干脆打破桎梏，丑松心中的斗争正是岛崎藤村本人的痛苦。例如，在身份快要暴露的时候，丑松陷入了剧烈的内心挣扎："自己往后怎么办？往何处去？干什么？自己究竟为什么要生到人世间来？""这是两条仅有的路，不是被驱逐，就是去寻死。"岛崎藤村之所以能将丑松的痛苦表现得淋漓尽致，是因为他对自己的内心斗争做了客观记录。尽管他也会运用浪漫主义的抒情式写法感叹内心痛苦，但这同样基于自己的真实心理。日本文艺评论家长谷川天溪认为："自然主义者认为文学不要停留在只如实描写人生，还应描写看不见、听不见的内心的极端痛苦，在这里显示人的生活内在的自然。"[②] 岛崎藤村主观客观化的描写手法，是对自然主义创作原则的进一步深化。

自然主义者追求以照相机一般的忠实性和精确度记录生活，要求作家隐藏自己的观点，让倾向和意图从作品的事实表述中自然流露出来，反对作者道德说教式地在作品中干涉生活。小杉天外指出："自然本身并无善恶美丑，只是人将其擅自区分。善恶美丑没有哪一个能写、哪一个不能写的限制。"[③]

---

① ［日］吉田精一．现代日本文学史［M］．上海：上海人民出版社，1976：57．

② 叶渭渠，唐月梅．20 世纪日本文学史［M］．青岛：青岛出版社，1998：61．

③ ［日］伊東一夫．岛崎藤村研究［M］．东京：明治书院，1969：256

自然主义反对人为的“典型化”和过度运用修饰技巧，通过忠实记录日常生活中的细节来反映人物和社会实况。

岛崎藤村本着客观的观察精神，诚实反映了环境与人物的美丑两方面。这正是实行“不拘于善恶美丑，肆无忌惮地描写现实”的自然主义主张的明证。既不同于以咏叹美好事物为主的浪漫主义，亦不同于只关注黑暗的后期自然主义，小说兼具理想追求与真实描写，故《破戒》可以说是自然主义小说中的另类。不过，岛崎藤村当时并非彻底的自然主义者，只是在较大程度上运用了自然主义的描写手法，在客观叙述中也会夹杂主观感情。

《破戒》立足于广阔的角度，将明治社会各阶层人物群像栩栩如生地描绘了出来。农民、学者等劳动人民即使衣衫褴褛，也闪耀着朴实善良的人性光辉。比如，风间教员之妻“穿一件破旧的外褂，系着茶色的腰带，戴着青布护袖，用斗笠遮着太阳，身子一前一后地动着，在使劲地捋稻穗。”她作为教师的妻子，却顶着烈日下田劳作，充分证明了“信州北部的妇女都很要强，干起活来抵得过男人”这一特点。又如，丑松初见莲太郎的时候，看到他“铭刻着坚强意志的宽阔的前额，那高高隆起的颧骨，尤其是那双闪着敏锐目光的眼睛，鲜明地反映出他那悲壮的精神世界”。莲太郎的神色体现出了革命者即使患病也依然顽强战斗的高尚品质。“他的相貌显得很威严，但性情却意外地温厚、亲切，完全像一个极普通的读书人”，同样生于信州的莲太郎有着山区平民勇敢刚直的天性，还有渊博的学识和深邃的思想，使他多了一种温和稳重的感觉，岛崎藤村很好地把握住了这位平民思想家的独特气质。

与作为“美”来展现的人物形象相对，作者对“丑”的人物则是真实刻画，暗含讽刺。政客高柳言谈恳切，但他“形同富翁打扮，手上带着两个赤金戒指”，暴露了他道貌岸然的伪装。阴沉冷酷的地主来收租时，“伸出那白胖的手，抓起一把谷子看了看，放了一粒在嘴里。眯起眼睛，一声不吭地在想，好像心里在打算盘”，而且地主“头戴绿色真丝棉帽，身穿锦缎棉马褂”，与寒碜的风间家形成了鲜明对比：“从前门到后门，至少有三分之一是泥土地。在那边架子上放着碗、盘子、油灯，这边墙上挂着镰刀，种子袋，墙角里放着腌菜缸，木炭包。炊具和农具乱七八糟混放在一起。在高一点的地方垒了个鸡窝，但空空洞洞，看不到鸡。房子大致有三开间，屋檐很低，天窗却老高，外面还有防雪的披檐，所以屋里总是显得很暗，墙上糊着粗糙的茶色纸，唯一装饰是挂着每年的历书和年画”。风间一家长年辛苦、没日没夜地干活却连租子都交不起，间接反映出当时日本社会巨大的等级差别。

岛崎藤村虽然极力压抑自己的主观感想，力求客观反映事实，但有时难免会将个人感情流露一二，自然景观象征人物心情的写法也残留着浪漫主义的痕迹。但岛崎藤村注重将人物和环境两方面的描写相结合，表现了环境对人命运的影响，反映了社会底层人民生活的真实状况，他正是通过对“自然”的追求来发现社会本质的。

自然主义作家主张文学应当描写人心的黑暗面，强调社会经济学和生物学中的宿命论，认为人是受社会经济因素压迫的受害者，且无法调节外在压力和内在冲动，只能消极抵抗。因此自然主义作家往往对社会进步丧失信心，认为人们改变命运的一切努力都是徒劳[①]。

《破戒》中同样能读出岛崎藤村的宿命论思想。他曾说：“阅读小说时，出于对那些局部现象的同情会催人泪下，不过要想品味人生的曲折，以及我们生活中的那些外界力量的时候，单单抱有局部的同情是不够的。”[②] 其中“外界力量”指的就是岛崎藤村理解的作为命运而出现的“自然”。比如，风间的妻子之所以易怒善感，是因为她担负着五个孩子的生活重担，部落民之所以阴郁乖僻，是因为他们不融于社会，在极度恶劣的环境中成长。认为人的性格命运是由环境决定的看法，正是自然主义的人生观。

丑松最后前往美国寻求新天地，看似获得新生，却是以恩师益友莲太郎的惨死为代价换来的。原本“破戒”的含义应当是彻底打破父亲的戒规，挑战等级制度，丑松却放弃了斗争。原因在于岛崎藤村将不合理的社会看作宿命而非人为造成，因此秽多部落民阶级的存在同样无法改变。丑松的境遇并非只是秽多的遭遇，也是岛崎藤村这种近代知识分子的遭遇。他们被社会束缚压迫，追求独立的愿望成了“觉醒者的悲哀”，只有寄托于“告白”来获得精神自由。丑松的告白看似积极，对秽多的命运却是无关痛痒，归根结底还是屈服于扭曲的“外界自然”和软弱的“内心自然”的产物，反映了岛崎藤村的宿命观。岛崎藤村一生都在追求真实自我，注重内心的解放，这在小说结尾同样有所反映。平野谦认为“最后的结局显示出了历史的性格”。在当时封建残余浓厚的社会中，如此结局才最真实，因为仅凭作者一人之力，并不可能从本质上解决歧视问题。丑松前往美国虽说是浪漫主义的理想和超现实因素的体现，但他本就不想反抗社会，只想解放自己因为隐瞒而痛苦压抑的心灵，而且他的命运几乎全由外界因素决定，身份大白使他不得不离开学校，最后也得依靠同胞帮助

① 候维瑞．现代英国小说史[M].上海：上海外语教育出版社，1985：116.

② [日]越智治雄．藤村の变貌何時が、そんなら、旅の終であるか．島崎藤村[M].东京：有精堂出版株式会社，1969：178-179.

才能去美国，所以小说结局从本质上来说仍是自然主义的。身为秽多部落民，即使难以抑制内心欲望，也无法反抗社会，只能陷入注定的悲剧，这是岛崎藤村宿命观的最大体现，也是自然主义观点的典型反映。

第三节　《刺青》与唯美主义

谷崎润一郎（1886—1965 年）是日本近代唯美派（又称耽美派）的代表作家之一。日本唯美派于 19 世纪末兴起，其强调人生的意义在于享受和创造美，并追求官能上的自我陶醉，是反对自然主义的文学流派。

谷崎润一郎 1908 年进入东京大学（原东京帝国大学）后，开始投入文学创作。虽然当时的文坛主流是自然主义文学，但谷崎润一郎受到唯美派代表作家永井荷风[①] 及西方唯美主义文学的影响，先后创作了《刺青》《痴人之爱》《麒麟》《春琴抄》等追求官能美、具有唯美主义倾向的作品。永井荷风高度赞誉《刺青》《麒麟》等早期作品，还把谷崎润一郎看成是自己的继承者而大力推举，并在《三田文学》第十一月号刊上发表了《谷崎润一郎作品》一文，在文中将谷崎润一郎的文学特色归纳为：第一，从肉体的恐怖中产生神秘幽玄之美；第二，完全是乡土的；第三，文章的完美性。谷崎润一郎因此受到世人的关注。

虽然谷崎润一郎的作品经历了早期的恶魔主义、中期的传统美回归和晚期的对老人的性的描写三个时期，但早期作品《刺青》所反映出的初期审美意识贯穿于他的毕生作品中，为其今后成为一名唯美派大家奠定了基础。因此，《刺青》是一部对谷崎润一郎极其重要的作品，反映了他的最本质的唯美主义。

一、追求江户情趣

《刺青》[②] 开头写道：“那时尘世还不像今天这样激烈地互相倾轧，人们还具有所谓‘愚昧’的高尚道德。”这里所提到的“今天”是指谷崎润一郎

① 永井荷风（1879—1959 年）：日本小说家、散文家，别号断肠亭主人、石南居士等。以自然主义倾向的小说《地狱之花》成名，后倾向唯美主义。

② 古崎润一郎．刺青．日本短篇小说作品选读 [M]．吴鲁鄂，译．武汉：武汉大学出版社，2009：57-67.

撰写该小说的时间，即明治末期。从谷崎对作品中市街情景的描述中可以看出，人们还具有所谓“愚昧”的高尚道德的时期即为江户时代。在江户时代，随着商业的发达和城市的繁荣，町人文化逐渐发展起来，并占据了主导地位。“刺青”是江户时代非常盛行的町人文化之一。文中对刺青这样描写道：“人人都追求美，甚至向天赋的肉体注以五彩颜料。因而，当时人们的肌肤流淌着浓郁的芬芳、绚烂的线条或色彩。吉原和辰巳的青楼倩女，也为美妙文身的男子而心生情愫。时而两国召开‘文身大会’，与会者拍打着胸脯，竞相夸耀和评价文身的绝妙之处。”由此可见，文身在江户时代分外流行，许多人都喜欢用文身来彰显自己的魅力。那么，生活在明治时代的谷崎润一郎为什么将故事设定在江户时代呢？

日本明治维新后，资本主义高速发展。《刺青》撰写于明治维新后的1910年。当时的日本社会摆脱中华思想、儒教精神的枷锁，积极接受西方文明，否定一切日本传统文化。而与文明开化的明治时期相比，江户时代就是“愚昧”的时代了。但当时普遍认为的“愚昧”，在谷崎润一郎看来确是高尚品德。所以小说中这样的背景设定可以说是，在保留着江户文化的日本桥长大的谷崎润一郎，厌恶明治维新后全盘西方化的日本社会，同时为日本传统文化的流失而感到悲哀所发出的感慨。对于文明开化的明治时代，谷崎润一郎通过创作追求江户情趣的作品来反对明治时代的全盘西洋化，反对自然主义。这也就是谷崎润一郎的诸多作品里都充满了江户情调的原因之一。

二、女性至上思想和对美的崇拜

在《刺青》的开头，谷崎润一郎就强调了对美的崇拜和赞美：“那时不论歌舞戏曲还是流行读物，皆以美为强者，以丑为弱者。”《刺青》诸多地方都体现出对美的力量的歌颂。

刺青师清吉毕生的梦想就是将代表自己思想的文身刺在一个美丽的肉体上，为此他甘愿献出自己的灵魂而跪倒在刺青的绚丽面前。在美丽的刺青面前，清吉变成了一个唯唯诺诺的弱者，甘愿成为女人的肥料；而被文身的女人，则变得不再怯弱，反而充满力量。在谷崎润一郎笔下，美丽是不可战胜的，无论是谁，在美的面前都是软弱无力的，谁拥有美，谁就是强者。

清吉不断寻觅着梦想中的那个女人，“仅仅只是容颜娇媚，皮肤光滑还不能让他满足”，他心目中真正的女人要有一双“吸吮男人的鲜血而肥润，踏在男人胸膛的香足”，要表现出“几十年来在这个将全国的罪恶和财富都囊括其中的那几番生生死死的俊男倩女的风韵”。这样的女人才是刺青师清吉心中最理想的“真正的美人”。可见，在谷崎润一郎的唯美世界中，美丽与邪恶是一对双胞胎，他在“一片凯歌”声中津津乐道于女人眼里那“剑一般的光芒”。就像是王尔德在《道连·格雷的画像——自序》[①] 中提到的那样：“艺术家是美的作品的创造者，书与道德无关，艺术家没有伦理上的好恶。”谷崎润一郎无疑有着对美和艺术的独到见解，伊藤整也曾评价道：“谷崎润一郎试图对人生既有的思维方式提出质疑，并试图去改变它。这就颠覆了对善和审美的传统判断，把理性、道德等抛向一边。”

女性至上也是谷崎润一郎作品的永恒主题之一。阅读谷崎润一郎的作品时，可以深切地感受到：在谷崎润一郎的心中，传统的男尊女卑的观念被完全颠覆，女人是至高无上的。无论是早期代表作《刺青》中的年轻姑娘，还是中后期代表作《春琴抄》中的春琴、《痴人之爱》中的娜奥米等，女性都占有绝对性的优势，男性只不过是绝对服从女性、奉侍女性的角色而已。在《刺青》的开头，作者列举了女杀手“定九郎”“女侠盗”“吾来世”等一系列人物，这些戏剧小说中的人物原本都是男性，但谷崎润一郎将其改成女性，以便突出“女性”是至高无上的，是真正的“强者”这一主题思想。

三、恶魔主义萌芽

1912 年，谷崎润一郎发表了《恶魔》，之后又创作了《恶魔（续）》《异端者的悲哀》等作品。这些作品的共同点是都反映了作者通过施虐与受虐而寻求变态的快感及追求“恶”的思想。由此，谷崎润一郎也被称为“恶魔主义作家”。谷崎的恶魔主义思想在《刺青》中可以窥见一斑。所以，《刺青》可以说是恶魔主义的萌芽之作，是恶魔主义显露的开端。

首先，小说的题目“刺青”本身就是一种“恶魔般”的技艺，带有恐怖色彩。文中对刺青的描写，如“当他用银针刺进人们的皮肤时，那血肉模糊、红肿一片的肌肉之苦，痛苦难耐，一般的男子都会发出凄惨的呻吟声”“为了染色效果好，还要洗澡。从浴池出来的人，都是半死半活的样子，跪倒在清吉的脚下，久久动弹不得”等，无一不体现其残忍恐怖。而刺青师清吉也在刺青过程中得到无比的快感，人们的呻吟声越惨、身体越痛苦，他获得的快感就越大。文身的过程就是施虐和受虐的过程，通过文身即施虐和受虐而获取无比的快感，这恰恰体现出了谷崎润一郎的恶魔主义思想。

① ［英］奥斯卡·王尔德．道林·格雷的画像［M］．孙宜学，译．杭州：浙江文艺出版社，2017:101.

恶魔主义出现在19世纪后半期，追求从恐怖、丑陋、怪异、颓废中发现美，在肉体的残酷中体现美。文章中，刺青师清吉所追求的并不是单纯的姣好容貌，而是如同纣王的宠妃妲己那样，外表妖艳，内心却住着恶魔般残酷的女性。来到清吉家要求文身的年轻女子就是清吉梦寐以求的姑娘。当她看到暴君的爱妃妲己的画像后，“不知不觉眼神散发出光辉，嘴唇颤抖起来。奇怪的是，姑娘那张脸渐渐与宠妃的脸酷似。姑娘从中看清了真正的自己”。这暗示着该年轻姑娘不仅外表娇艳动人，其内心也与妲己相似，隐藏着“恶魔性”。为了让年轻姑娘成为日本最有魅力的女子，清吉在女人的背上刺了一个巨大的蜘蛛。女郎蜘蛛也是日本传说中的一种十分残忍的妖怪，是毒蜘蛛与怨灵的结合体。她们外表格外妖艳，能将男人迷醉后取其首级，并将他们吞噬。正如清吉所企图的那样，文身后的姑娘，其神情与之前大不一样，她内心的“恶魔性”也完全释放出来。在谷崎润一郎心中，这样的女人才展现出真正的美。文身后的女子“明亮的双眼已毫无痛苦的阴影，斜倚栏杆，若有所思地仰望晴朗的天空”。而拜倒在她脚下的，成为她的第一个“肥料”的就是刺青师清吉。

永井荷风曾评论道：“在明治文坛上，谷崎润一郎成功地开拓出一片谁也不曾插手，或者说谁也不能插手的艺术领域。”佐藤春夫也曾说：“谷崎是一个近年罕见的没有思想的艺术家。”《刺青》开创了谷崎润一郎一生的创作理念，也奠定了他的唯美观的基础，他“艺术第一，生活第二”的思想，无疑为艺术的纯洁性和独立性做出了巨大贡献。他对女性美的崇拜，对固有道德的反叛，具有一定的深刻性。然而，真正的艺术是可以与思想绝缘的，谷崎润一郎在感性的世界中探索着自己对美的追求，他沉迷于女性的肉体之中，从而使创作走上了极端享乐主义之路。

第四节　《罗生门》与人性思考

芥川龙之介是日本著名的小说家，他出身于书香门第，其养父酷爱传统文化，在其教导下，芥川龙之介不仅琴棋书画样样精通，而且具备了深厚的日本古典文学功底。日本传统文化的熏陶对他的小说创作产生了重大的影响，在其短暂的创作生涯中，共有短篇小说148篇、随笔60多篇、小品文50多篇，还有大量的评论、游记、札记及诗歌等。芥川终其一生都致力于小说的创作，他的小说或取材于普通百姓的市井生活，或取材于南蛮异国风情，或取材于封建王朝或幕府生活，取材新颖，内容丰富多彩，引人入胜。在他创作的这些作品当中，短篇小说的成就最高。他的短篇小说情节设置诡异，多鞭挞社会的丑恶现象，文字清新，简洁有力，为人所称道。芥川龙之介自杀之后，人们为了纪念其取得的文学成就，特地设立了“芥川文学奖”来奖励新人进行文学创作。“芥川文学奖”后来成为日本新人作家欲登日本文坛的必由之路，由此可见，芥川龙之介对近代日本文坛的影响何其深远，他的创作为日本文学的繁荣做出了重要贡献。井上靖、石川达三、松本清张等都获得过“芥川文学奖”，并最终走上了文学创作的道路，成为现代日本著名的作家。

《罗生门》是芥川龙之介于1915年发表的一篇精致的短篇小说。这篇小说主要借用了《今昔物语集》第29卷“登罗生门见死人，贼人的故事第十八”的材料。但作者把它放到了现实的场景之中。当恶劣的环境威胁到生存时，在人性的善与恶的天平上，人性倾向了恶的那一方。人为了生存会不择手段。

故事背景是发生在古代平安朝末期，各种天灾人祸，京都一片萧条。小说一开始头，阴冷的气氛围绕着罗生门，动物和死人的尸体堆满了城楼。一个被主人解雇的家将在罗生门下避雨。仆人当时正在思考一个问题“饿死呢还是做强盗”[①]。正当他徘徊之时，发现一老妪为了不致饿死，正在拔死人的头发做成假发卖钱。家将要想不饿死也只有当强盗。“家将的心里却生出一种勇气来了”[②]，于是他强行剥光老妪的衣服，逃进黑暗中。

当人类赖以生存的自然环境被破坏时，人性的“善”往往屈服于“恶”，和平时期的良民瞬间可以在社会动荡时期变成暴民，这也是人性在非此即彼的生存中遭遇的困境。芥川龙之介赋予家将身上的人性在最初还是有良知的，他曾经犹豫过自身当下的处境。当他发现了城楼上老妪在拔死人头发的时候，也激起了他的正义感。家将对罪恶有一种本能的反感，但是面临生存的压迫时，家将来自内心良知的呼唤终究还是敌不过要活下去的“不择手段”，也就是去做强盗。其实家将和老妪都丑陋不堪，而且都具有恶的本质，不同的是老妪的恶刺激坚定了家将的“恶”。家将在关键时刻丧失了人道与道德，而且作者将家将强之前的决心成为“勇气”及具有讽刺意味。不择手段的生存才是王道。在生存面前弱肉强食，自私自利都是生存的手段。善良在那个时代不得不抛弃，因为善良意味着死亡。人，不能自己把握自己

① 止庵．现代日本小说集[M]. 北京：新星出版社，2006:059.

② 叶渭渠．日本小说史[M]. 北京：北京大学出版社，2009:128.

的命运应该是最悲哀的事情吧。“作者将现代社会的‘现实场’放置在日本的历史之中，通过细致的描写仆役和老妪的心理流程，来揭示人在善与恶，美与丑的对立和相克中所流露的不安定心绪，同时在对人的自私心既不肯定也不否定的情况下，将矛盾的并存绝对化，来展现自己的观念世界，达到以冷眼的旁观者观照混乱与无秩序的社会上的利己主义的目的。”①

《罗生门》最后一句是“家将的踪迹，并没有人知道”，命运的不确定性再次出现在芥川龙之介的短篇小说中。他对家将与老妪在善与恶边缘徘徊的行为描写，就是他人性的深刻剖析。

一、《罗生门》的地位和影响

《罗生门》是芥川龙之介的成名之作，当时发表在《帝国文学》后便引起了广泛的关注，风靡了整个日本文坛。《罗生门》短篇小说集出版之后，芥川龙之介更是声名大振，成为反现实主义文学的首席代表。“罗生门”三个字本身有所喻指，有着包罗人生众象之门的深层内涵。据日本学者介绍，《罗生门》一直是日本教科书收录次数最多的作品之一，众多版本的高中教材都选用了这篇小说。芥川龙之介的影响不仅仅在日本非常广泛，他的作品也被译成多国语言，广泛传播，仅仅在中国，题为《罗生门》的小说译本就超过 20 种，获得了读者的追捧和认可。日本著名导演黑泽明还根据小说改编拍摄了电影《罗生门》，获得了 1951 年威尼斯国际电影节金狮奖和第 23 届奥斯卡最佳外语片奖，日本的电影也凭借此部电影开始走向世界，世人也因这部作品记住了日本作家芥川龙之介。

二、《罗生门》的故事梗概及其人性思考

短篇小说《罗生门》的情节来源于日本古典故事集《今昔物语》第十九卷“罗生门楼上遇尸记”，虽是旧题材，但是芥川龙之介赋予了小说全新的内涵，在简短而精致的篇幅中，作家用凝练的笔触为读者刻画了生动的人物形象，引发了我们对人性的全新思考。《罗生门》的社会背景是在日本古代平安朝末，当时社会动荡不安，民不聊生，京都到处都是一派荒凉凋零的衰败景象。而在遭遇生存困境时，更可以窥见人的本性。西哲说，人应该追求诗意地栖居在大地之上。当我们置身于恶劣的社会环境之中，我们的疲

① 方真．芥川龙之介对人性的思考与感悟——以《罗生门》与《鼻子》为例 [J]. 剑南文学（经典教苑），2012（06）：40.

惫心灵又能够找到什么样的栖居之地呢？作品中小说的主人公就处在这样的生存境遇之下，作者想以此来考验和挖掘人性最深层的内涵。小说的主人公是一位刚刚被雇主辞退的仆人，被解雇后他无家可归，在罗生门下避雨时，他的脑海中正在进行着一场异常激烈的内心斗争，“是择手段还是不择手段？”“是活活被饿死还是选择当强盗苟且偷生？”仆人内心的挣扎是每个具有良知的人都曾经有过的。良知是一种道德向善的力量，它是人类面对自身当下处境的感知，是人们对正义力量的认同和接受。仆人内心的艰难抉择显示了他身上具有最原始的良知和向善的道德认同。当他发现有一个老太婆在城楼上拔死人的头发时，内心升腾起了对罪恶的一种本能的反感。他愤怒地拔刀抓住了老太婆，而老太婆的“行恶”理由却把仆人推向人性的另一面。老太婆告诉仆人，拔死人的头发，她也是不得已而为之，死人的头发做成假发卖了，才能活下来。听完老太婆的话之后，“活下来”三个字深深触动了仆人的心。老太婆为了生存可以去“行恶”拔死人的头发，而“我”为了生存怎么不能做强盗呢？仆人不再犹豫不决，他下定了决心，要做一个强盗，要生存下来，于是他剥光了老太婆的衣服，逃遁而去。人之本性本无善恶可言，人既有向善的潜质，也有向恶的种子，在善恶的天平上，是恶压倒了善，还是善压倒恶，都彰显出了人性的复杂。在生存本能的驱使和胁迫下，仆人内心的良知被泯灭了，内心的恶压倒了向善的因子，人天性中的耻辱感、羞耻感不复存在，为了生存下去，“做强盗”“不择手段”成为最好的理由。小说结尾，仆人的转变是富于戏剧性的，对仆人及其老太婆在善与恶边缘的徘徊与挣扎的描写，凸显了作家对人性深层的洞悉和理解。看完芥川龙之介的小说，身体的每个器官都会受到强烈的震撼，灵魂将接受一次全新的洗礼。览卷之余，不禁要自问，当我们每一个人面临这样的生存困境时，又会做出什么样的抉择呢？或许，这才是值得深思的问题。

三、芥川龙之介人性观的探析

《罗生门》的小说结尾是戏剧性的，仆人最终坚定地成了一名强盗。芥川龙之介似乎明确了这样一个小说主题：社会环境恶劣，为了生存而从恶，这种恶是可以理解的。作者在小说最后透露出了对人性自私本性的宽容，这是他对当时社会环境无奈的一种表达，更折射出作家厌世消极的人生情怀。至此，芥川龙之介的自杀似乎可以看到外在社会环境的影响了。

芥川龙之介处在明治末期到大正时期，这个时期社会动荡与平和、闭锁

与明朗并存。作家在面对时代、个人和家庭困境时，陷入了无限的深渊之中，一方面他无法忍受丑恶的社会现实，另一方面他又观照社会现实，力求从精神上武装自己，超越现实生活道德体制和社会的种种束缚。在这种情况下，为了武装自己的精神世界，他开始对马克思主义产生了兴趣，但是他又不相信通过与资本主义做斗争能够改变人的命运。作家看到了社会丑恶的一面，他竭力攻击现实社会的制度，然而他又不得不屈服于现实，而且害怕自己所蔑视的现实社会。因此，在作家看来，过着既蔑视现实生活、又不远离现实生活、与现实社会不相互矛盾的生活，是一种最佳的选择。但是实际上，这种中庸的处事原则是很难做到的，芥川龙之介时常感到现实的巨大压力和生命的不可把握性，他曾经这样说："血统、境遇、偶然这三者决定一个人的命运，血统、境遇、偶然各占四分之一，而个人只有四分之一的能力主宰自己的命运。"可见芥川龙之介是悲观厌世的，在丑恶的现实面前，在自私的人性面前，来自社会现实的压迫无疑是一种巨大的折磨，他自己最终也无法拯救和主宰自己的人生，年仅 35 岁就草率地结束了自己的一生。

日本著名小说家与评论家江口涣曾经这样说道："作为小说家的芥川龙之介是一个生活的旁观者，《罗生门》选择利己主义作为小说创作的动机绝非偶然，作家显然不是隔岸观火，而是通过仆人的选择来表达自己对人性自私的痛彻心扉。"在生活中，芥川龙之介将自己的一己私念隐藏了起来，周遭生活中世俗的各种利己主义随处可见，给他带来了巨大的心理压力。小说《罗生门》的创作可以说是他对现实生活压迫的一种反抗，在小说的世界里，作家对个人自私的、利己主义的本性进行了无情的揭露，内心压抑的情感得到了宣泄，获得了心理上的平衡。当然，芥川龙之介在文学中表现出来的对人性阴暗面的特殊审美倾向也与他的身世有着密切的联系。芥川龙之介从小过着寄人篱下的生活，养子的经历给他的内心埋下了阴影，加深了他内心的孤独与脆弱，再加上他性格内向，就逐渐形成了过于神经质的极端个性。成年之后，芥川龙之介经常神经质地以为自己会接受母亲的遗传，会发疯并很快死去，一想到发疯死去的结局，他就会陷入巨大的恐惧之中，这种恐惧如影随形盖在他的生活之上。自身体质孱弱多病，婚姻家庭方面又很不顺利，再加上姐夫的卧轨自杀，使芥川龙之介受到极大的刺激。随着身体的日益恶化，再面对生活的种种不顺，身心俱疲的芥川龙之介最终选择了用自杀的极端方式来与这个世界告别。

当我们质询芥川龙之介缘何以这样的一种特殊方式结束自己短暂一生的时候，不禁会扼腕叹息。究其原因，则是芥川龙之介所处的时代背景和自身的身世造就了他悲观的人生哲学和人性观。在面对现实的种种问题时，芥川龙之介始终对社会的黑暗与不合理持着一种批判的态度，又无力摆脱现实苦难的生活，在悲观失望之时他找不到精神的寄托，灵魂陷于孤独与失落之中，因此无可奈何地走向了悲剧的顶点。

第五节　《挪威的森林》与后现代主义

《挪威的森林》是日本当代著名作家村上春树的代表作品。村上春树自20世纪70年代末80年代初登上文坛以来，作品风靡日本，其中《挪威的森林》的销售量达到700余万册，就连诺贝尔文学奖获得者川端康成和大江健三郎的作品也难以媲美。可以说，村上春树给沉寂多年的日本文坛带来了生机和震撼，甚至有人认为由此引发了“村上春树现象”。村上作品的爱好者大多是青年人，其中也包括相当多的女性。著者认为，村上的作品，特别是《挪威的森林》被广大青年读者喜欢的一个重要原因是它的后现代性。

一、《挪威的森林》中后现代主义文学特征

《挪威的森林》中不乏后现代主义的写作手法。可以作为中国学界的一种代表性意见认为“村上春树的小说，多以后现代主义的视角和扑朔迷离的梦魇，采用符号、造型等象征手法，紧扣丰盈复杂和变动不居的时代脉搏跳动，宣泄后现代工业社会青年的文化心理，展示人与自然、人与人、灵与肉之间层出不穷的新现象、新问题”[①]。这种意见还进一步指出“从主题、选材到表现手法以及寓意的可能性，村上春树对社会生活或许更敏锐，在艺术观念与实验上更前卫，对当代文化的冲击力度更猛烈”[②]。日本文学家大多重视对意境的表达，村上春树通过各种幻想虚构的借景来表达千折百回的意境。“与后现代主义文学的‘语言转向’不无相似谶语般的神秘玄妙等方式和手法，渲染虚妄的气氛，构成在工业主义发展的特定意境下，人们沉湎于建构一种物质的可能性，来代替失去精神的不可靠性。”[③] 通过村上春树这种独特的意境表达方法，能够找到《挪威的森林》中以现代主义笔法来表现人物内

① 李德纯．浮躁与困顿——村上春树小说评述[J]．世界文学．1999（6）：293-303.

② 李德纯．浮躁与困顿——村上春树小说评述[J]．世界文学．1999（6）：293-303.

③ 李德纯．浮躁与困顿——村上春树小说评述[J]．世界文学．1999（6）：293-303.

心的复杂，用幻象世界与真实世界的倒错来表达作者对现实社会苦闷、压抑的感受。同时，也描绘了作者内心的理想世界。

1．“阿美寮”的虚幻性和象征性

在《挪威的森林》中，有些特殊的场景具有象征意义，阿美寮就是其中有代表性的一个。阿美寮是直子治疗的场所，也是她逃避现实世界的场所。如果探究其引申意义，我们会发现这个场所是村上春树所虚构的带有乌托邦色彩的“理想国”，因为在当时的日本社会结构中，找不到这样实际存在的处所。日本学者也专门考证论及过这一问题。

阿美寮是作为作者表达意境的载体而存在的，也是作为作者表达整个《挪威的森林》中对人的生命过程中许多对立而统一的事物的见解而存在的。

“路上，我好几次停住脚回头张望，情不自禁地喟然叹息。我总觉得自己似乎来到了引力略有差异的一颗行星。是的，这的确是另外一个世界——想着，心里不由生出悲戚。”[①]“在远离人烟的地方大家互助互爱，同时从事体力劳动，医生也参加，提出建议，检查症状，从而使某种疾病得到彻底的治疗。[②]”无论是从布局结构，还是在此生活的人的行为举止，阿美寮具有真实性。但是在阿美寮，人们的生活方式还是自古以来就绵延下来的人类亲近自然思想的体现。正是这样的田园诗情结，反射出后工业文明的冷漠，热门寄予的美好愿望。换句话说，在描述阿美寮真实性的同时更显现出非现实性，或者说虚幻性。虽说这里是一个远离人烟的“世外桃源”，人们在有规律的生活与劳动中生活，直子也能够在生理上发育得近乎完美，然而，直子可以完善身体，却没办法解决根本的精神问题，她的灵魂深处仍然黑暗。这也预示着直子将最终走向死亡。同样，现实的渡边更加感觉到这里“离我几光年之遥”[③]，认为这里是“整理得井井有条的一片废墟”[④]，以至于让人无法感受现实世界的真实。显然，这一切都是逃避现实造成的。

《挪威的森林》享誉文坛后，“阿美寮”也就成为逃避后工业时代现实社会里心灵重压之地，人们回归淳朴人际关系、亲近自然之地的代名词。“阿美寮”也是对逃避现实社会的象征。

20世纪六七十年代，经历了经济高速增长的日本青年因学生运动被镇压，因此感到理想的破灭。而在现实生活中，欲望泛滥、拜金主义盛行，他

① ［日］村上春树．挪威的森林．[M]．林少华，译．上海：上海译文出版社，2007:200.

② ［日］村上春树．挪威的森林．[M]．林少华，译．上海：上海译文出版社，2007:202.

③ ［日］村上春树．挪威的森林．[M]．林少华，译．上海：上海译文出版社，2007:211.

④ ［日］村上春树．挪威的森林．[M]．林少华，译．上海：上海译文出版社，2007:215.

们感到苦闷、彷徨，进而希望寻找一片可以逃避现实的净土。村上春树笔下的“阿美寮”也有这种逃避心理的体现。直子在给渡边的信中曾写道：“这座疗养机构的问题在于：一旦进入这里，便懒得出去，或者说害怕出去。在这里生活，心静自然变得平和安稳，对自己的反常也能泰然处之，感到自己业已恢复。然而外部世界果真会如此接纳我们吗？”①

这种因对现实产生恐惧而逃避的心态跃然纸上。

2.任意性和不确定性

《挪威的森林》中，故事情节的发展和人物命运的走向都有不确定性，对爱情、友情的定义更是不同于其他，随性随意。男主人公渡边身边的女人从直子到绿子，不断地更换，渡边甚至一度追寻，但直到最后，他对于爱情的概念依然模糊，他甚至不懂得如何安抚需要安抚的人。

3.符号性和消费性

论及《挪威的森林》创作的时代背景，作家村上春树正是受后工业发达的社会环境影响，于是，在这样的前提下，村上春树大量运用啤酒、咖啡、威士忌、唱片、电影、女人等成为后现代社会的符号性的词语。同时，这些东西也是小说人物在日常生活当中常用的消费品。

这就是后现代主义文学体现出来的脱离、逃避现实，寄托外界，又对这样的失重状态感到茫然。失重状态下的感受，既没有痛，也没有笑，既没有彻底的麻木，也没有执着的信念。

二、对主体生存状态的展示

在当今激烈的竞争中，人们处于紧迫的生活节奏和心理压力之下，不由自主地产生失落感和危机感。城市青年的认识，从“自我发现”向“主体发现”转移，思维模式也从“目的论”转向“过程论”，年轻人的“成就欲”渐趋淡薄，他们虽然把精力投向事业，但更多的是向“消费欲”发展。在他们看来，自我的实现形式并不重要，重要的是体味“实现的过程”。后现代主义文学便是在这一社会趋势下，对事物、对社会、对人生只进行展示，而不愿对重大的社会、政治、道德、美学问题进行严肃认真的思考，更不愿做出评价，只是把作品的审美价值与内涵意义让读者去思索归纳。后现代主义不再追求终极价值，在他们看来，一切传统意义上的对崇高的事物的信念都是话语的短暂的产物，不值得“真诚”“严肃”地对待它们。村上春树正是

① ［日］村上春树．挪威的森林．[M]．林少华，译．上海：上海译文出版社，2007:235.

在“自我发现”和“主体发现”的夹缝中，思考一个艰难而复杂的现代人对现实的体味，力图真实地描绘出这一过程。

《挪威的森林》的主要内容是描写了繁华都市中的青年男女那种无可救药的孤独、无可排遣的空虚、无可言喻的无奈和惆怅、失落的生存状态。日本经济在20世纪后期跨入世界一流经济大国的行列，但经济的繁荣和令人目眩的丰富的物质生活，却潜伏着主体意识和责任心的逐渐缺失，人们逐渐丧失了自我。在日本政治体制的高压面前，日本人，尤其是青年学生们感觉失去了自我存在的价值，感到无限的孤独、空虚和无聊，他们不再热衷于理想，不再执着于斗争，他们开始转向追求物质和感官享受。但这种颓废的生活方式无法掩盖他们内心的失落，由此，他们普遍感到孤独和空虚。

《挪威的森林》中的每一个人物都生活在孤独、失落和空虚的状态中。直子和她的初恋情人木月之所以选择自杀来结束自己的生命，是因为两人从小生活在两个人的世界里，“就像在无人岛上长大的光屁股的孩子，肚子饿了吃香蕉，寂寞了就相抱而眠”，长大后才发现，他们已丧失了和不断变化着的外界相沟通相适应的能力，纷纭复杂的世界令他们无所适从、心存恐惧，正如直子所说：“正因为这个，木月才落得那个下场，我才关在这里（阿美寮精神病院）。”小说中与阴郁晦暗的直子相对的是“全身迸发出无限活力和蓬勃生机，简直就像迎着春光蹦跳到世界上来的一头小鹿”般活泼好动的绿子，她浑身散发着阳光的温暖气息，身上充满着无尽的活力。但是她也陷入孤独，因此，她不止一次诉说孤单得要命。小说的主人公渡边的大学同学永泽，长得帅，能说会道，在女孩子面前，他永远春风得意、所向披靡，但正如小说所说：“他既具有令人赞叹的高贵精神，又是个无可救药的世间俗物。他可以春风得意地率领众人长驱直进，而那颗心同时又在阴暗的泥沼里孤独的挣扎……他也背负着他的十字架匍匐在人生途中。”主人公渡边在好友木月离去后，爱上了其女友直子，但他不明白该如何去爱一个人，因此，他才在直子住院期间，先后同在酒吧间萍水相逢的几名女青年到旅馆开房间。与绿子的相识，又在他的心中掀起了青春的涟漪。其实，他始终都背负着巨大的精神包袱在人生旅途上彷徨。在小说的最后，当绿子问他“你现在在哪里”时，他却茫然不知“我现在在哪里？我拿着听筒扬起脸，飞快地环视电话亭四周。我现在在哪里？我不知道这里是哪里，全然摸不到头脑。这里究竟是哪里？目力所及，无不是不知走去哪里的无数男男女女。我是从哪里也不是的场所连连呼唤绿子。”失去直子的渡边既无法回到旧日时光中，又不知现在身置何处，因而更加迷茫。在这里，村上春树道出了后现代社会中人的感受，他们对社会感到绝望，他们心中唯有挥之不去的失落感和幻灭感，唯有无可奈何的孤寂与悲凉。然而，生活还要继续，太阳照常升起。

三、小说人物的主体性解构

在展示后工业社会中的人们充满浓厚的孤独、空虚和失落感受的生存状态的同时，村上春树的作品也体现了后现代主义作品中常见的主体性的解构。我们知道，后现代主义文学在颠覆现实主义文学的真实性的同时，也在结构着现代主义的主体性。他们宣称“主体死亡”，不再思考人的生存和毁灭。后现代主义作家不再追求理想信念，只想在文艺中表现自己的主观，记录自己看到的或感知的世界的零碎片段。在《挪威的森林》中处处可以感到，因为人生的无意义，人不必苦苦寻觅人生的意义，更不需要沉醉在孤独、空虚和无奈而带来的痛苦感受中，人只需寻找适合自己的生活方式，去寻找乐趣。《挪威的森林》中的许多人物没有复杂的社会关系，没有亲情的温暖，有的即使有父母，也与之分离。因此，他们往往选择隐居式的都市生活方式，作为没有出路的出路，在孤独与空虚中寻找乐趣。他们的人生目标不是指向外界，而是指向自己，他们只凝视自己的内心世界，这就使其作品具有后现代的“内在性”。

主人公渡边作为一个大学生，住在学生寄宿院里，远离父母，他没有明确的人生目标，他的生活正如小说所写：“若问自己现在所做何事，将来意欲何为，我都如堕雾中。大学课堂上，读克洛岱尔，读拉辛，读爱森斯坦，但这些书几乎对我没有任何触动。班里边，我没结交一个朋友，宿舍里的交往也是不咸不淡。宿舍那伙人见我总是一个人看书，便认定我想当作家。其实我并不特别想当作家，什么都不想当。”这段描写展示了渡边无所谓的生活态度，没有理想的追求，没有生活的目标。其实，这种生活态度就是生活于自己的空间，与社会相疏离。小说的女主人公直子更是远离社会，生活空间十分狭窄，她从小与木月生活在两人的小圈子里，木月是她绝无仅有的朋友，木月自杀后，她也只和渡边交往，而渡边明白自己不过是某人的替身。后来，直子便住在与世隔绝的“阿美寮”精神病院，通过对过去的回忆，填补自己精神的空虚。无论渡边还是直子，都是生活在自己的空间里，与社会保持一段距离的“少数派”，这样的人，不能融入社会常规，也不愿意为社会所接纳，他们只关注自身。

永泽是一个在放纵情欲中品位孤独的人物。他能说会道，只要一开口，

女孩子就听得如醉如痴，因此，女人对于他来讲是“手到擒来”，所以，他才十分随意地说：“睡过的女人怕是七十五个左右吧。”其实永泽是有一个地地道道的女朋友的，她真心地喜欢永泽，但尽管如此，永泽依然在毫无情感的性欲中打发时日。应该说，永泽的这种萍水相逢、偶然相遇式的随意性的两性交往早已远离了美好的爱情，这种“性欲渴望着融为一体，而且它不仅仅是生理的欲望，也是对于痛苦紧张的缓和。性欲可以被爱情所激发，然而也可以被孤独的焦虑、征服或屈从的愿望、虚荣心、伤害甚至破坏的欲望所激发”。永泽的放纵就是被孤独的焦虑所激发。这也是只关注自己的感受，而无视社会、无视他人的一种生活态度。

《挪威的森林》中人物主体的自我已经明显内缩，渡边、直子、永泽等人只顾凝视自己的内心世界。的确，在生存竞争日益激烈的商业化的现代世界，随着科技推动下的社会日新月异，主体自我必然日趋迷失，人们也越发感到所处世界的种种不现实性，而对于内心理想、原初精神及真实自我的追求却使现实所处世界中并不存在的东西愈发具有存在感和现实性。这些“现实所处的世界中不存在的东西”便是对旧日时光、童年生活和故乡风情的眷恋和守望。《挪威的森林》中的“我”和直子一起走过的那片草地，与他们一起走过无数遍的繁华的东京街头相比，那片草地的风光更加迷人：“片片山坡叠青泻翠，抽穗的芒草在10月金风的吹拂下蜿蜒起伏，逶迤的薄云紧贴着仿佛冻僵的湛蓝的天壁。”在草地上相伴而行的又是一位文静漂亮的年轻姑娘。可以说，主人公的情感永远定格在了19岁，在那片草地上，“呼吸着草的芬芳，感受着风的轻柔，谛听着鸟的鸣啭”，死去的直子在那片草地上漫步。哈桑认为，后现代主义的两个核心构成原则是“不确定性”和“内在性”。内在性代表使人类心灵适应所有现实本身的倾向。这意味着后现代主义不再具有超越性。它不再对精神、价值、终极关怀、真理、美善之类超越价值的事物感兴趣，相反它是对环境、对现实的内在适应。这种内在性在《挪威的森林》中深刻体现为小说人物所采取的主动隐居的都市生活方式。

四、内容的重复性和语言的幽默性

后现代主义怀疑乃至否定文学的价值，写作消失了内容，转向中立性，即所谓“零度写作”。换句话说，写作转向了它自身，它把世界看成是不值一提的“碎片”，因此，作品情节的发展荒诞不经，内容重复。作家把话语、语言结构当成他们为所欲为的领地，用文体的语词、句法、反讽性修辞效果代替文学作品的内容。

《挪威的森林》体现了后现代的“重复”的法则。例如，对于性内容的描写，这是后现代主义所关注的中心。在村上春树的作品中，对性的描写的内容所占比例很大。他的作品，特别是《挪威的森林》中的人物，把性看作日常生活中极其普通的一部分，两性交合就像听一首爵士乐一样轻松、随便和自然。小说中的重要人物永泽向懵懂之中的渡边介绍说：“傍晚，女孩子们走上街头，在那一带东游西逛，饮酒作乐。她们是在寻求某种东西，而这种东西我们又可以提供。这是再简单不过的买卖，就像拧开水龙头和水一样。”显然性爱双方是无视社会道德的规范，更无责任感的。这种性爱的不稳定性、随意性和重复性必然带来性爱价值的丧失。永泽的话道出了后现代主义中性爱的真谛：和自己睡觉的女孩儿越多，自己越是麻木，越是没有感觉。他对渡边说：“和素不相识的女孩睡觉，睡得再多也是徒劳无益，只落得疲惫不堪、自我生厌，我也一样。”他们的性爱大多是一次性消费，连对方的长相都懒得记下来，这就是后现代主义的“重复”法则。“重复”使一切都失去感情色彩成为“日常”，使一切都符号化、模式化、平板化、麻木化，因此一切也就在这种重复中消解了。

村上春树始终在追求一种随意的写作态度，但他十分重视艺术形式，特别是小说的语言。他曾强调语言的重要性：“最重要的是语言，有语言自然有故事。再有故事而无语言，故事也无从谈起。”正因为他对语言的高度重视，所以他的小说语言风格令人有耳目一新的感觉。这一点与后现代主义文学是相吻合的。

村上春树小说语言的一个重要特点就是追求幽默的艺术效果，为了达到这个目的，他大量地运用别具一格的比喻技巧。例如“神志濒于瓦解，如同暗室植物的根须一样蓬蓬松松。”“我是多么高兴，心里人生是多么美好啊！那感觉，就像被人从狂暴而冰冷的海潮中打捞出来，用毛巾被裹着放在温暖的床上一样。”“我的房间干净得如同太平间。”“旧丸旗俨然元老院议员长袍的下摆，垂头丧气地裹在旗杆上一动不动。”“直子微微张开嘴唇，茫然若失地看着我的眼睛，仿佛一架被突然拔掉电源的机器。”“中断的话茬儿，像被拧掉的什么物件似地（的）浮在空中。”“在我眼里，春夜里的樱花，宛如从开裂的皮肤中膨胀出来的烂肉，整个院子都充满烂肉那甜腻而沉闷的腐臭气味。”“（绿子父亲的身体）就像一座破旧的房屋——一座搬出所有家具和拉门窗隔窗只等拆毁的房屋。”“绿子在电话的另一头默默不语，久久地保持沉默，如同全世界所有的细雨落在全世界所有的草坪上。”

村上春树的比喻奇特而新颖，通常的比喻是把两个类似或相关的事物相

比，而村上春树的比喻却一反常规，把基本毫不相干的东西连接起来，例如，樱花和烂肉，人的表情和机器，身体和房屋等。虽然这些描写对象本身并不使人发笑，有些对象甚至是酸楚、凄苦和悲凉的，但是这些对象经过作者新颖而独特的“比喻”加工、达到了一定的幽默效果。

总之，村上春树的《挪威的森林》鲜明地体现出了后现代主义文学的特点。作者通过幽默的小说语言与带有奇妙的近乎荒诞的故事内容，象征性和寓言性地传达出都市青年真实的心灵图景，也真实地反映了当代日本人身处后工业社会中的这种生存状态，揭示了都市青年精神失落的根源和深刻的社会现实问题。因此，也有人称之为寓言小说或哲理小说。无论如何，《挪威的森林》带给读者的思考是多方面的。

第五章　日本近现代文学中的美学理念

第一节　传统美学理念

一、“无常”之美

日本人对佛教思想的吸收、改造、融合与日本的社会现实密切相关，其中“无常”观尤为突出。佛教中讲的“无常”，往往是指人的死亡，所以佛教的无常观，其实就是对“死”的看法及观念。而日本人所接受的“无常”是哲学认识上的“无常观”，诸行无常，诸法无我。万物流转的无常之感，在一定程度上渗透到日本民众的精神生活中，并和日本文学相关联，作为一种咏叹的、抒情的哀伤之感引发了人们的共鸣。鉴于此，“无常”和日本其他的审美感和神秘感等一样，只是一种情怀而已，是一种称为“无常感”更合适的情感性的东西。日本的和歌、俳句等文学作品中经常使用“无常”一词。

弘法大师所创作的歌中阐述了古代日本人对“无常”的理解，他所说的“无常”有很浓的宗教思想。通过人们熟悉的自然现象，叹息时光消逝、世事无常，人生如花期、青春易逝，咏叹岁月不饶人的佛教思想。

平安初期的特殊处境，由于只有贵族阶级能够识字读书，这一时期的“无常”主要体现在贵族文学中。贵族文学的创作达到最高水平的不是和歌，而是物语。物语作为一种文艺体裁，是日本民族独特的创作形式，可视为小

说。被誉为平安物语最高峰的《源氏物语》盘旋于贵族上层社会，表现出与“国风文化”时期同一指向的审美情趣，其主题是宿命和无常。

到了平安末期，日本的“无常”美绽放出了更加华美绚丽的文艺之花。日本军纪物语的巅峰之作《平家物语》讲述了以平清盛为首的平氏家族由盛而衰的故事，从中可以解读出佛教无常观的发展轨迹。作品开篇便模仿《涅盘经》下卷中的《仁王经》护国品中的句子，“诋园精舍之钟鸣，诸行无常之声韵。沙罗大树之花色，胜者比衰之表征”。作者以“骄者必败，宛如春夜一梦。强者终亡，仿佛风中浮尘”开篇，成为贯穿全文的主题。日本哲学家中村元认为：“觉得无常而出家，出现在日本平安末期旧统治阶级没落、新统治阶级确立的封建制度转换期。旧统治阶级的没落，促使其昔日的拥戴者断了世俗的欲念，转而心向宗教。”在以死、没落等人生无常的幻灭之美为主旋律的故事中，概括了佛教的诸如世事无常、因果报应等思想，正是佛教无常观触发的“哀情”。

镰仓初期的鸭长明在其随笔集《方丈记》中以佛教的无常为基调，感叹世间的无常，自然的灾害、社会的动荡，深刻意识到人生变幻无常，并记述了自己削发为僧、愤然遁世的情形。

二、“物哀”之美

日本一直是处在“文明周边”位置，受外来文化影响甚大的国家。到平安时代，形成了自己独特的精神文化，这一时期占主流地位的另一审美意识正是“物哀”。如前文所述，“物哀”是日本传统文学、诗学、美学理念中的一个重要概念。可以说，不了解“物哀”就不能把握日本古典文学的精髓，就难以正确深入地理解以《源氏物语》和歌、能乐等为代表的日本传统文学，就无法认识日本文学的民族特色。

“物哀”始见于本居宣长的文学评论《紫文要领》《源氏物语玉小栉》等著作中。本居宣长提出“四季应时的景观，便是感知物哀之物”。在本居宣长看来，“物哀”是“对所见所闻所接触的事物，发自内心的感叹”，是一种带有优美、纤细、沉静、伤感色彩的理念，近似于“叹息”。

“人情感发，恋乃第一。物哀之深切难隐者恋情也。神代以降，历代之歌，唱叹其趣者多矣。杰作亦以恋歌为多。至乎当今庶民之歌以恋歌众多，自然之势，人情之真也。恋者，因时而易，苦涩、悲辛、怨悱、愤懑、有趣、欣喜等皆有之。人生感情诸多情状，尽见于恋中。此物语乃是摹尽人世之物哀，深憾读者之心制作。若舍却恋情，则人情之诸多深细处，乃物哀之真髓俱难显。因之特以恋情为主题，将恋之所为、恋之思心、种种物哀之情状，以无比精细之笔墨写出，描摹物哀而使之显现。"这段论述既说明了《源氏物语》的核心内容和情调，又说明了"物之哀"美与贯穿于日本文学的悲哀之美的密切联系。从"记纪歌谣"中悲婉的恋歌，到《源氏物语》归于幻灭的恋情，《古今和歌集》《新古今和歌集》中大量的倾诉相思之苦的歌作，直到川端康成、三岛由纪夫笔下徒劳的爱，都体现着人们看透世间万物的虚幻无常及感叹"物之哀"的深情余韵。

毋庸赘言，"物哀"中的"物"与"物思""物悲"中的"物"是同一词语。"物"是一个不特定的用法灵活的词语，成为感受主体人的对象物的，一律都是"物"。"物"既可以是自然物，也可以是人类或人类的创造物。在凝视对象物过程中产生的悲欢喜怒，都是"物哀"。被不特定的对象物所激发出的某种感动便是"物哀"，其中孕育着日本人文学心理的认识，日本文学的原理性思考认为，只要心有所动就能萌生出文学创作。因此，日本人认为，文学的出发点是基于原点的朴素而纤细的思考。另一方面，文学没有特定的目的，无目的而纤细也是日本文学的主要特点，可见"物哀"正是日本文学的精妙之处。

三、"幽玄"之美

正如前文所述，日本中世时期的文学、艺术、文艺等领域的审美意识是"幽玄"。在和歌世界中，确立"幽玄"审美意识的是藤原俊成（1114—1204年），他所创作的和歌，不仅追求和歌的外在形式之美，还追求"言外有音、余音缭绕"的静寂之美、纤细之美。

战国时期结束后，重新获得安定祥和生活的中世人所追求的审美意识，仍蕴涵着战乱时期那种人生无常意味的"幽玄"。这种审美意识的深层潜在着一种佛教思想。中世的连歌论首次对日本人的审美意识进行了正面论述。连歌论中的"飞花落叶"等词语，由佛教中描述自然界植物生命短暂的无常观，形成了"幽玄"的审美意识。"幽玄"的美学意识影响到和歌和连歌的创作，后来渗透到能乐、茶道的美学意识中，并以"寂"为江户俳句所继承。

最为重视"幽玄"美意识的是世阿弥，世阿弥使能乐表演具有了优雅特色，并为艺术论奠定了基础。在《风姿花传》（世阿弥所著日本传统剧目——能剧理论书）中以"花"论述了"幽玄"之美。能乐中的"花"强调客观之

美，强调感染力，批判露骨逼真、粗糙躁动的下品味的表演，主张自然调和、沉静孤寂的上品味“幽玄”之美的表演。

“幽玄”的美意识是在安土桃山时代形成了茶道世界独特的美学理念。以千休利为首的茶道宗师们，能从一朵野花和常见的器皿中发掘美。“侘”的精神在茶道世界中成为重要因素，摒弃奢华，追求朴素，如何将藏在内心深处的“侘”表现出来便是恬静（侘）茶追求的精髓所在。在一个极小朴素的空间，在所限定的规定时间内，却能感受到无限丰富的内心之美，这体现了茶道中一期一会的精神。

这种幽玄精神与松尾芭蕉（1644—1694年）俳句的“闲寂”相通，是相似的情感象征，只是幽玄的情趣内容中有空寂、妖艳等的变化。而“闲寂”导出的哀婉的余情表现中蕴含着“余韵”“细腻”“轻妙”，是“不易流行”。所谓“闲寂”是在中世以来的幽玄基调上，融入枯淡闲寂的情趣，经由西行、慈圆的努力，终由松尾芭蕉完成，树立了风雅、“闲寂”的蕉风，进入禅寂的意境。这种情调并非流于表面，而是作者基于实际体验的内心观照，所以即使华丽、美艳的题材也能渗入，将枯淡与柔美加以调和，达到虚实相生的余韵之境。这样，平安的“物哀”美学在发展过程中以“真”“实”为基础，形成“哀”中蕴含“寂”，成为“空寂”与“闲寂”的美学思想底流。

“幽玄”的审美意识后来为后世的俳句作品所继承。松尾芭蕉的俳句理论对“寂”尤其重视，呈现出含蓄、清逸、空灵、幽玄的诗风，“侘”和“寂”的精髓在于禅宗所讲的悟道境界。例如，俳句中的“禅”和“寂”都蕴涵着寂寥的情感成分，无常观的影响显而易见。对事物之美会产生“短暂”“寂寥”的感觉，并非日本人的审美意识所特有，西方人的美学中也存在类似的表达方式。但在日本，这种表达方式始终贯穿于人们的审美意识中。松尾芭蕉除了用“风雅”“侘”“寂”之外，还以“朵”“细”等作为对美的理解。“朵”是指“凋谢”“枯萎”“凋零”等，而“细”所体现的是“纤细之美”，二者都和“无常”密不可分。总之，在日本人的审美意识中，有一种发端于佛教思想的情感，一直传承至今。只有懂得了“幽玄”的存在，才能对日本文学与文化有更深一层的理解。

由此可见，日本古典文学中的传统美学意识代表了日本民族文学最基本的审美情趣，它们有着一种共同的色彩，与“无常”思想密不可分，对日本人的文学、艺术、文艺等方面产生了极大的影响。这一点也正是日本文学中最能与其他民族文学区别的特征。审美情趣在不同时代背景下，表现出来的审美意识各有不同，不论后来的审美意识与指向如何变化与发展，始终贯穿于日本文学发展的历史。

第二节　死亡气息之美

鲁迅先生曾说："悲剧就是把最美好的东西撕碎给人看。"在"最美好的东西撕碎"之后，留给人们的思考各人有各人的不同。不同维度的死亡之美，在川端文学中呈现出无常、虚幻、哀怨的美感，而三岛文学则表现了自我选择、血腥、真实的死亡之美。这样的区别与他们经历的差异和在文学上对日本传统文化和外来西方文化的不同吸收是分不开的。

1970年，三岛由纪夫这样一个酷似古希腊雕像般俊美的男子，挟其对"肉体美学"与死亡的执着，走上切肢身死这条道路，而在他死后的十三个月后，以描写日本的美著称而获得诺贝尔文学奖的文坛巨匠川端康成在其公寓口含煤气管自杀而亡。他们都是以自杀作为生命终结的方式，也作为唯美的探求者辉照日本现代文学史，死亡与美不仅仅是他们个人最终实践的目标，也在他们的作品中从始至终都不停纠缠着"死"与"美"的主题，但是就像他们对死亡方式的不同选择一样，对死亡与美主题的偏爱中也呈现出各自不同的维度。

川端康成和三岛由纪夫都崇尚古典美，但一个是崇尚像菊花一样的阴柔之美，在作品中以描写精微细腻的传统女性美而著称；而另一个则是推崇如刀一般的武士道精神的阳刚之美，对男性的肉体之美极其热爱。两人对美的事物的死亡也有着不同的看法，川端康成在对死亡和美的关系的处理上，一方面笼罩着恐怖的气氛，渗透着深深的对美的死亡悲哀的情绪，另一方面又表现出亦真亦幻的"物哀美"的情调。与这种悲美的死亡不同，三岛由纪夫的死与美的主题却是在作品中表现出死亡就是爱的极致和美的极致，对美的死亡的瞬间进行细致真实的刻画，在血腥的死亡中美就获得永恒。

一、无常的青春之死和自决的青春之死

青春是文学家们经常抒写的主题，青春的易逝和生命的脆弱在他们笔下反复吟唱着，川端康成和三岛由纪夫也不例外。但是他们的作品让青春在突然而来的死亡中得到定格和永恒，而不是让岁月和衰老来蚕食至真至美的青

春，同时他们又以不同的心态和情绪来处理这一主题，形成了对青春之死不同侧面的表现。

川端康成的《睡美人》中，那么健康、年轻、强壮的《睡美人》主人公慨叹“这就是生命”的黑姑娘在深夜的猝死，让人感受生命无常和虚幻的物哀之感。同时，作家始终保持这些睡美人处女的圣洁性，揭示和深化睡美人形象的纯真和青春，表现出一种永恒的女性美，这样的美是那么的脆弱，在无法预知的时刻猝然而逝，体现了一种物哀之美。时间、美女恰是老人们确认人生败北的命运的宣判者，她们是沉默的“女神”，老人们在她们的眼前演出“死的舞蹈”，让衰老与年轻、生与死形成一种对照，由此体现出川端文学以“死”的眼凝视“美”的艺术特点。青春少女在生命的最美时刻消逝，既是美的定格和永恒，又给人以无限的哀感，生命无法预知的死去，引发人们对自身生命的深思。

在《雪国》中，叶子是那么美丽，又是一个能为爱情献身的品德高尚的女人，可以说是理想美的典范。但是这样的一个人也在无法预知的时刻猝然而死，让人产生无限的惋惜和哀伤，浸透作者对生命的无常的痛惜。《河边小镇的故事》也表现了这种无常的哀感。小说女主人公房子的弟弟的死亡，以及深爱着房子的达吉的死都是出于偶然的因素。房子的弟弟体弱多病，在一次感染流感中离开了人世；而达吉却因奋不顾身救助房子受伤，感染破伤风而死亡，假如他能及时去看医生，就不会发生这样的悲剧。他们的死是一种偶然，在青春年少的时候偶然死去，不能不让人感到人生的无常幻灭，透出深深的哀伤之感。

如果说川端康成笔下的青春之死是无常的、偶然的，甚至是被动的，那么在三岛由纪夫笔下，青春之死却有着别样的风貌，他以一种强大的自我选择的自杀来定格青春之美。川端康成笔下的主人公充满了青春的激情，在生命最勃发的时刻为了心中的理念勇敢自杀，这样的死亡具有一种强大的力量。从哲学意义上说，是超越了死亡、克服了心中的忧惧而获得一种自我选择的生命的意义。他对自杀的崇敬充满了“武士道”的精神。台湾作家吴继文说：“死亡对于三岛有绝对的魅力。”这种魅力体现为对自己一生的完全的掌控，极端的表现就是对死亡的自主选择。同时，三岛由纪夫在作品中构筑一种源于井原西鹤“男色”审美情趣的男性美和阳刚美，并让这样的美在无法实现的理想面前以死亡来实现最终的自由和美的追求。

在三岛由纪夫作品《剑》中，练习剑道的国分次郎无论是年轻的肉体还是坚忍不拔的精神，都堪称完美的典范，他对自己决定的正确性坚信不疑。

当他管理的队员没有遵守他定的规矩的时候，选择了切腹而死的道路，这既是对违反规则的队员的失望，也是对自身的理想的坚持，他的死是为了自身完美的理想而做出的最后的自由抉择。三岛曾说他要“趁着肉体还美的时候就要自杀”，《剑》中国分次朗的选择就是这一观念的充分再现。

三岛由纪夫在《忧国》中更是强调了这种在青春至美时刻的死亡。作品中，武山在奉命去镇压同僚的前夜，和他的新婚夫人在肉体上尽情享受人生的欢娱之后，选择了双双自尽的道路，在肉体的极度欢娱和极度痛苦的碰撞中获得一种美的体验。把生与死、青春肉体的欢乐和极度痛苦的死亡联系在一起，创造了一个爱与死的至美的世界。三岛由纪夫归纳为这是“在选择死时又选择生的最大的喜悦”“使夫妻的爱达到了净化和陶醉的极致”。这样的死亡充满了一种强大的生命的力量，是对极致自由精神的追求，在最美的青春里，用死亡完成了对美的永恒意义的追求。

二、悲哀虚幻的死亡之美与残酷真实的死亡之美

川端康成的审美追求主要表现在三个方面：美的物哀色彩、美的幽玄理念和自然美的形式。日本的文学传统有一股浓郁的悲哀美的倾向。川端康成极为崇尚那种“不仅仅是作为悲哀、悲伤、悲惨的解析，还包含着哀怜、怜悯、感动、感慨、同情、壮美的物哀美”，因而他的作品在对渺小人物的赞赏、亲爱、同情、怜悯和感动中表露出了一种朴素深切的悲哀，在表现死亡这一主题的时候也不例外。在他笔下，死亡来临的时刻都充满了一种哀怨忧伤梦幻般的情调。

在川端康成的《雪国》中，叶子和驹子代表了两种美，理想的美和现实的美。对这两种美的认识也是通过不同的方式，叶子是间接地了解，而驹子是直接的接触。叶子是理想的美的化身，让岛村通过映在窗玻璃上的影子对她的美进行初步的认识，暗示了那种美丽青春的容颜和高尚情操的完美结合的人是一种虚幻，当叶子的美丽身影纵身跳入火海的一刻，完成了对美永恒的定格和再现。小说中写道，在美丽银河的映衬下，在冲天的火苗中，“突然出现一个女人的身体，接着便落了下来，她在空中是平躺着的，岛村顿时怔住了，但猝然之间，并没有感到危险和恐怖。简直像非现实世界的幻影。僵直的身体从空中落下来，显得很柔软，但那姿势，像木偶一样没有挣扎，没有生命，无拘无束的，似乎超乎生死之外……岛村压根没有想到死上去，只感到叶子的内在生命在变形，正处于一个转折。”这样的美在躯体的生命

的逝去中获得了一种超乎生死的永恒之美。与叶子代表的虚幻的美不同，驹子是凡间的、真实的、积极向上的美，但是岛村却经常想到这种美在岁月的消磨中残酷地消逝，最终丧失了美感。在精神上，这两种美的消逝都深深浸透着一种悲哀美的情调，同时通过这两种美的对比，揭示出了川端康成心目中美的永恒＝虚幻＝死亡。

三岛由纪夫和川端康成在死亡的美学观上，刚好处于古典美的两极，一个强调悲美、物哀之美，另一个则倡导残酷美、尊崇武道精神。三岛由纪夫将《叶隐》武道文化精神看作是一种美学的观念，并以武道文化精神作为他的文学的规范，在他的《文化防卫论》中批评了现代日本文学的软弱性，文学题材和视野的局限性，主张在文学上恢复武道，建立美的伦理体系。他常常以武道精神对照自己，在自己的文学中隐藏了一种卑怯的生，认为自己的行为和艺术背离相克，并为此感到困惑和烦恼。他向往憧憬武士切腹而死的“瞬间的闪光”，他将这归结为最高的美＝死＝选择＝自由，而且崇尚残酷美，把血、死亡与美联系起来。在他的《关于残酷美》一文中，以古典文学中把红叶和樱花比喻为血与死为例，说明人们把生理的恐惧赋予了一种美的形式，并且已经延续了数百年。所以，在今天的文艺中，把血与死看成是美的观念是理所当然的。他指出“展开主题，残酷的场面是必要的”，因为“将残酷性提高到残酷美，就会增加作品的力度”。

三岛由纪夫的这种对武道的尊崇和对残酷美的追求，导致了他的作品中充满了血腥的死亡，同时他又赋予这种行为一种美感。在《爱的饥渴》中，农园主的儿媳爱上了自家的园丁三郎，在被公公发现之后，摆脱不了身份悬殊的现实，在与三郎的热烈拥吻中把三郎活活打死，在血与死的交错中继续一种观念上的爱。《午后曳航》不仅充满了对血与死的渴望，同时把代表海的美赋予海员龙二身上，当小主人公知道龙二为了要与母亲结缘而离开大海，感到了美的逝去，因此和小伙伴密谋杀害了代表美的龙二，通过血与死把美凝固成为永恒的追求。

在主题残酷美的追求之外，在细节的真实方面，三岛由纪夫也倾注了这种残酷美的要素，对作品主人公死亡的过程进行详尽的刻画，充满了浓重的血腥之气。在《忧国》中，对武山切腹自杀的过程进行了深入细致的描写，“血水流了遍地，积血一直浸泡到中尉的膝头，他在自己的积血中一手撑地，颓然地坐在那里。房间里充满了血腥的气味，中尉耷拉下脑袋不停地呕吐着，从他的肩头，可以清楚地看出这个连续不断的动作”。在这样血腥的场面中，鲜血染在妻子丽子的衣服上却显示出了一种美感，“鲜血把白衣的下襟浸染地那么华丽，看上去，恍若奇异的底襟图案”。美和血的真实在这里纵横交织，形成了一种残酷的美感。

从川端康成和三岛由纪夫的作品中反映出来的对死与美不同的审美倾向来看，二人都喜欢描写死亡，最终都以自杀作为了结束生命的形式。但是他们在作品中以死亡来祭奠美的过程中却呈现出不同的特点：川端康成注重古典美的物哀美的特点，笔下的死亡充满了哀怨而虚幻的美感；三岛由纪夫则更加强调表现一种残酷而真实的美。这样的差别和他们各自的生活经历、人生观、美学观及他们生活的时代的不同是分不开的。

从个人经历上看，川端康成和三岛由纪夫都经历了日本的死亡的时代，战争、废墟和重建是他们生活中的重大事件，但是川端康成对死亡的认识比起三岛由纪夫有着更加深入的体验，他从 2 岁到 16 岁经历了五位亲人的死别，过早地面对人生途中的“死亡”使他充满了一种忧伤的情绪，“我孑然一身，在世上无依无靠，过着寂寥的生活，有时也嗅到了死亡的气息”，这样的经历使川端康成形成了忧伤、孤僻的性格，这对他的文学观和死亡观的形成有着重要的影响。而三岛由纪夫成长在骚动不安的日本战争末期，小时候身体孱弱，长大后勤于锻炼体魄，精于剑道，并学习健身及空手道等，曾自谓精神活动负担过重，肉体锻炼恰可求得平衡，可说“文武皆备”。他的死亡观不是来自自身的经历，而是来自他对自我理想的追求过程中，希望在死亡中完成对文武之道的完美结合和美的永恒追求。

第三节　唯美主义的崛起

唯美主义的审美意识如灵感一样，突如其来，在一瞬间，使人感受到无限的美。那种美似乎超越了时空，呈现出一种宗教式的超然之美。因此，这种审美意识往往具有一种朦胧的神秘色彩，这正是刺激读者想象力最有力的工具。

为了达到这个目的，日本的文学家往往有意识地通过语言的省略、隐蔽的手法来表达某种情感。这正如维纳斯塑像，假设那是一尊有臂膀的完美塑像，人们在欣赏之际，充其量认为她是个美女。也就是说，太完美往往会使欣赏者注重表面形式，但是没有手臂的维纳斯反而突现了一种神秘色彩。在某种意义上，这个缺陷不是更能暗示出她的个性和生命的多彩性之美吗？文学是一种语言艺术。如何巧妙地运用精辟的语言来表达更深的内涵，这不仅

要看作者的语言推敲能力，还要看作者对语言的审美能力和丰富的想象力。特别是诗歌，如何运用有限的语言来表达无限的情感更需要炉火纯青的语言表达技巧。同样，欣赏者如果缺乏想象力和审美能力，不了解语言之象征性的话，就不可能达到欣赏的目的。

一、唯美主义文学思潮的兴起

唯美主义文学思潮是19世纪末西方文学思潮史上极为重要的文学现象之一，至明治末年传入日本，对当时“自然主义”占据主导地位的日本文坛产生了极大的震动。虽然它存续的时间较短，但它给日本文坛带来的审美理念、创作手法深深影响着今后的文学创作，成为新感觉派、无赖派等众多文学流派的创作基础。它脱胎于日本浪漫主义，又与自然主义有着深刻而复杂的联系，然而在面对近代日本文坛前进道路中所遇到的障碍时，日本唯美主义者没有勇气承担探索超越困境的历史使命，这使得日本唯美主义不可避免地脱离正确的目标指向，以对“美”“艺术”的崇拜来弥补悲观空虚主义所带来的信仰缺失，简单片面地否定艺术与社会、人生之间的关系，最终走向颓废主义的悬崖。

但就其本身的成就而言，该文学流派中的代表作家永井荷风、谷崎润一郎、佐藤春夫都是日本文坛不可缺少的坐标式人物，特别是本书中论述的谷崎润一郎作为该流派的集大成者，他的一生笔耕不辍，创作了大量的文学作品。他早年深受王尔德、波德莱尔等西方唯美主义者的影响，对“西洋”有着极为强烈的崇拜之心，追求形式之美，甚至不惜在“丑恶”“残拜”之中寻求美，但由于对“艺术”“美”的认识过于局限在感性认识层面，缺乏像西方唯美主义者那样深刻的理性思考，因此宣告了他有名无实的“恶魔主义”的失败，这使得他不得不转向从传统日本美学中寻求突破。立足“阴翳美学”这一个古老的审美意象，谷崎润一郎迎来了自己文学创作的“第二春”，也为日本唯美主义文学开辟了新的天地。

二、唯美主义的艺术思想及其在日本的发展历程

19世纪是文学发展的一个非常重要的具有转折性的时期，在这一时期面对经济、社会、政治等诸多方面变化的广大艺术家们开展了有关文学与文学家、文学家与社会关系等问题的辩论。在这一背景下，广大的艺术家们以“为艺术而艺术”为口号发起了一场用艺术之名为自己争取更多发展机会的

文化运动，这便是唯美主义运动。我们说唯美主义运动并不是简单的某一文艺运动或是一个国家的某一个文艺现象，作为发源西方并传播至全世界的文化运动，它在传播的过程中常因为每个国家存在的文化差别而发生某种情况的变异，并且由于这场运动本身颇为不纯粹的人生观和价值观等问题上没有完整的观点，这让我们无法在理论上、系统上给这场文化运动进行总结及归纳。唯美主义者大都有着独特的艺术观点，他们的思想混乱，甚至有些艺术家的观点相互矛盾，常互相嘲笑、攻击。

明治末期大正初期，占据日本文坛主流地位的自然主义文学逐渐陷入低迷、混沌中。自然主义者认为创作应该坚持“平面化描写”“露骨的描写”，遵循对现实生活和人生无理想、无解决、无批判的态度，将人类的自然属性层面作为描写的唯一范围。他们对尊重人性的近代文明产生怀疑，不愿积极地思考出路，只是一味地关注人类的丑恶，他们躲入艺术的“象牙塔”中独自玩味内心的苦闷，认为生命、文明不可避免地走向消亡，他们无力也无心解决这一状况。这使得当时的日本文坛空气压抑，创作气氛凝固，甚至到了让人窒息的地步。在这样的背景下，日本的知识分子们纷纷寻求出路，这其中出现了一批唯感觉至上、一味追求艺术之美的艺术家们，他们团结在森鸥外周围，以全新的面貌登上日本文坛，他们高举“唯美主义”的大旗，主张“为艺术而艺术”。这其中最为出色的是上田敏、北原白秋、谷崎润一郎、永井荷风、佐藤春夫等人，这些有着唯美倾向的青年艺术家们创办了《三田文学》《新思潮》等文艺杂志，并在自己的阵地上进行了一系列有益的文学创作尝试，正是这些创作活动开创了日本文坛中极其特别的一个文学流派——日本唯美派文学。

通常学术界总是认为日本唯美主义派是反自然主义文学的，但真正看来，唯美文学对自然主义的“反叛”仅仅局限于对自然主义呆板的创作技巧、单一的表现形式、枯燥的艺术审美倾向的反抗。两者之间的思想根源是相同的，他们继承了自然主义者虚无、颓废的人生观。但由于他们的人生经历各不相同，导致创作文学作品时所表现出的艺术情趣极其不同，有的人面向怀古的幽情，有的人憧憬异国的情调，有的人追求精神情趣的享乐，有的人注重感官享乐。这些唯美主义者给当时沉闷的日本文坛带来了一股清新之风，为改变当时日本文坛暗淡、低迷的风气做出了示范作用。但由此也应看到他们的思想根源是颓废主义的人生观。从某种意义上来讲，日本唯美主义文学虽然试图在文学的创作过程中对生命意义等问题进行严肃且深入的探讨，但由于本身缺乏探究问题的勇气，使得日本唯美派无法从真正意义上完

成对自然主义的反思，从而丧失对日本文坛进行重建的机会，在运动的后期，唯美派的成员往往遁入自我天地，在自怨自艾中抒发情感，在逃避中寻求美，从而展现出一种“偏至之美”。这使得日本唯美派存续的时间不长，尤其是在运动后期，那些末流的唯美主义者往往为追求感官上的刺激，不顾及伦理道德，甚至在“丑”“恶”中寻求声色刺激，这使得日本文坛中出现一大批质地不良的色情文学打着“唯美”的旗帜招摇撞骗。

虽然在历史过程和产生的背景方面日本唯美主义文学与西方唯美主义思潮不尽相同，但思想基础都是悲观颓废主义的人生观。唯美主义者在共同具有的颓废的价值观、人生观的作用下，缺乏严肃的社会责任和人文关怀，他们单方面割裂艺术和社会、生活之间的关系，以艺术的名义释放心中的孤独，通过美的追求，使心灵得到某种安慰。但颓废的意识无法给他们带来心灵的解脱，在偏执的艺术观的引导下，他们不可能有严肃的艺术追求，这使得日本唯美主义者的文学创作也不可能指向正确的艺术方向。唯美主义者往往有着相同的特征，那就是“偏至”，他们往往躲入艺术的“象牙塔”中不愿正视社会、人生等问题，他们的人生态度偏激，不愿担负起本该担负的责任，只想逃避。正是因为这种“偏至之美”使得唯美主义者不可能也不会主动探究日本文坛的发展之路。他们高举享乐、唯美的旗帜，或沉溺于感官刺激所带来的官能享乐中，或沉溺于超然的精神情趣中。总之，我们看到唯美主义者所表现出的是一种对现实的逃避，因此不能代表文学发展的正途。

与西方唯美主义者相比，日本唯美主义者的思想相对局限，他们整体缺乏像西方唯美主义者对人类社会所存在的功利文化、实用文化的批判，以及对社会发展的深刻思考，他们往往将目光停留在自己周边，因此，导致日本的唯美主义文学缺乏系统化的组织纲领、理论化文学理论和创作原则。再加上日本唯美派成员的出身、性情、教养、艺术资质等各不相同，他们的审美情趣、艺术趣味也有着很大的差异性，这使得我们更难对日本唯美派文学的艺术特征给出统一的概括，因此，概括日本唯美派文学的审美倾向并不能涵盖所有的日本唯美派的创作，特别是对一些卓有成就的唯美派作家来说，就更应该慎重地研究其文学生涯、美学特征、思想发展变化等具体问题。

归根到底，日本唯美派文学所存在的美学特征主要表现在以下三个方面。

第一，官能享乐主义是绝大多数日本唯美派作家的主要审美情趣，他们具有典型的官能享乐主义艺术观、人生观，盲目追求官能主义，以获得感官刺激造成的快感。在他们看来，唯美就是唯乐。对“美”的无限追求与对

“官能享乐”的无限痴迷成为唯美主义者共同的追求，这使他们在“美”的指引下逐渐堕落，最终陷入官能刺激的漩涡之中，在“艺术”中沉迷，在追欢逐乐的放荡生活中一味地注重官能刺激，并将此视为文学创作的唯一灵感来源。当发展到1916年前后，日本唯美主义文学不可避免地走向衰退。不用说那些末流唯美主义者，就是永井荷风、谷崎润一郎、佐藤春夫这样立于唯美风潮前沿的大家，也都大多出现了创作水平下降的情况，涌现了一大批标榜“唯美”但是艺术格调极其低下的风俗小说、色情小说。唯美主义就这样堕落下去，这导致在20世纪初期的日本文坛上集中出现了一批令人唾弃的色情文学。

西方唯美主义文学思潮有着更加深刻的人本主义内涵，它是针对启蒙工具性、功利主义泛滥对人的异化发起的，但是缺乏理性思考的社会环境给了他们精神上的痛苦感，而他们将这疼痛诉诸艺术，期望用艺术去承担生命的意义。他们用变态、享乐、颓废、唯美等偏激的行为方式和思想去对抗社会，表现出的深深的无奈。因此，我们说西方唯美主义文学重视感性、人的本能，把“灵与肉”的矛盾作为文学创作的主要题材，提倡复归人的自然本性来解决理性对人的本性的异化和压抑的现实。所以相比之下，如何渲染官能刺激、如何营造诱惑效果则更受日本唯美派关注，这使得日本唯美派创作披上了感官享乐的色彩，失去了文学作品理应拥有的思想深度和严肃性。可见，与西方唯美主义文学思潮具有的深刻的人文情怀、精神情趣、生命哲学相比，日本唯美派文学的艺术追求就显得浅薄了许多，它的审美理念是形而下的，从而缺乏了应有的严肃性和深刻性。

第二，日本唯美派文学作品极具情趣，这种情趣源于对充满神秘色彩的“异国”的憧憬。“异国”作为“彼岸”世界与现实对立存在，它与现实世界存在距离感，具有一定的独立性，这样可以满足唯美主义者需要营造空想的虚拟世界的审美趣味，符合唯美主义者的审美要求。“异国情调”在东西方的表现也各不相同，西方唯美主义者的“异国情调”表现为对东方艺术的憧憬和欣赏，当时的欧洲社会政治气氛紧张，功利主义、实用主义弥漫在整个欧洲的上空。在这种情况下，西方唯美主义者需要寻找一个“他乡”，神秘的东方艺术成为他们的唯一选择，他们希望通过将神秘的东方艺术化，使之成为对抗西方功利主义现实主义理想。相比之下，“传统趣味”是日本唯美派文学的追寻，日本唯美主义者的审美理念深深扎根在日本传统文化和美学，在日本传统美的世界中构筑自己的“艺术乌托邦”，带有深厚的日本美学特征和民族性格。出现这一差别的原因在于日本的近代化源于对西方文明

的吸收、模仿，可是在向西方靠拢的过程中，日本独有的风俗人情遭到了极大的破坏，这使得他们产生了对日本原有文化的依恋，这与西方唯美主义者的“异国情调”是不同的。

第三，日本唯美主义者们价值观颠倒，大都追求与常人有异的趣味。这主要表现为在“丑”“恶”中寻求美的真谛，以颓废对抗人的异化，这种独特的价值观其实与“异国情调”一脉相承，是唯感官享乐至上、唯感性美至上的审美情调的必然趋势。一味追求感官刺激的唯美主义者们为了寻找更为强烈的刺激不得不在那些病态、怪异的事物中徘徊，他们往往发表一些惊世骇俗的言语来展示自己的与众不同。可是随着时间的流逝，这种刺激感也会慢慢减弱。对他们而言，奇异、新鲜的感性刺激是永远不可缺少的，但是在我们的实际生活中，艺术和现实生活之间无法解决的矛盾在于对事物的感受会随着年龄的增长、时间的推移，无可奈何地衰退以至干涸。官能上刺激感的减退直接影响那些唯感官享乐至上的作家们的创作能力，对他们而言，刺激感的衰退意味着创作生涯的结束，于是他们不得不求助于那些更加病态、怪异的事物，这就是为什么我们在看唯美派作家的作品时总觉得他们的作品充满着痴人般的梦呓、变态的故事情节、极其怪诞的小说结构的原因。他们希望通过标新立异的创作保持感性刺激的新鲜感，然而这种创作手法往往是有悖于社会伦理道德的。但是唯美主义者从这种体验中得到了某种刺激，体验越是充满病态、越是违背伦理纲常，他们从中体味到的刺激也就越强烈。这使得我们看到如谷崎润一郎等日本唯美主义者从不顾及社会伦理纲常，对能满足自己官能享乐的事物无论是“丑”还是“恶”都一味美化、歌颂。所以日本唯美主义者缺乏波德莱尔的“恶之花”对人生、社会所进行的形而上的思考。

正是因为日本唯美主义具有以上几个特征，它的发展结果是可想而知的，必然被历史所淘汰。尤其是到了唯美主义运动的末期，许多唯美主义者逐渐陷入创作的低谷，创作了一系列品质低下的作品，他们中的许多人固步自封，长期被人冷落。文学的主题本应是“真、善、美”的，但在日本唯美主义运动中，美与爱已经失去了精神情趣和人文意蕴，被庸俗化了、简单化、片面化。他们甚至倒退回封建时代传统文学的创作手法和审美理念，在江户时代颓废、烂熟的情调中寻找文学创作的灵感。他们企图将唯美主义的艺术精神与日本传统的戏作文学、江户色情文学结合起来，打着个性自由、人性解放的旗号，反对自然主义文学呆板的艺术表现力，将醉心官能之美的艺术趣味和及时行乐的人生态度结合起来。他们是无忌惮地渲染官能之美，不惧描写违背伦理纲常的行为，甚至将违背伦理纲常的“丑恶事物”如纵欲等都视为美的化身，肆意将其诗化，这与西方唯美主义者给文学附加的严肃的人本主义精神形成了鲜明的对比。

实际上，美是有分别的，它有着雅俗之分、高低之别的，并不是所有的美和艺术都具有鉴赏性，具有能使人脱离颓废的作用。早在20世纪，我国最早的唯美主义者王国维在《红楼梦评论》一书中对美的种类有过这样的论述：“优美和壮美，皆使吾人离生活之欲，而入纯粹之知识者。”他认为除了优美、壮美相反的美，还有一种称为“眩惑”的美，“眩惑之于美，如甘之于辛，火之于水，不相并立者也”。可见，这种“眩惑”之美与我们所说的声色之美、官能之美十分相近，这种美在王国维的眼中是登不了大雅之堂的。

这些末流的日本唯美派作家与具有相当高艺术品位的永井荷风、谷崎润一郎、佐藤春夫这些大家是不可相提并论的，这些大家的成就概括起来大致表现在三个方面。

首先，他们都在日本传统美学中寻找到自己的艺术之路，他们将传统文学与近代文学巧妙地融合起来，从而营造出东西融通的艺术氛围。我们看到，无论是永并荷风的“江户趣味”，还是谷崎润一郎的“关西生活”，又或者是佐藤春夫的“风流论”，都是在唯美主义文学思想的基础上创造出来的具有日本传统美学特色的结晶。

其次，他们的文学并没有绝对地脱离人生、社会现实。永井荷风因为对日本近代文明充满了厌恶之情，为失落的日本传统美而感叹。而谷崎润一郎的颓废意识与荷风相比没有那么深刻，没有那么宽广的人本内涵，他专注的是如何使用表现方式和技巧使审美观得到体现，从而满足自身的审美趣味和艺术理想。随着年龄的增加和对美的内涵的理解不断加深，他从“西洋崇拜”回归传统，放弃了官能刺激所带来的感性之美，转而注重精神情趣的享乐，以期获得永恒美的体验。而佐藤春夫毕业于西洋，他身上有着近代人的影子，他深受西方的“颓废情绪”的影响，对近代文明产生莫名的忧虑，担心科学对人的异化，他所创作的文学作品主题往往是那些“残败”的意象，通过精巧的写作手法将这些“丑恶”之物诗化，唯美化，从而打造出一朵朵“病蔷薇”。

最后，这些唯美主义者的最高成就是他们最终认识到，只有平衡而朴素的美才是美的极致。永井荷风的文学成就不在于他早年对近代文明慷慨激动、愤世嫉俗的批判，反而是他晚年创作的那些平淡的小品文和人物传记。

谷崎润一郎在早期创作中，为探究美的真谛牺牲自己的生活，反而离“美”越来越远，以至于陷入“恶魔主义”的怪圈。当他发现日本传统的关西定式生活实际上就是美，就是艺术的时候，《春琴抄》《细雪》等巅峰之作随之诞生。佐藤春夫在早年创作中描写的那些神情“忧郁”的作品，反而不及晚年创作的佛教系列作品，“拈花微笑”的美远甚于“神经战栗”的美。

仔细研读日本近代文学发展进程就可以发现，从自然派到唯美派，最后到白桦派，虽然日本文坛从“真”的迷失到“美”的偏至再到“善”的偏执，但日本近代知识分子的探索始终都是围绕着“真、善、美”这一中心，努力寻求文学与现实的平衡。日本唯美派文学当然也是如此，永井荷风等人虽然没有摆脱颓废虚无的人生观和价值观，也没有解决问题的勇气，但是他们或独居书斋玩味艺术和生命，冷静超然，或讲究艺术的精致，精雕细刻，或追求精神情趣和风雅，平衡内敛，从而在艺术表现上避免了末流唯美主义者的偏颇，让人们得到暂时的审美愉悦和精神享受。在自然主义文学造成的低迷、苦闷中，让人们的心灵暂时恢复平静、澄明。

19 世纪末到 20 世纪初，日本近代文学的发展进入相对停滞的境地。我们必须承认，这一时期的主要精神倾向是以日本唯美派文学为代表的颓废享乐主义。但是日本唯美主义文学突破了自然主义文学在写作手法和审美理念的限制，重视想象、追求情趣、雕琢技巧，在艺术表现力方面做出了有益的尝试。正像佐藤春夫评价的那样：“永井荷风给近代文学这只匍匐前进的鸟以婉转的啼鸣，谷崎润一郎则赋予了它翱翔的双翅。”永井荷风、谷崎润一郎、佐藤春夫以各自的方式不断地探索，尝试如何消化，融合传统与现代、西洋与东方的矛盾。他们的文学立足于日本传统，并且对传统表现出了相当深刻的理解。在这一前提下，他们的文学不仅获得了与世界文学同步发展的可能性，营造出东西融通的艺术氛围，丰富了日本近代文学，也为中国文学借鉴西方文学提供了值得借鉴和研究的范式。

第六章　日本文学与社会文化

第一节　沐浴文化中的日本文学表现

众所周知，日本是一个非常喜爱沐浴的民族，可以说沐浴已经渗透到日常生活的方方面面。对日本人而言，洗澡是每天必做之事，如同一日三餐一样，不可缺少。日本的沐浴文化有着悠久的历史，在世界沐浴文化中独树一帜。

一、日本洗浴文化的历史

日本人的洗浴文化历史悠久，可以追溯到狩猎时代，那时的人们，洗浴方式是在河、湖、海里共浴。据日本最古老的文献《古事记》《日本书纪》记载，人们看到鹿、熊、鸟等动物把受伤的部位浸入温泉疗伤而受到启发，逐渐开始学会泡温泉。到农耕时代，人们开始群居在河边或湖边，沐浴就开始融入人们的日常生活中。日本人开始水稻耕作，从而使古代的日本人达到相对稳定的温饱。所以日本人对大自然产生了敬畏，把能给人们带来丰收的水奉若神明。后又因佛教的传入，沐浴文化也传入日本。佛教认为沐浴可以除去身上的污垢，可以使身体清洁。可以说，日本的洗浴文化和宗教有直接的联系。

爱洗澡是追求洁净的具体体现，日本人对洁净有其独到的见解，这主要源于日本独特的自然环境中孕育的神道教的影响。据日本文化厅《宗教年鉴》的统计，日本信奉神道教的人数达到 10 600 万之多，对总人口 12 000 多万的日本来说，几乎是全民信奉神道教。以传统的民俗信仰和自然信仰为

基础的神道教重视现世，认为自然万物皆有神灵，要尊重自然的中心思想扎根于日本人的心中。因此，有很多神社广泛地分布于日本各地，关于神的传说也广为流传。其中，关于伊邪那岐命和伊邪那美命的传说是最重要的传说之一。神话中，伊邪那岐命深爱的妻子伊邪那美命在生产火神时死去。他去黄泉国寻找妻子，结果发现妻子浑身污秽不堪的样子而与妻子决裂。为了祛除从黄泉国带来的污秽，伊邪那岐命在河水中“禊祓”洗净身体。神道教认为，人和神一样同属于大自然，人是神的分体，神应该是干净纯洁的，作为神的分体的人也应该是洁净的。

二、日本独特的洗浴文化

日语中关于洗浴通用的说法是“风吕”（日文：風呂，指浴、浴缸、澡盆。）。现代日式风吕分为三大类，即公共浴室、家庭式风格、温泉。日本人的公共浴室也称“钱汤”。“钱汤”的洗浴方式一般分为洗和泡两个程序。先在洗澡间用小桶盛水洗净身体，然后到泡澡间浸泡，也有洗澡间和泡澡间合二为一的情况。这种洗和泡分开的方式一直传承至今，在泡澡池外完成搓、擦、洗、涮的程序后再入池泡澡，是当今日本最重要的洗浴方式。上司和下属一起洗的情景也屡见不鲜。这是日本人培养默契和精神相合的独特方式。

比较高级的“钱汤”具有洗浴、社交和娱乐等多项功能。这样的“钱汤”多为两层建筑，可以在洗浴后听单口相声、喝茶、吃点心、下日本象棋、下围棋等。具有多项功能的“钱汤”成为人们相互交流和各种信息的集散地，江户时代剧作家式亭三马的《浮世风吕》便是当时“钱汤”繁荣景象的真实写照。另外，值得注意的是，“钱汤”更着重于浸泡，悠闲的泡澡使人们有比较长的时间进行交流。这样的交流方式在日本包含了与对方坦承相对没有丝毫隐瞒的意思，“钱汤”是人们平等相处、亲密交流的场所。

日本民俗学家柳田国男在《风吕的起源》中指出，“风吕”可能源于6世纪前出现的在岩洞中进行的原始蒸气浴，因为“风吕”的发音与表示岩洞或地下室的“室”发音相似。公元6世纪，随着佛教东渐，洗浴文化得到长足发展。奈良时代的日本开始在东大寺、法华寺等地为僧人的斋戒沐浴开设浴堂，并向民众开放以布教为目的的“施浴”。这样的“施浴”在传播宗教意义的同时，使百姓感受到洗浴的舒适和乐趣。这种洗浴方式在其后的平安时代、镰仓时代、直到16世纪末的室町时代经久不衰。与此同时，10世纪左右开始出现少数以营利为目的的“钱汤”，即需要付费的公共浴室。15世纪，随着武家文化的兴盛，武士和贵族在洗浴后开设酒宴，其后，带有娱乐性质的洗浴方式开始传播。17 世纪的江户时代，集实用性和娱乐性为一体的“钱汤”文化发展壮大并逐渐取代了“施浴”。“钱汤”不仅能满足人们洗浴的需要，还成为重要的社交和娱乐场所。直到 20 世纪 20 年代，日本才开始在住宅内修建浴室和厕所。20 世纪 70 年代后，淋浴从美国进入日本人的生活。

随着西方文化的引入，日本出现了家庭洗浴设施，而日本的室内洗浴方式与我国的洗浴方式有所不同。日本的洗浴方式同样是先洗再泡的顺序，即先用水洗干净身体，之后进入澡盆或浴池中。令外国人很难理解的是日本人居然会一家人用一盆水洗澡，一般日本人泡澡的顺序是爸爸、儿子、女儿、妈妈。外国人无法理解，会认为日本人不干净，其实不然，日本人泡澡只是享受泡的过程，他们求的是精神的释放，工作一天的日本人最惬意的休闲方式就是泡澡。

日本是一个多地震的国家，频繁的地壳活动造就了星罗棋布的无数温泉。有“温泉王国”之称的日本和我国同受东方文化的熏陶，但日本人泡温泉的方式与我们不尽相同，形成了日本独特的泡温泉方式。日本人在泡温泉时全身赤裸，随身只带一条小毛巾，且小毛巾一般不放入池中，男性与女性共浴一池，还可以相互搓澡。和中国人穿衣裤泡温泉完全不同，在日本人的眼里，穿衣裤入浴反而不卫生，达不到完全融入自然的意境。

男女共浴一直持续到明治天皇时期。明治天皇提倡全盘西化，出现了所谓的“男女有别”观念，于是，男女共浴开始不被认同，其实变化也不是很大，也就是在浴池中间挡上一块布帘，就算是分开了，有些地方仅仅象征性地挂根绳子。后来，随着西方文明的引入，外国人认为日本“男女混浴”有碍社会文明，向日本政府提出异议。于是明治政府从 1872 年禁止男女混浴。如今的日本还有部分实行男女共浴的温泉，通常分别设有女性洗浴的专用时间段和男性沐浴的专用时间段。

三、试论日本独特洗浴文化的深层内涵

日本独特的洗浴文化来自其传统文化中“和”的观念。

日本人称自己为“大和民族”，其文化讲究的是“和”。与大自然的“和”，人与人之间的“和”，都融入其骨髓中了。日本的洗浴文化讲究泡澡，洁净观念的同时更讲究的是精神与自然的融合。古代日本人泡在江河湖海

是为了融入自然，感谢自然带来丰收，带给他们食物和一些生活用品，后来虽然修建了墙壁，把人和自然隔离开来，但是精神上的沟通不能少。另一方面，日本人在“钱汤”里可以毫无顾忌地说笑、沟通，也是体现了“和”的观念。只有在澡堂里，人们才可以脱去身上的一切束缚，把他们最原始的一面体现出来。在这里看到的不是男人与女人的区别，而是一样的人，平等的人。每人都是大自然的一部分，是没有区别的，正是“和”的思想带来的这一文化理念。

日本的洗浴文化起源已久，其独特的洗浴文化不仅丰富了本国的文明内涵，也影响了周围国家，其独特的泡澡方式也吸引了很多外国朋友。日本文化的“和”思想体现在其方方面面，洗浴文化只不过是其中之一。

第二节　日本茶道文化中的文化内涵

日本茶道是日本的茶爱好者所尊崇的茶道礼仪的简称。日本茶道文化中蕴含着丰富的文化内涵与日本独特的审美特征，型、气、美、味可以说是日本茶道的四大文化元素。

在日本，茶道包含了历史文化、地域风情、优美艺术、儒学思想等内容，在社会生活的各个层面中都有所渗透。日本茶道是日本独特的生活文化，人们在许多生活元素中掺杂了本土的文化习俗，将茶道逐渐发展成为一种以追求身心快乐和生活品位为主的艺术形式。因此，对日本茶道文化的阐释和对其文化内涵的探究更具有现实意义。

在日本，最纯正的茶道被称为“草庵茶”。“草庵茶”的茶道是对高贵、财富、权力的彻底批判，以及对低贱、贫穷的新的价值发现与价值创造。茶道已成为日本人最喜爱的文化形式，也是最常举行的文化活动，喜爱茶道的人比比皆是，如为追求茶道而终身不嫁的女子，为追求茶道而辞去公职的男人屡见不鲜。现在，茶道被认为日本文化的结晶，日本文化的代表。

一、日本茶道涵盖的内容

日本的茶道内容几乎涵盖了日常生活的方方面面。简而言之，它是有关沏茶、饮茶的礼仪，通过各种程式化的形式来达到修养身心、传承礼法的目的。

日本的茶道所创造出来的时空是一个非日常状态的时空。品茶、赏茶的场所都是重要的精神象征的所在。因此，人们也喜欢用“和、敬、清、寂”这四个字来形容日本的茶道精神。日本茶道中的“清”包括众多的洗洗涮涮和清扫的动作，这些不仅仅是简单层面上的清扫，也是对修习者心灵的净化和升华。此外，日本的茶室有着精巧的建设格局，可以说是日本建筑中的精华，茶室的建筑充分运用了自然元素，体现出日本人热爱自然的心境，茶室中的门、天井等都被赋予了各种意义，这也充分说明了茶室是人们修习的一个重要场所。

在中国，茶文化的普及受到禅宗的影响。自茶道传入日本以来，其与禅宗的联系也变得更加密切。茶道融合了佛教、儒学、道教及基督教的思想等众多元素，人们在茶室中运用各种茶具进行点茶，在日本茶道中，人们在各种场所和茶室中营造出了一种非日常的时空，在研习茶道、赏茶品茗中追求自身精神的升华和个人品位的提升。同时，将这种精神与品位反映在人们的生活中，将个人在茶道中的体验及获得的心得应用于生活实践中。可以说，在茶道中，人们所追求的精神上的东西也是人们在现实生活中所向往的。茶道存在的意义，除了作为一种艺术，更重要的是对人的洗礼。

二、日本茶道的文化理念

日本茶道的理念可以用“和、敬、清、寂”四个字来描述，这也是对人们修养精神、提升个人修养和礼仪的深度概括。茶道自中国传入日本，结合日本当地的发展和文化的交融，逐渐发展成为日本独特的饮茶艺术。

“和”取自于日本的“以和为贵，无间为宗”，在中国的《诗经》中也有着相似的描述。和，代表着在人与人的交往中要保持平和的心态和态度。茶道讲究的不仅仅是茶人之间的和睦相处，更重要的是讲求社会中的和气，讲究主客的和合，避免过分的熟悉或亲密导致的主客关系的混乱，从而使人们失去了敬心。所以，在强调“和”的同时，也要注重“敬”。日本茶道中讲究的“和”，就是指人和物之间的和合，这种和合所代表的更深远的意义就是万物归一的思想。

“敬”有尊敬之意。《论语》中的“敬”有尊敬之意，更有严肃、慎重的意思。在人与人的交往中，要注意礼节尺度，相互敬重。在日本茶道长久的发展过程中，“敬”具有了更加深远的意义，寓意着上敬天、鬼神、君主、双亲及朋友等，而下要敬万民。日本是一个注重礼仪的国度，因此日本

更加讲求人与人交往中的敬意。同时，这种敬不仅是对外的，要对其他人表现出足够的尊重，更是对内的一种恭敬。加强自身的修行，同时具备内省的精神，在茶道上则表现为茶人与茶友之间的交往中要将中国的《论语》作为道德标准，在长久的交往中能够让人对自己有一种尊敬，这需要自己不断磨炼修养，这也是茶道的宗旨之一。茶道中讲究的专注与归依，是对佛教和儒学的传承，意味没有杂念。总结而言，日本的茶道中的“敬”可以归结为敬事、敬人、敬业、敬物。

“清”就是佛教所说的清净。佛教教导人们要致力于保持清净无垢的心，不产生任何邪念，如果产生任何的与自身条件不符的欲念，则称之为妄想。茶道致力于抑制或是摒弃这些欲望。茶人与茶友品茶时，随着茶的清香放空自己的欲望，会有一种脱离现实世界之感。因此，日本的茶道要求参与茶事的人要具有清洁之心。

三、日本茶道的文化内涵

（一）日本茶道的礼仪

日本的茶道将礼作为其行为准则，日本将茶道视为治国的基础。日本茶道的礼节也是由中国的《礼记》发源而来的，中国人将其运用到佛法中，日本的茶道也沿袭了这一做法，茶道的宗旨就是要传扬这一正确礼法。

茶道讲究诚信、修身、礼法、仁义、顺天理，这些都是茶道的本意。所谓的茶道，并不仅仅是简单的喝茶享乐，更应该由茶道中蕴含的道德性来规范自身、修身养性，并将这种修养和善心进行传承和发扬，可以说，茶道也是道学。在日常生活中，我们的一切都脱离不开人道，因此，人们通过茶道学习礼仪，提升自身道德修养，使自己的人生更加完满。从茶道的观点出发，宇宙中的万物都是平等的，一切的事物都可以从茶道中发现其发展的规律。茶道完善于宗教，也对人有洗礼作用。

（二）日本茶道的文化审美

传说，武野绍鸥和千利休两人在应邀赴茶事的途中，发现了一只缺少一只耳朵的青瓷花瓶，千利休认为只有将完整的花瓶充分破损后才可以适于空寂茶，才更加符合空寂的氛围，相反地，即便是青瓷，只要有些许的残缺便会被贵族式的茶道院摒弃，可以说这是日本尊崇残缺美的一种独特的审美特征。当然，中国茶碗在日本的流行，也是源于千利休所倡导的禅茶一味的空寂草庵茶，这是日本当时最为流行的。

在茶道发展的过程中，茶的要素中也包含着风流风雅的意味，缺少了这一韵味的茶道可以说是枯燥无味的。茶道中的风流风雅，可以说是与自然同化的一种心境的自然流露，是一种随心所欲的自然而成的状态。因此，只有立足于自然天然的环境下的纯粹的东西，才是真正的风雅的东西。

日本向来追求简素，也就是所谓的简单素雅，这是一种单纯、简洁的状态，不过分花哨，也不啰唆冗长，而是一种淡雅朴素的自然而然的感觉。在日本，茶室的构造就十分简单朴素，因为在茶道发展中，“无”的思想一直贯穿在其发展的整个过程中。茶道的简素可以说是日本茶道精神中“无”的一种外在表现。比如，日本茶室的装修和装饰都是力求简约的，茶室中挂的画也都是简单朴素的，除了表面意义上的简单朴素，茶道所拥有的简朴美还包括整洁质朴、稚拙雅致、淡雅粗糙和古香古色等意义。例如，日本茶室中的柱子就是不规则的形状，但它十分美观，有着粗糙质朴的感觉。此外，简素也是禅宗的一个特征，这一点也再次印证了禅茶一味境界的真实。

在日本的茶道中，无论是品茗赏鉴还是悟道修身，都会给人一种放松的感受，让人在接近自然的环境中得到升华，品味恬淡。日本茶室的建筑和茶道的传扬研习都会给人一种洗礼，让人在舒适的感受下回归自然，感悟茶道中的精华。

四、研究本茶道的现实意义

研究日本的茶道有着广泛的现实意义。首先，可以深入了解日本的文化特点和日本人的精神形态；其次，可以以茶为核心加大中日两国之间的交流，拉近两国距离。对日本茶道研究的现实意义主要可以阐述为以下四方面。

首先，日本的茶道象征着日本独特的生活文化，从而由茶道滋生出了众多的日本文化内容。此外，许多的礼仪规范也是由茶道衍生而来的。总之，茶道可以说是日本社会文化的缩影，研究茶道有助于更加深入、直观地了解日本文化。

其次，茶道的修习和研究具有独具特色的研究方法。它可以兼顾理论和

实践，强调应用性。从古至今，茶道在社会的各个阶层都受到广泛的欢迎。因此，通过研究日本的茶道，就可以深入了解日本人的思维模式及人格形成等国民性的认识。

再次，日本的茶道起源于中国，通过对多年发展后的两茶道进行比较，就可以分析得出日本茶道乃至日本文化的一些本质上的特点。

最后，茶作为人们日常交流品鉴的必备饮品，可以说它色、香、味俱全，这种品茗时的意境完全契合人们的精神追求，并且茶道精神中蕴涵的各种文化内涵与社会的发展相适应。因此，对于茶道的研究和弘扬，在现代社会的发展中也有着深远的意义。

日本茶道主要强调的是修炼身心，用于提升人的精神品位，并逐渐发展成为礼仪的象征而在社会中广泛流传。饮茶习俗由中国传入日本以后，受到日本社会各界的欢迎和追捧，加上在良久的发展过程中人们的创意和不断丰富的内涵，使其形成了“和敬清寂”的精神理念，并逐渐发展成为日本精神文化传承和发扬的象征。

第三节　日本建筑文化中的文学艺术

日本现代建筑艺术与现代文学艺术以独有的姿态在建筑界和文学之林盛开成一朵奇葩，似乎各自精彩着，并无关联，但实质正如源远流长的日本文化，互相之间的关系千丝万缕，一言难以道尽其中的诸般牵扯。

春华秋实、日落月升，在岁月的慢慢流逝中，很多人已经对周遭万象习以为常、视若无睹。当秋天第一片叶子凋零，欧美人只会裹紧他们的大衣，继续步履匆匆地前行；而日本民众，会轻轻拣起树叶，感物伤怀，将它装点在自己家中的墙壁上，装点在诗句中，装点在梦里，这便是日本民族独有的审美情趣——“物哀美学观”。

物哀，是“我”（主体，内在）与“物”（客体，外在）的共振和同情。日本常年被雾霭笼罩，无论是繁花似锦还是庭院深深，处处皆是月朦胧，鸟朦胧，卷帘海棠红。而自然灾害的频频侵袭，又使日本人坚信美好事物转瞬即逝。

然而，物哀的“哀”，并非哀痛，它乃指与三生万物的共鸣。这物我相感又物我两忘的境界，在日本文学与建筑艺术中都可窥见一斑。叶渭渠说：“物哀作为日本美的先驱，在其发展过程中，自然地形成‘哀’中所蕴含的静寂美的特殊性格，成为‘空寂’的美的底流。”川端康成本人也曾强调：“悲与美是互通的。”

哀到空寂，便也是美到极致。而这种极致反映到日本现代建筑中，反映到建筑艺术上来，即闲寂、幽雅、朴素的诗意空间，这在安藤忠雄的建筑中体现尤深。在“光之教堂”中，早上的第一缕晨曦透过墙面上镂空的巨大十字，缓缓流泻进来，随着太阳渐西，十字的光在空间内慢慢推移，游移在教堂的每处；不加任何修饰的清水混凝土墙面，用最本质的自我去触摸自然，去接近最靠近“道”的述说；直线的构架，简洁的外形，抛弃复杂忸怩的面具，在减法主义中去伪存真，这便是最有力的语言，用洁净的形式阐述深奥的哲理，正如佛家所云：“佛语在家常话中”。

那巨大的十字架，并没捆绑受难的耶稣，没有高高在上的布道者，没有背负原罪的压抑，更没有虚无缥缈的承诺，有的只是延伸墙面的十字架，静止的空间仿佛有了呼吸，伸出触角，在暗色中光亮地蔓延，直达每一个边缘——实底虚形，虚虚实实，虚实变幻间，十字架俨然架起整个空间，托者神圣的真言。而光，悄然地透过十字架流淌，日出日落，春来秋去，光在变化着，在空间内外游移着，它照耀着三生万物，也沐浴着祷告的人们——所有日出日落、四季更替、兴衰荣辱，也许都凝成光耀射向你那一刹那的领悟，醍醐灌顶时，你已经通向了永恒。没有哥特教堂的森然，没有巴洛克教堂的堂皇，有的只是无声、无息、无色、无味，大音希声，大象无形，传道便在悄然中展开。

日本人一面乐安天命，一面又蠢蠢欲动，渴望冲破这狭闭塞小，去寻求更广阔的天地。这就形成了日本民众内敛又张扬的双重人格，如此矛盾的极致，却又以一种奇妙之姿完美融合，闪现着诡谲之波。在日本现代文学巨匠中，既有奔放不羁的夏目漱石，又有悲观厌世的芥川龙之介，还有渲染唯美至上的享乐观和颓废思想的谷崎润一郎，更有坚持坚定无产阶级信念的小林多喜二，可以说是动荡的时局造就了他们。但在同一作家的创作中，却表现了迥然不同的风格，就颇有意味了，这便是川端康成，这位将日本美表现到极致的文学大师。到了后辈的村上春树，即使大胆地批判传统文学转笔西方时，仍有两种截然不同的创作倾向：有的作品采用新感觉派写法，极力强调主观感觉，浓墨重彩；有些作品用朴素、简洁的白描手法勾勒出世间众生相。

这些文学界上矛盾的碰撞，并非偶然，正是得源于日本文化艺术的根源：绳文文化和弥生文化。就两者之间来说，绳文代表传统、复杂、粗犷、力量；弥生文化代表现代、简练、细腻、智慧，日本造型艺术的源流即是

这。在日本的现代建筑界内，有以藤森照信为代表的朴拙建筑形式的“新绳文派”，和与之对立的隈研吾为代表的“新弥生派”。

20 世纪，日本在战后不久出现了现代主义建筑风潮。丹下健三等人设计了一系列带有现代主义宏大感的纪念型建筑，其中充斥着对力量的迷恋。次年，日本现代建筑史上的传奇人物白井晟一在《新建筑》上发表了《绳文的事物》，这才诞生了现代意义上的“绳文派”。而丹下一派自然被喻为了“弥生派”。

说起白井晟一，这个 1935 年从国外留学归来的设计师，受存在主义哲学的影响，他将废除了的东西和存在着的东西结合在一起，以复杂的姿态对抗着当时那个“非人性的社会”。虽然，理想的乌托邦家园依然遭受着某些冰冷的现代主义的踩踏，但白井依然坚持自我，毫不妥协，被誉为“白井神话”，而他的建筑生涯也在 1975 年的怀霄馆中达到了顶峰，在原有日本式的形式构成中加入了毛石的粗粝感，简单的几何构成又似回归到了远古时代，外部形体的诡异与内部空间的精巧形成了鲜明的对比。这栋建筑一直以来都是“绳文派”最好的解说。在白井之后，有藤森照信前赴后继——1991 年，藤森家乡的一个小村落要建一个小建筑，他们决定请当时未有一个建筑问世的藤森来设计。藤森接下这个项目，做了他的第一个被称为“新绳文派”的建筑——神长官守矢史料馆。茅野，正是真正的古绳文时代的著名文物的发源地之一。藤森在做这个建筑时，一点不被钢筋混凝土的建筑结构所禁锢，挥洒自如，亲自从山上选用木材，在建构时留下木材特有的分叉、弯曲，和着当地泥土的气息，又用手工的方式留下粗粝的斧痕，倒成了有意味的设计。而这意味正包含着对现代主义某些冰冷、千篇一律姿态的对抗。即使室内外暴露出的构件也均为自然和“拟自然”材料，触手的粗糙，反倒成了心底的温暖。

就在绳文与弥生之争中，1951 年，随着第八次国际建筑会议“地域主义”的提出，1955 年日本忽然醒悟，迸发了“是搞传统，还是搞现代”的论争。在这众说纷纭的论争中，其实有些已经慢慢明晰，即是一个问题的提出——如何在艺术之林中独树一帜？答案便是“民族的就是世界的”。

在那场轰轰烈烈的 1955 年的大讨论中，丹下健三在题为《如何理解现在的日本现代建筑——为了创造而继承传统》的论文中，阐述了建筑师进行自己的创作实践时，思考传统的两种方法：一是因袭传统形式的方法，二是继承非形态的精神的方法。丹下健三持前者观念，安藤忠雄却认为，只有继承根本的精神性的东西，才能将之传承下去。在其作品“TIME’S”中，他尝试着将河水引入建筑内部，这种天人合一、万物回溯本源的禅意倡议，却遭到了规划部门的反对，在强制加了一堵墙的情况下，安藤选用了能以本色肌理去触摸人心的混凝土砌砖——日本的庭院的亮点是通过墙的作用使人领略到墙外美景，“TIME’S”的这堵墙，恰好有此妙用。即使现代主义中的国际主义风格，那千篇一律的方盒子，安藤也要赋予属于日本民族文化意味的生命。

在另一个领域——文学，川端康成的创作尽管经历了是醉心于西方文学技巧还是全盘继承日本传统文化的摇摆，但他终走上了将日本传统精神与西方现代意识兼容并蓄，寻找东西方文学融合的“桥梁”之路，在东西方文学比较中寻找到日本民族文化的根，探索到传统文化再创造的理念和方法，确立了自己的历史地位。正因为如此，川端康成这种艺术创造性的影响超出了日本的范围，而且不仅限于文艺方面，它对促进人们重新审视东方文化具有重要的启示意义。

在艺术汪洋的朵朵浪花中，建筑艺术与文学艺术也许同等艰深，在它们各自放异彩的时候，共通之处的寻找不仅是一次奇妙的艺术之旅，更能为读者了解日本建筑与日本文学的千丝万缕的联系提供了新的视角，找到了一把奇妙的钥匙。

第七章　多模态视角下的日本文学之美

第一节　动漫文学中的中国文化元素之美

一、日本动漫的内涵

众所周知，日本是制作和生产动漫最著名的国家之一，然而时至今日，日语中并不存在“动漫”一词，日本人平时使用的是“动画”和“漫画”两个词。“动漫”这个词是由中国人创造的，顾名思义就是动画（animation）和漫画（comics）的合称。虽然“动漫”作为时尚用语在中国已经流行很多年了，但在《辞海》《辞源》《汉语大辞典》等权威辞书中并没有收录，在有关动漫的专业书籍中也找不到一个相对全面、科学的定义，因此对这一词汇的理解可以说是“仁者见仁，智者见智”。当然，这不仅是因为人们对动漫的内涵存在着不同的理解，也因为动漫是一个多领域相融合的结合体，自身存在着复杂性。

在现代人的日常生活中，动画、漫画、电子游戏、网络游戏及在此基础上开发的“动漫周边产品”，包括各种玩具、文具、服饰和生活用品等，可以说是随处可见，这种“大动漫”的概念在人们的眼里已经极为普遍了。因此本章节所探讨的“动漫”是动画和漫画及其周边产品的统称。以下我们将从漫画、动画和动漫周边产品这三个方面来了解日本动漫的诞生。

在动漫发展初期，漫画和动画之间是相互独立存在的。因为技术条件的限制，漫画的出现要早于动画。漫画作为一种比较独特的艺术风格，深受全世界人们的喜爱，但在国际上尚未形成统一的定义。关于漫画的起源也有着多种说法。有欧洲学者认为，新石器时代的人类就在岩石上表达情感，这就是漫画的雏形，因此漫画很可能起源于欧洲。也有学者称“漫画”一词正式起源于日本，含有“随意”的意思。

漫画的诞生可以说是日本动漫的源头。日本漫画可以追溯到 12 世纪的“鸟兽戏画”，而“鸟兽戏画”的代表人物鸟羽僧正觉犹被誉为日本漫画界的祖师爷，他的作品《鸟兽人物戏画》还被日本政府列为国宝。19 世纪时初期，日本浮世绘大师葛饰北斋将自己的画集命名为《北斋漫画》，日本从这时起出现了“漫画”一词。早期的日本漫画不仅受到了日本传统绘画的影响，也开始吸收西方国家漫画的特点。

19 世纪后期，印刷技术不断普及，漫画的社会影响力也随之扩大，受到了越来越多人们的喜爱。英国画家查尔斯·华格曼和法国画家乔鲁吉·毕戈相继来到了日本，分别创办了漫画刊物，还为日本带来了西方漫画的创作风格、表现技法和针砭时事政治的讽刺漫画。这两位西方画家为日本漫画的革新做出了巨大的贡献。进入 20 世纪以后，日本漫画家继续学习西方漫画（包括美国的连环画和德国漫画等），并不断融合以丰富本国漫画。

日本的现代漫画始于第二次世界大战以后，创始人之一就是日本漫画巨匠手冢治虫。在他还是一名只有 19 岁的医学院学生的时候，他就出版了漫画作品《新宝岛》。在这部作品中，手冢治虫除了吸收传统艺术特色，还首创了将电影镜头的表现手法融入漫画当中。随后他又创作了一连串脍炙人口的作品，赋予了漫画新的含义。到了 20 世纪 50 年代中期，漫画家在日本掀起了一股漫画热，现代漫画得到迅速发展。到了 20 世纪 60 年代后期，具有故事情节内容的现代漫画逐步取代了讽刺和取笑为主要目的的漫画。在此之前，日本一般使用汉字“漫画”表示这种艺术形式。但为了摆脱表意汉字“漫画”的字面束缚，日本开始使用“マンガ”这个词语。在欧美，表示漫画的单词是“cartoon”与“comic”，但随着日本漫画的影响力遍及全球，出现了专门的单词“manga”来特指日本漫画或者日本风格的漫画。但令人不解的是，日本的出版社喜欢用“コミック（comic）”这一词汇，而一般读者更多地使用“マンガ”。

动画的发展可以说也经历了一个极其漫长的过程，通过远古时期各类图像的解读可以发现，自人类诞生之日起就在潜意识中对物体运动过程的表现充满了好奇。两三万年前的西班牙阿尔塔米拉洞穴的壁画描绘了大量动物的形象，其中一头奔跑的野猪引起了人们的关注，它的尾巴和腿部经过了多次

重复绘制，使得原本静止的图像产生了运动的效果，这也被世人公认为最早的“动画现象”。除此之外，还有中国马家窑文化的舞蹈纹盆和古埃及墓室壁画等，都表现出人们不仅希望记录物体运动的瞬间，而且希望表现运动过程的美好想法。

在电影发明以前，人们通过走马灯、手翻书、魔术幻灯、西洋镜、幻盘等方式使静止的画面运动起来，这令动画的雏形得以形成，但动画片的正式出现要迟于1895年电影的诞生。在美国和法国等国家，已知最早的动画出现在1907年前后，而在日本，学者们普遍认为1917年日本出现了第一部动画片，但究竟是哪部作品至今仍无定论，有的认为是下川凹天的《芋川椋三玄关·一番之卷》，有的认为是北山清太郎的《猿蟹合战》，还有的认为是幸内纯一的《塙凹内名刁（新刀）之卷》，这三人都被称为“日本动画之父”。在日本东京一居民家中还发现了1900年的动画胶卷，因此也有学者认为日本最初的动画并不是参照国外制作的，但不可否认的是，在1917年之前，日本动画主要是引进美国和法国等国家的动画片。1909年，美国动画片《变形的奶嘴》成为最早输入日本的动画片。1910年，法国动画片《凸坊新画帐》又在日本掀起了一股动画片的热潮。从此时起，日本人开始使用“漫画映画”一词作为动画片的称谓。就在日本漫画蹒跚前行之时，1923年的关东大地震一度中断了日本动画的发展。直到十年后的1933年，政冈宪三创作了日本第一部有声动画片《力与世间女子》，这成为日本动画复兴的开端。在20世纪40年代，国外动画片不断涌入日本，这其中就有来自中国的《铁扇公主》，手冢治虫坦言，正是这部动画让他意识到了动画的魅力。

第二次世界大战以后，欧美的动漫作品开始大量进入日本，日本人也开始潜心研究和借鉴欧美成功的动画制作和营销经验。1958年，日本第一家动画公司东映动画制作了日本第一部彩色长篇动画《白蛇传》，开创了日本动画的新纪元。在20世纪60年代，电视的迅速普及为动画片的发展提供了新的舞台。1963年，手冢治虫创作的电视动画《铁臂阿童木》具有里程碑的意义。它不仅是日本第一部长篇电视动画，还开创了漫画改编为动画片的先河。此后，漫画和动画的发展逐渐开始融合。20世纪80年代以后，伴随着科学技术的发展，出现了OVA（Original Video Animation）动画、网络动画、手机动画等各种各样的动画形式。日本人将动画写作“アニメ”，在欧美表示动画的单词是“animation”，同日本漫画一样，专有名词“manga”也可用来表示日本动画。

本节所探讨的“动漫周边产品”是一个比较广义的概念，它是指以动画、漫画为载体，并对其周边潜在资源进行挖掘产生的产品系列。它既包含可动人型、毛绒玩具、装饰品、食品等实物，也包含书籍原画、音像制品等文化产品，种类之多，内容之丰富，可以说涉及生活的方方面面。动漫周边产品巨大的利润空间，使其成为动漫产业中不可或缺和最有“钱途”的一环。

与“漫画”“动画”相比，“动漫周边产品”是一个较新的词汇，但事实上它由来已久。在动漫周边产品的历史上，最早和最成功的品牌当属迪士尼。1928 年，迪士尼动画《威利号汽船》中的米老鼠受到了观众的喜爱。1930 年，沃尔特·迪士尼意识到了商机，于是第一个米老鼠授权产品——儿童写字板诞生了。此后，迪士尼推出的带有米老鼠、小熊维尼、大力水手等动漫形象的生活用品和玩具不计其数，利润斐然。1955 年，全球首家迪士尼乐园在美国加利福尼亚州开业，这对动漫周边产业具有里程碑式的意义。为了宣传自己的产品和吸引更多的游客，迪士尼的员工还穿上了动漫形象的服装与游客互动。可以说，他们是当之无愧的 Cosplayer 的鼻祖。

动漫周边产品的开发虽然不是日本人首创，但精明的日本人早已开始向欧美看齐。“Cosplay”（角色扮演）这一生造组合词就是由日本人发明的，词根的意思源于 costume（服装）和 play（扮演）这两个单词。日本最早的 Cosplay 出现在 1955 年，那年的动画片《月光假面》和《少年怀特》在日本播出后，很多热衷于这两部片子的孩子在游戏中开始自发地扮演作品中的主人公，他们或是自己动手制作道具和服装，或是去百货公司请人制作，并不像今天这样有专门的“Cosplay”店铺。日本的“Cosplay”在经历了 20 世纪六七十年代的幼稚和 80 年代的初创后，在 90 年代以后逐步成熟。

20 世纪 60 年代，动画《铁臂阿童木》在日本热播，日本人趁热打铁推出了与之相关的一系列玩具和生活用品，包括胸牌、布偶、背包和服装等，广受欢迎，这也成为日本动漫业高度产业化发展模式的开端。20 世纪 80 年代，在《铁臂阿童木》周边产品的启发下，《机动战士高达》的高达模型诞生。除了模型，各种卡片、贴纸同样受到了人们的喜爱。到了 20 世纪 90 年代，根据动画《四驱小子》而推出的动漫周边产品更是风靡一时。

21 世纪以后推出的 SD 娃娃也是日本动漫周边产品的成功案例。

近年来，越来越多的成功动漫作品被改编成游戏，如《七龙珠》《火影忍者》《名侦探柯南》等都有其对应的游戏产品。如今的日本动漫周边产品已经延伸到社会的方方面面，在国内外都产生了巨大的影响。从以上可以看出，漫画、动画和动漫周边产品既独立存在又相互联系，共同促进动漫产业的发展。

二、日本动漫使用中国元素的主要形式美

（一）直接改编型

直接改编型的作品是将某一中国历史事件的内容或名著典籍中的书面语言改编为视觉语言的日本动漫。

有着东方《罗密欧与朱丽叶》之称的《梁山伯与祝英台》在我国民间流传已有近 1500 年，可谓妇孺皆知，被称作是爱情的千古绝唱，其曲折的故事情节、鲜明的人物特点，在世界上产生了广泛的影响。1992 年，角川书店出版的《梁山伯与祝英台》，是日本著名漫画兼插画家皇明月涉及中国传统文化内容的作品之一。故事情节基本与《梁山伯与祝英台》一致，讲述了女扮男装在杭州学院苦读诗书的祝英台，遇到了富有才学的梁山伯，并由此发生的凄美的爱情故事。皇明月在原有故事基础上，运用多种表现手法赋予这段千古绝恋新的生命，使漫画作品更唯美、动人，更容易被青年人所接受。

中国有许多流传在民间的传说和神话故事，尽管这些传说和神话故事稍显凌乱，不够完整，但内涵丰富、内容深刻、发人深省，散发着独特的魅力，有着经久不衰的生命力。

《太平广记》是我国第一部规模宏大、内容丰赡的古代文言小说总集，专门收录了先秦两汉至北宋初年间的野史、笔记、传说等作品，其中鬼怪故事十分精彩。日本漫画家冈野玲子以《太平广记》为蓝本，创作出版了《妖魅变成夜话》。在绘画上，《妖魅变成夜话》试图发挥毛笔优势，用细致的笔法将魑魅魍魉、各类鬼怪“装饰”得十分艳丽。水墨技法的运用赋予小说随性之感，烘托了作品气氛，十分符合鬼怪类故事的特点。除神话故事外，日本漫画家们也常常通过漫画的形式把一些历史故事表现出来。公元前 227 年，荆轲带燕督亢地图和樊於期的项上人头，前往秦都刺杀秦王。到秦都后，秦王在咸阳宫内隆重召见荆轲。荆轲借呈献燕督亢地图时，图穷匕见，但刺秦王不中，后被杀。这就是我国历史上著名的“荆轲刺秦王”的故事。1999 年，由中国著名导演陈凯歌执导的电影《荆轲刺秦王》在我国上映，随后皇明月根据这部电影，推出了漫画《荆轲刺秦王》，不仅内容情节与史实一致，还在恢弘的历史背景下，刻画出人物细微的心理转折，特别是对荆轲这样一个高大的英雄的心理描写，让荆轲既拥有国仇家恨，又拥有对红尘的眷恋。在这部作品里，荆轲不仅是一个传统意义上的英雄，更是一个懂人情、有人味儿的真实的“人”。

皇明月早期漫画多采用中国毛笔白描技法，让漫画浮光掠影、黑白分明，她用画笔把古战国时代的服饰、宫殿、社会，甚至人物内心都描绘得酣畅淋漓，让漫画既沉稳庄重，又真实具体。

评书作为曲艺的一种，也成为日本漫画的题材。创作者继承了评书贴近群众的特点，结合漫画在表现上的优势，为评书艺术的发展探索了一条新路。

日本漫画家滝口琳琳的作品《北宋风云传》就是取材于传统评书《包公案》《三侠五义》《七侠五义》和《白眉大侠》等，讲述了开封府尹包拯与南侠展昭惩奸除恶，为民申冤的故事。作品创作之初，滝口琳琳就想将作品面向女性读者，所以作品中的典型人物风流倜傥，女性化倾向较重。从作品发行后产生的效果看，这部漫画让越来越多的女性喜爱上评书艺术，使其焕发了生机。

（二）摘录要素型

摘录要素型的作品是摘录中国历史事件或中国名著典籍中的某些要素进行故事再编，其内容与原历史或原作的具体内容联系较少的日本动漫。中国悠久的历史和丰富的名著典籍为日本动漫提供了丰富的题材，部分日本动漫从中摘录要素，加入天马行空的想象，形成了兼具中国文化气息和日本思维特征的漫画。由小野不由美创作、山田章博绘图的《十二国记》，以中国先秦古籍《山海经》为背景，摘取与周朝类似的文化和政治制度，采用春秋战国时期十二国家及对官员级别的划分，从不同角度向读者展现了复杂多样的中国历史。

作品讲述一位名叫中岛阳子的女高中生，被一金发男子带入另一个世界。这里的十二个国家均由生于失身木的麒麟顺从“天意”选择具有帝王之气的人作为国君，治理天下。国君如果以仁德治国，福泽百姓，就能得到麒麟的保佑升天成仙，反之则会与麒麟一同死亡。带走阳子的男子正是庆国麒麟，他认定阳子为王并发誓效命于她。如果抛开阳子这条主线和其他要素，整个故事更重要的是反映了中国古代孔孟仁爱思想，即“得道多助、失道寡助”的东方世界观和价值观。值得一提的是，漫画中还摘取庄子《逍遥游》的片段，可以说《十二国记》是日本动漫摘取中国要素最多的漫画之一。

《十二国记》体现了小野不由美对中国历史文化的详尽了解，在还原历

史原貌、政治文化、建筑风格等方面做得十分到位。为了增加作品的文化厚重感，小野不由美对孔孟的儒家思想做了深入思考。但由于创作者生活地区和受文化影响的不同，漫画在阐明“仁政”的角度上，无法与真实的儒家思想相比。不过这恰恰是这部漫画值得学习的地方，“和而不同”在整部漫画中表现出反思与继承的意义，既反思学习中国儒家思想，又继承日本的文化和传统。

摘录要素型的另一部代表作是皇明月创作的《花情曲》。皇明月独辟蹊径地抓住了《聊斋志异》等典籍中有关人与精的要素深入挖掘，结合女性角度，让画面典雅朴素，人物俊秀潇洒，让读者身临其境、超脱世外。

《花情曲》讲述了进士及第的宋贵祥与牡丹精待春，两人情投意合，私订终身。但现实残酷，宋贵祥为了仕宦之途必须迎娶宰相之女为妻，待春未能守在宋贵祥身边，甘愿变为牡丹。皇明月通过描写人与花精的爱情，捕捉到了人之本性，体现了为爱牺牲、为爱奉献的精神特质。

皇明月对中国典籍和历史事件要素的选取和运用有着非常高的水准，《聊斋志异》和《三言二拍》的巧妙结合，让读者了解到中国古代社会的风貌，看到了有情有义的神鬼世界。

《花情曲》不仅赢得了读者，也对皇明月本身的漫画创作产生了巨大深远的影响。此后，皇明月继续摘取中国历史和文化精华进行再加工，赋予人物情感，传递真实历史，形成了独具特色的“皇明月”式漫画。在1998年2月出版的《花情曲余话——恋泉》中，“天网之疏”“花香之日”“恋泉”“狐媚”等几个故事均与中国的历史事件和名著有关，她用细腻且富有深度的笔触描写人物，达到了“返璞归真”的境界。

日本一直抱着积极的态度学习中国文化，在早期日本，几乎所有的作品都是用汉语写成的，崇拜之势可见一斑。特别是中国的四大名著传入日本后，受到日本民众的欢迎和喜爱，尤其是《西游记》。

在日本动漫界，有很多与《西游记》相关的作品，像手冢治虫参与制作的动漫《我的孙悟空》，鸟山明的《七龙珠》，白井三二郎的《Dear Monkey西游记》，峰仓和也的《最游记》等都是代表作品。其中，《最游记》是最有特点的，它大量摘取《西游记》要素，又对其搞怪改编。作品中，除了孙悟空、猪八戒、沙僧和牛魔王等角色的名字没有改变外，其他的都已经变了模样：故事背景脱离原著变为现代，唐僧改名为三藏法师，坐骑白龙马改为白龙化成的吉普车，四大主角的言行“现代气”十足，他们到西方不是为了取得真经，而是为了阻止大魔王牛魔王的重生。在这个过程中，这四个伙伴在人和妖之间，演绎了无数洗涤心灵的故事。

从1996年到2005年，《最游记》连载长达十年之久，深受广大青年读者的追捧。实际上，这十年也正是人们重视自我、追求自由的十年。这部漫画告诉我们，每个人都有享受自由的权力，但不能为了自由而漠不关心，不能为了自我而刚愎自用，否则人生将会失去最真实的意义。

（三）撷取精华型

撷取精华型是围绕武术、京剧、围棋等某一中国元素进行故事再创作的日本动漫。京剧是中国的“国粹”，但对于看着日本漫画长大的年轻人来说，京剧是很陌生的。2004年，日本漫画作家上田宏推出了长篇漫画《武神戏曲》，不仅让京剧大师梅兰芳重现风采，也让更多的日本人了解了中国的“国粹”。故事发生在2002年，热爱京剧的日本少年泉辰明，偶然戴上了爷爷给他的项羽面具，竟穿越时空，来到了1923年的北平，遇到了爷爷的恩师梅兰芳。后来，泉辰明通过努力加入了戏班，向梅兰芳学艺，把读者带回中国京剧的辉煌时代。从绘制方面来说，对京剧做了细致认真研究的上田宏，使京剧最华丽、最震撼感官的精华在漫画格间复活。在章节之间穿插的一些京剧知识，让读者了解到“生旦净末丑”的含义和京剧的起源等。“京剧”是重要的中国文化元素符号，但中国原创动漫并未涉猎该领域，直到2008年12月，中国女漫画家林莹花费了五年时间，才打造出我国第一部展现京剧文化的漫画专辑作品《梅兰芳》。可见，日本动漫在京剧文化资源的开发利用上已捷足先登。除了《武神戏曲》，富含京剧元素的日本动漫作品还有《燕京伶人抄》《燕京伶人抄2——女儿情》等。

2012年5月14日，美食类纪录片《舌尖上的中国》登陆中央电视台。这部以中国各地美食生态为主要内容的纪录片一经播出就吸引了众多人的关注，一时间中国饮食文化也备受关注。中国的饮食文化源远流长，衍生出许多不同的菜系，日本动漫中提到的中国饮食文化元素众多，如《乱码1/2》中的包子、《梦幻游戏》中的面条、《恐怖宠物商店》中的香茶等具有中国特色的食物随处可见。对中华饮食文化表现得最淋漓尽致的一部日本动漫当数小川悦司的《中华一番》，中文版译为《中华小当家》或是《中华小厨师》。《中华一番》讲述了四川的13岁少年厨师刘昴星，为了继承母亲的衣钵，在南下取得广州特级厨师资格的过程中历经艰险，并与“黑暗料理界”展开激

烈斗争的故事。在这部动漫作品中，既能看到饺子、包子、烧卖等中国传统面食，又可以看到青椒肉丝、麻婆豆腐、三鲜锅巴等家常小菜，还有龙虾、螃蟹、鲍鱼等高级菜品，可以说是包罗万象。虽然该作品中也存在一些夸张和失真之处，但基本信息是很准确的，这也使很多中国观众误以为这是一部中国动漫作品。

《中华一番》取得成功的原因就是对中华菜系的详细描写，以及对中华烹饪技艺的生动描绘。漫画通过主人公历经艰难险阻取得绝美食材和工具的过程，让年轻人懂得劳动创造的不仅是价值，还能得到成就感，漫画站在年轻人的角度，引导、鼓舞年轻人要敢于做自己想做的事情，从实践中学习，不断超越自己、完善自我，这也正是漫画应该传递和发扬的精神。

“琴棋书画”是中国古代的四大艺术，其中的“棋”指的就是“围棋”，它起源于公元前六世纪的中国，被认为是目前世界上最复杂的棋盘游戏之一。围棋从中国传到日本后，得到了较好的发展，但从 20 世纪 90 年代中期以后开始逐渐衰落，被中国和韩国甩在身后。这时候，《棋魂》的出现，为日本围棋事业的发展做出了巨大的贡献。

《棋魂》把深奥玄妙的围棋作为主题，讲述了一个对围棋一窍不通的小学六年级学生进藤光被沉睡在棋盘中的千年棋魂藤原佐为附身，开始对围棋产生兴趣。在从业余棋手成长到专业棋手的过程中，进藤光遇到了棋坛名人之子塔矢亮，他们之间的数度对弈，极大地增进了进藤光的棋艺，也让他懂得了人生的道理。而此时，进藤光发现棋魂藤原佐为消失了，为了再见到藤原佐为而决定不再下棋的进藤光，在从中国棋院归来的伊角的鼓舞下重新拿起棋子的一刹那才发现，自己早已与藤原佐为融为一体，而自己见到藤原佐为的唯一方法就是下棋。在阔别数月后，进藤光回到围棋赛场，与塔矢亮进行了一场鏖战，最终二人冰释前嫌，成为一生的朋友和对手。

在《棋魂》连载过程中，人气超乎想象，单行本全册 23 卷在日本销售量已超过 1 400 万册，得到了评论界的一致好评，并获得了 2003 年度手冢治虫文化奖的新生奖。各界的好评让《棋魂》在短短几年之中就成为经典漫画之一，并被电视台改编为 75 集动画播出，收视率居高不下。此后，《棋魂》又相继推出的一系列周边产品，如游戏、广播剧、音乐 CD 等都广受欢迎。同时，《棋魂》也对围棋在日本的普及和推广起到了重要作用。在《棋魂》连载的一段时间里，日本围棋爱好者人数迅速提升，其中绝大多数是青少年，以此可以初步推断，这部漫画对围棋热的兴起有着很大的促进作用。

同时，随着该作品在中国、韩国等亚洲国家热卖热销，“围棋旋风”刮遍了整个亚洲，就连韩国著名围棋选手曹薰铉也是这部作品的忠实读者。

《棋魂》让日本围棋升温的过程，传递给中国漫画两个道理。首先中国元素在常人眼中多是一些高深且不易理解的，这恰恰也是中国元素发展和传承中面临的问题。如果能将戏曲、绘画、书法等极富中国元素的艺术与漫画这种诱导式教育相结合，那效果一定会胜于单一的说教。其次，漫画对于“文化冷门”的推广有重要作用，如果用漫画的形式发掘和表现“文化冷门”，那未来“文化冷门”也会再次展现其巨大的魅力。

（四）歪曲异化型

歪曲异化型是指在一些作品中将中国元素进行歪曲或者异化，从而使原作的主旨或内容产生巨大变化的日本动漫。在日本动漫中不乏充满中国元素的经典之作，但也会有歪曲中国元素的作品出现。盐崎雄二是一名日本男性漫画家，他目前的大部分漫画作品以女性为主角，并且有大量的不雅镜头，代表作《一骑当千》就是其中之一。

除此之外，日本还开发了大量歪曲恶搞三国历史题材的作品，如游戏《恋姬无双》、动画《钢铁三国志》等。这些作品不仅使青少年对历史产生错误的认识，也影响着他们的价值观念。

还有一些与以上两部恶意歪曲中华文化的作品不同，这些作品在原作中添加了新的人物和元素，导致原著的部分故事情节发生了改变，这类作品应属于异化类。日本漫画家山原义人改编创作的《龙狼传》就是这类作品的代表。故事讲述了主人公天地志狼在中学的毕业旅行中与泉真澄因意外而穿越时空，回到公元 207 年三国时期的新野城，恰逢化名单福的徐庶正在破解曹军大将曹仁的“八门金锁阵”，徐庶为保护恰巧掉落到阵中的天地志狼与泉真澄不幸遇难，弥留之际建议刘备重用“龙之子”，拥有“天命之相”的天地志狼。在担任了刘备的军师后，天地志狼凭借对三国历史的了解和敏锐的思维击溃了曹仁大军，但身具“破风之相”的司马仲达却突然出现掳走了泉真澄，并制造种种陷阱使天地志狼险象环生，天地志狼需要通过自身的努力来对抗司马仲达。

将这部作品归为异化类的原因是天地志狼的出现让徐庶早亡，使漫画缺失了原著中一部分经典故事。作者借助主人公穿越时代与三国时期英雄豪杰的互动，使得读者面对面的了解、认识三国的历史事件和人物，这种“尊重

历史发展脉络”的创作方法还是值得借鉴的。这部作品在情节构思上符合年轻人希望通过自己能力改变历史、改变命运的心态，因此深受读者喜爱，并在商业上获得了巨大的成功。

第二节　电影文学的审美思想

日本的文学和电影的发展都以日本社会发展和社会现状为题材，两者写实性都比较强，都有一定的现实意义。日本文学历史悠久，有着很深的文化底蕴，日本电影发展与文学有很深的联系。

日本是世界知名的阅读大国，其出版业规模、人均阅读量、发行的报纸和杂志数量都处于全球领先水平，在亚洲更是当仁不让地傲踞群雄。拥有如此广泛且坚实的群众基础，文学改编也从日本的初创期及至今日，始终是日本电影业的一大传统。将那些人们耳熟能详的故事搬上银幕，首先是票房收入的稳定保证，同时是民族文化的凝练提萃和扩散传播，更是新旧两种艺术形式的互融与交通。在世界范围内，文学改编电影都是常有之事，日本电影之所以在几十年间形成自我的独到风景，也与其内生系统密不可分。一方面，日本文坛常年竞逐激烈，不断有优秀的新人新作涌现出来。另一方面，日本电影界自从战后过渡时期以来，对于电影的审查渐趋放松，多样化的题材类型都可以顺利实现改编。而且，仰赖于不俗的国家经济实力，日本电影业长期以来始终都能实现本土系统的自我循环，诸多只有日本人才能接受与理解的文化理念与艺术价值能够“自产自销”。

日本是一个受到中西方相互影响的国家，日本在受到中国古代，尤其是受到唐朝时期的文化影响，而且不断地学习和吸收西方的先进科学技术。整个民族都有不断学习和创新的精神，无论是在科学技术还是文学创作上都有值得全世界学习的地方。日本的文学作品大多有一定的现实来源，风格多种多样，有悲情、励志、风雅，也有寂寥、孤独、暴力、友爱的。同时，在近代，日本电影的发展也相当迅速，电影的剧本大多也有文学作品的影子，有的电影甚至源于日本的文学作品。

文学是把作者的感情或者内心活动用文字表达出来的一种艺术形式，表现形式有散文、小说、戏剧、电影文学等。电影能用舞蹈、动画、音乐、文字等多种手段表达的艺术手段，而电影的表现魅力不仅仅是这些艺术的组合，每种艺术都有其自身独特的吸引力。日本的文学与电影的不仅有着概念上的重叠，在现实中也有着相当密切的联系。

一、日本文学和电影的发展

日本文学的发展是一个很漫长的阶段，有很浓厚的历史和文化积淀。早期的日本文学大多是以记载和回忆日本历史、描述日本风土人情为主的，如《日本书纪》《古事记》等都以描述日本历史为主；到了 12 世纪，诗歌和汉诗文集在日本形成了一个文学热潮，在此同时散文也有很高的成就，并且涌现出了很多有才华的女作家，清少纳言《枕草子》，作者描写精细，创造意境柔美；12 世纪以后，日本的武士道精神开始出现在日本文学创作中，如《平家物语》；18 世纪明治维新结束后，日本文学开始转为以反映现实为主的小说创作，二叶亭四迷创作的《浮云》最具有代表性；19 世纪初期，日本现代文学开始，这一时期的文学作品都有一定的社会意义和对当时社会状况的反应，如夏目漱石的《我是猫》，在这一时期推理和悬疑小说也有了一定的发展。日本的电影发展虽然没有其文学发展的悠久历史和文化积淀，但是在这一百多年的发展历程中，也有着很多的改变，与日本文学有着很深的联系。日本最早拍摄影片是在 1899 年，主要是以记录实事为主的短片如《闪电强盗》；在此之后，日本的无声电影上映，并且在 1903 年成立了第一家电影院，主要由解说员讲述无声电影的内容；在 1918 年之后，日本纯电影才开始产生并且发展，开始大量招募电影演员，这时的电影不需要解说，运用一些电影拍摄技巧和处理技术使电影更加生动和真实，这一时期电影主要是以日本的社会为题材；1931 年开始，日本有声电影时期正式开始，这一时期，批判和揭露社会的电影不被允许拍摄，纯文学电影开始登上银幕，主要是以文学作品为题材的有声电影。日本的文学和电影发展，都受到历史发展的影响，两者又有一定的社会背景和相互联系。

二、日本文学与电影的关系

（一）日本文学和电影有都有一定现实背景

虽然日本文学比其电影的发展要早很多，有很深的历史和文化底蕴，但是自从电影产生以后，两者也有很多共通之处。日本的文学作品，无论是诗歌、散文还是小说，大多以日本的社会发展和风土人情为题材，加以修饰和

改变后用艺术的手法表现出来，如反映日本旧时期的封建统治，日本武士道等。电影出现后，实质上是运用了一种新的表现手法，把日本的社会状况和统治情况表现在银幕上。日本文学和电影与一些国家不同，不完全是娱乐大众，也不是表现个人英雄主义。两者实质上是有一定共通性的，作者或者是电影拍摄者要表达的感情就是社会上大多数人群要表达的想法。

（二）日本文学是电影拍摄的素材

日本的文学作品有很多已经被拍摄成电影，文学作品已经成为电影拍摄的主要素材。其实，电影的拍摄，剧本大都属于文学作品的范畴。川端康成的名作《伊豆舞女》曾被六次拍摄成电影；村上春树的作品《挪威的森林》在2010年也被拍摄成电影；日本东京帝大著名教授夏目漱石作品《我是猫》《少爷》都被拍摄成电影；由文学作品拍摄成电影的还有《心》《梦十夜》《痴人之爱》《春琴抄》等。这些文学作品是不同时期作者的经典之作，被搬上银幕后，备受观众喜爱。

电影的拍摄素材有多种，但是文学作品绝对是其发展的推动力量。好的文学作品一旦用电影的形式成功表现出来，就是电影的一种突破。可以说，好的文学作品，无论是关于爱情、关于政治还是关于暴力犯罪，都会成为电影发展的一种正能量。

（三）日本文学指引电影的发展

在文学与电影的发展过程中，一直是文学创作表达的感情或者是反映问题比较前卫，电影表现相对来说比较落后。日本的文学对日本的社会状况和人们生活状况等一系列问题，反应比较敏锐和迅速，电影则是在文学作品出现以后，经过一些改编和加工再进行拍摄，搬上银幕被人们直观地看到。虽然文学作品在表达意图的时候不如电影直观、迅速，但是其是在电影之前出现，能够迅速地反映人民、国家甚至是国际上的一些变化，表达感情也可以非常丰富，它能够指引电影的发展，带动电影的发展。

日本在文学作品和电影创作上都有着一定的影响力，无论是在本国还是国际上，日本文学与电影虽然有着表达手法的区别，发展时间也不同，但都是为反映社会状态和日本风土人情等服务的，两者在共同发展的同时，相互影响、相互联系、相互促进着。文学作品用文字表达着作者的思想和感情，而电影是用更加直观的手法表达着同样的意图，两者存在着许多的差异，但又有着许多的潜在联系，共同支撑着日本的文化事业。

第三节　绘画与文学审美关系

一、日本近现代绘画

日本近现代绘画最初的形态主要是学习和借鉴中国古代绘画。直到 19 世纪，由于西方列强对世界开始了殖民扩张，使许多地区文化相互碰撞，日本绘画便产生了更多的分支。近现代的“日本画”与日本的“西洋画”概念便是从这个时期开始形成，日本绘画也逐渐摆脱完全模仿中国绘画模式，走出了自己的风格。一方面，日本的画家受到西方艺术的冲击而逐渐形成新的绘画形式；另一方面，一部分画家因西方的冲击而产生了强烈的民族自尊心，拼命地区分出“和风”与“洋风”的差别。因此，日本绘画便形成了“汉画”“和画”和“洋画”三大类别。

日本绘画从江户时期到明治维新以后，基本是通过学习西方美术的技法来融合日本绘画，这其中也出现了许多著名的画家和作品，如葛饰北斋的一系列浮世绘风景画便是受到了荷兰版画的影响。从明治时期开始，可以说是日本现代绘画繁荣的开端，西方印象派绘画的传入和日本白桦派的产生都对以后日本绘画风格的形成产生了重要的影响。值得一提的是，现在日本画坛享有重要地位的“二科会”便是在明治后期成立，最初成员有岸田刘生、梅原龙三郎、坂本繁二郎等著名画家。再到昭和时期，日本绘画迎来了繁荣，超现实主义绘画和抽象绘画开始走入主流，涌现了古贺春江、福泽一郎等著名画家，同时出现了一批新生美术团体，如新制作派协会、一水会、第三部会等。日本绘画直到战后开始走上了自己的道路，逐渐摆脱了单纯模仿西方绘画的束缚，出现了以东山魁夷、高山辰雄、杉山宁为代表的，体现了现当代日本绘画独特风格的画家，开始向世界展示日本的东方神秘感。也有一部分画家开始使用绘画来表达社会的阴暗与自己的不满，如山下菊二绘制的一系列被残暴对待的普通百姓。

随着时间的推移，从 20 世纪 70 年代开始，日本绘画进一步与国际接轨，更加崇尚个性化、神秘化、内在化。随着日本经济的飞速发展，艺术家

的发展更加自由随性，更加关注人的内心，喜欢运用个人的绘画符号来展现内在感受。进入 20 世纪 80 年代，日本经济发展的假象所导致的泡沫经济使人们出现百无聊赖的生活状态，艺术也有疲软趋势，绘画作品呈现出空洞感，美术交易也持续走低。艺术家们也意识到问题，急于找到出口。直到 20 世纪 90 年代，互联网的发展使全球呈现一体化趋势，出现了“超扁平主义”“卡通主义”等，装饰性极强，甚至可以在多种媒体上传播，如村上隆、青岛千穗、奈良美智、草间弥生等艺术家都曾经与时尚品牌、化妆品包装、室内装潢等方面合作。

二、来自中国禅宗思想的影响

禅宗又名佛心宗，是印度佛教传入后，经本土僧侣进行了中国化的佛教。禅宗思想体系基础基调是心性论，通过心性的修炼得到心性升华的一种学说，是摆脱尘世烦恼、追求生命自觉和进入精神境界的文化理想。其本质内容是自然—内在—超越。中国道家的“自然”观念思想被禅宗思想用来诠释人类生命的自然状态。禅宗要求从青山绿水中体会禅，从人自身的日常生活中理解禅，在变幻无常的生命中感悟禅，从而实现生命的升华和精神的自由。

隋唐时期，禅宗思想在我国广为流行，出现大批佛画家与诗人，佛画艺术更是在明清进入了繁荣的百家争鸣，中国的古代绘画与诗句也呈现出空寂缥缈的神秘感。而正是盛唐禅宗思想壮大的时期，越来越多的日本僧侣来中国学佛求教，而中国也有许多高僧远渡日本传教，随着这样的文化宗教交流，日本逐渐受到禅宗思想的影响。同时，中国的佛画直接影响了日本水墨画的发展。日本绘画者抛弃了一味地叙事与教条，开始把绘画作为修身养性、超越自我的手段。虽然后来因为历史动荡不断，禅宗思想逐渐衰退，但它在日本绘画的历史上的影响地位不可磨灭，影响着许多后世的画家。

中日的禅宗既有相同也有相异。既然日本的禅宗是由中国禅宗传入后所演变的，那么在基本的框架上大致思想都是相同的，但在内容的偏好上确有不同之处，如对于山水画的表现来说，中国的山水画更多的是描绘宏大、雄伟的场景，而日本山水画更多是精小的景致。这种“大”与“小”的对比也正是中国禅宗讲求“开阔心胸”与日本禅宗“一既是多”的思想差异，上文所提到的枯山水正是日本禅宗发展下的美学产物。日本早期的水墨画略显单薄青涩，但是能看出“以形写神”的中国水墨特点，直到 1868 年明治维新前，日本的画家都没有摆脱对中国水墨的模仿。比如，雪舟的《山水图》、伊藤若冲《群鸡图》、田能村竹田的《暗香疏影图》等，这些作品都是以禅宗思想为基石，倡导绘画关注心灵，具有哲学性与精神性的意义。

三、日本代表画家的文化意蕴

（一）超现实的画面

超现实主义者的宗旨是离开现实，返回原始，否定理性的作用，强调人们的下意识或无意识活动，这与“神秘”的风格一脉相承。超现实主义的作品充满着让人想一探究竟的“神秘”感，那种高深莫测的奥秘令人神往。超现实主义明确指出受理性控制和受逻辑支配的现实是不真实的，只有梦幻与现实融合才是绝对真实的、绝对客观的。超现实主义者主张把生与死、梦与现实、过去与未来联系在一起，把它们统一起来。比如，达利·玛格丽特等著名画家的作品呈现出神秘、恐怖、荒诞、怪异等特点，观赏者往往无法明白他们究竟在表达什么，却又无法抑制地爱上这些画面。日本画家古贺春江、石田彻也等的作品也大抵如此，深受超现实主义的影响。

古贺春江（1895—1933 年）是日本超现实绘画的代表，本名古贺龟雄，他有句十分有名的口头禅：“再没有比死更高的艺术了，死就是生。”古贺春江幼时起便身体孱弱，不爱出门，又是家中唯一的男丁，备受溺爱，这导致古贺的性格十分内向且神经质。1914 年，和古贺春江一起租房子的友人喝药自杀，而后，古贺春江又经历了女儿胎死腹中和情人去世，他深受打击，精神状态一度极其不安定。

1926 年开始，古贺春江的绘画风格逐步走向超现实主义，这或许就和他的经历有关。到 1932 年，一直遭受精神问题困扰的古贺春江又身染重疾，病情带来的强烈神经痛使他的身体和精神都十分衰弱，以至达到深居简出、不愿见人的程度。在同年十月号的《美术新论》中，古贺春江说：“人如果没有脸和肉体该是多好的事啊，一想到自己暴露在他人面前的脸和身体就感到十分抱歉，害怕见人的时候就去和狗说话，狗是比人类单纯直接的，所以更好交流。”从中可以看出，古贺春江有着超乎常人的敏感神经。1933 年，古贺春江因病情加重而去世。古贺春江的超现实主义和西方的观点有所不同，不同于西方认为超现实主义对科学的怀疑和反驳，认为超现实主义就是无意识的、梦境的体现。古贺春江认为，超现实主义是一种纯粹的憧憬意识的构成，所以超现实主义也是一种主智主义。在绘制作品的时候，为了表达出对象的纯

洁之美因而消除它的现实感，从而达到一种忘我的境界，让画家的感情隐匿于画布之上。

石田彻也（1973—2005年），曾因其独特的作品在中国社交网站和微博红极一时，他也是被日本人称为“迷失一代”自画像的代表画家。这位画家的超现实主义作品相对古贺春江的超现实，更多的是一种对现代社会所产生不安的病态心理。上高中前的石田彻也想就读美术类高中却被家人反对，父亲把他送到普通高中学习，这让他的学生时代充满痛苦却无处释放，后来考入武藏野美术大学的他逐渐通过绘画表达着对社会的不安。令人惋惜的是，石田于2005年因事故去世，年仅32岁。他的作品充斥着机械化社会高度发展下人类的不知所措，导致日本年轻一代越来越多地出现家里蹲、啃老族等严重的社会问题。在《飞不起来的人》这幅作品中石田彻也绘制了一个工薪族与游乐园小飞机合体的荒诞画面。灰暗的色调，破旧的小飞机与表情压抑的人，这些元素构成了一个压抑又有些可笑的气氛，表达了日本压力巨大的工薪阶层在一成不变的工作中，想自由的飞翔，却还是无奈受困于现实的窘迫状态。画家用游乐设施中的玩具飞机巧妙地表达了人正在飞翔却不是真正在飞翔，既有无奈也带有一定的讽刺意味。在2003年创作的《归路》中，石田描绘了一位面部完全消失的男性，五官被深不见底的黑洞所代替，做不了表情说不了话，而黑洞的右上角悬着一个穿背带裤男孩的神秘画面。《归路》探讨的是现如今社会中希望与绝望的相互转换，无助的人们迫切地想回到那些无忧无虑的日子里，可是长大的人们知道希望越大失望就越大，无助又胆怯，想改变又怕改变。人就是这样的矛盾体，“想”和“做”似乎经常无法合拍，许多人都是在这样的思想循环中逐渐安于现状，变得无所谓。

（二）诡异的内在表现

岸田刘生作为日本家喻户晓的画家，在日本油画界有着重要的地位。他生活在日本变革时期的明治大正年代，但他自始至终没有放弃探索与思考自我的追求。他在30岁时出版的《刘生画集及艺术观》中探讨了“美术与道德”“内在美”“装饰性”等艺术问题，是白桦派“虚幻理想美”的追随者之一。岸田刘生的作品在探讨内在美与精神的表现上，几乎有着一种神经质的自我探求欲。

岸田刘生的著名作品《丽子》系列是他的代表作之一。《丽子》系列中描绘的小女孩是岸田刘生的女儿，这个系列自其女儿5岁到其16岁为止，共创作 70 多幅。在这个有着强烈精神寄托的系列中，岸田刘生用东方风格结合西方写实手法诠释了一个像木偶娃娃一般的丽子。深色的背景里，丽子总是带着诡异的表情或微笑，夸张的身体比例和阴暗的色调都给观者一种妖异的神秘魅惑。

岸田刘生的写实是东洋式的写实，它不单纯是对事实的一种摹写，更多的是一种超现实的写实感，是对人内心的一种写实。丽子在岸田刘生的笔下是一个并不好看的小女孩，有些日本人形容“丽子像”为“怖いけど可愛い”，意思是恐怖却又可爱。然而从照片来看，丽子是个很普通的可爱孩子，但岸田刘生总把丽子画出恐怖片的氛围。随着丽子的逐渐长大，“丽子像”的色彩也随之亮了起来，或许“丽子像”最初的神秘与诡异恰恰体现了岸田刘生第一次为人父母的不安，也或许小孩子在岸田刘生的眼中都是不可理喻的神秘之物吧。说到岸田刘生就不得不说到白桦派的思想，他的思想与白桦派有着很相似的理念。白桦派的理念尊重个性，肯定自我，强调所谓“人生”就恍如梦境中的肥皂泡，梦幻且易碎，主张人的精神与社会的分离。在这样的背景下，岸田刘生的绘画呈现出的阴暗神秘色彩便不难理解。

还要提到一位重量级的画家藤田嗣治。他的作品有着东西方结合的味道，其画风为巴黎画派留下了浓重的一笔。我们或许更熟悉一些欧洲的画家，却不应忽视藤田这位亚洲人在欧洲画坛的成就。他独创的乳白色皮肤和日本水彩风格的作品都让欧洲人耳目一新，趋于平面的构图和具有装饰意味的画面都极具东方韵味。藤田嗣治在日本被称作“被遗忘的画家”，他在欧洲声名大噪的时候，日本画坛却对他不理不睬。

藤田嗣治从小就对艺术有着极高的热情，背离了家族对自己继承医生职业的期盼，毅然决然地走上了绘画之路。进入东京美术学校的他师从黑田清辉，但藤田嗣治与日本美术界格格不入的画风使他一直无法受到日本美术界的认可。后来，藤田嗣治决定去巴黎闯一闯，他认为或许在那里可以闯出一番天地。他在巴黎结识了许多著名画家，其中就有对他影响颇深的毕加索。通过不懈努力，藤田嗣治独特的风格成为巴黎画派中独树一帜的“黄皮肤”画家。藤田嗣治的名作《寝室里的裸妇吉吉》大胆地使用乳白底色，用“和洋混成”技法，创造性地表现出了女人柔软细嫩的“乳白色肌肤”，他笔下的吉吉性感且神秘，混合了亚欧女人的特点，形成了藤田以后标志性的“乳白色肌肤”符号。在欧洲大红大紫的藤田嗣治还是对自己的国家有着深深的感情，1929 年他选择了回国，但让他没想到的是，1937 年中日战争的爆发使日本的艺术无法继续发展，而远在巴黎的画家们却在不断地进步创新，这

使藤田嗣治又决定返回巴黎。但是巴黎也没有安生多久，1940 年德军攻至巴黎，使巴黎全城陷入恐慌，无奈之下藤田嗣治又一次回到了日本，而后受到军方邀请开始绘制战争画，这个决定使藤田嗣治和祖国度了一个短暂的“蜜月期”。虽然在这个时期藤田嗣治终于得到了国家的认可，但也成为他后来永别日本的决定性因素。战败的日本成为历史的罪人，当时舆论是这样声讨藤田嗣治为首的帮凶画家的：“画家的良心若是尚且存在的话，现在正应该是折断画笔，谨慎反省的时刻。扭曲了自己的艺术资质，堕落于通俗的学院主义，靠奉承军队来博取好处的狗仗人势的画家是哪些人呢？其娼妓般的行为不仅仅是他们自己的羞耻，也抹黑了美术界的脸面。人须有节操。”虽然当时藤田嗣治也有所回应：“原本画家就是自由爱好者，断不是什么军国主义者。自颁布诏书以来，许多画家不过是一同履行着国民的一份义务罢了，当然也包括那些在战时，怀着对国家的纯粹的爱，做了一份工作而已，所有画家现在正直面战败现实，由衷地抱着谦逊和良心，正视并反省战败的原因。我认为，我们必须对目前为止基于军官所构建的世界观与其指导的错误方针说一句不，为世界和平和对于真正的美的追求而努力，竭尽全力地去学习。”[①] 然而，当时根本没有人想听他说任何辩解的话，甚至差一点把他归为战犯而投入监狱。身心疲惫的藤田嗣治在经过各种阻挠后终于在 1949 年永远地离开了日本。

藤田嗣治前期的作品，那种独特的带有东方神秘感的风格最为明显，洁白的女体、可爱乖巧的猫咪都是他热爱的元素，这个时期是藤田一生中洋溢着自信感的时期。1949 年的《我的梦》作品中，藤田一方面向世人证明了自己标志性的乳白色皮肤还建在；另一方面通过画面传达出了一种焦躁不安。画面中的猫和其他动物们身穿衣服，交头接耳，似乎在密谋着什么，以往藤田嗣治笔下的猫都是乖巧可人的卧在女人身旁，在《猫（争斗）》这幅作品里的猫的首尾相追，露出獠牙，这些不安的猫咪或许就是画家在表达自己的情绪吧。

晚年的藤田嗣治加入法国籍，改了法国名，画了许多表情怪异的小孩子，他在 1966 年的一封信件中说道：“我画的小孩子都不是照着模特写生出来的，而是凭着我自己对小孩子的一部分印象画的，并不是真实存在的孩子。我自己没有孩子，我的画就是我的儿子和女儿们。”经历了一生动荡的藤田嗣治，是一位融合了东西方绘画特点的大师，他作品中的神秘气息一部

① 刘柠．藤田嗣治——巴黎画派中的黄皮肤 [M]. 济南：山东画报出版社，2014:079.

分源自原生民族带来的审美意识，另一部分则是独自在海外打拼的孤独和动荡所带来的感受。

另外一位年轻的当代画家日野之彦（1976—），虽然尚且年轻，但在日本也算是年轻画家中的代表性人物了，他的作品十分具有个人特点。日野之彦在采访中曾说："我想画看上去没有故事性，似乎毫无意义的画面。没有场所、时间、声音、湿度，是一种空无一切的感觉。我认为不表达出感情是一种美，只有消除故事性，才能真正地接近物体的本质。"日野之彦的作品往往有着一个瞪着眼睛，似乎灵魂出窍一般的人物形象，许多人觉得他笔下的人物神秘、诡异，甚至很恐怖、压抑。这些没有灵魂的人不正是如今经济高速发展下百无聊赖的年轻人吗？

（三）鬼神妖怪化的人物形象

日本的鬼神形象五花八门，形形色色，最早的妖怪是自然灾难力量性的象征。古代日本民众由于缺乏科学知识，加上生活环境与自然息息相关，因此对自然普遍抱着恐惧和敬畏的态度，那时的妖怪也大多是这种恐惧或敬畏之心的反映。日本有名的"百鬼夜行"是流传在日本民间传说中的出现在夏日夜晚的妖怪大游行，其经常出现在各类艺术创作中，如鸟山石燕的《画图百鬼夜行》等。

现当代画家也十分喜爱画鬼神妖怪题材来表达"神秘"感，如青年画家今冈聪美的"小鬼"系列作品《才不给你呢》《空腹小鬼》，画家以"子 × 鬼 = 神"为主题描绘了日本古代的和平街道中人们供奉着一脸任性的小鬼，是一系列体现和平、社会、宗教和日本传统风俗美的作品。上文提到过的新锐画家松井冬子（1974—）便是一位善于绘制"非人类"形象的画家。她最初学习油画和日本画，后来主要绘制日本画。她的作品《终极之异体的分解》《阴刻四肢的祭坛》《转换连接》《保持净相》都是描绘了幽灵一般内脏散在外或被吃光的女性形象。松井冬子如此痴迷此种题材的原因据她本人的论文《视觉作为感觉神经导致痛觉觉醒的不可避免性》这个研究题材来看，她对于人在看恐怖血腥题材的作品时会对感觉神经有所影响从而产生痛觉，这就好比我们看到别人的伤口或受伤的照片时会产生腿麻等现象一样。松井冬子的作品都是对人类感知的探索，通过非现实的神秘感来体现作为人类的我们是否有着感同身受的能力。

佐伯俊男（1945—）是一位画风十分异类的画家，他年轻时突然辞去广告代理商的工作窝在小小的公寓里画画。1970 年出道，受到寺山修司、澁泽龙彦等人的大加赞赏。佐伯俊男的作品有着浮世绘的装饰风格，主题多为死亡、鬼怪、魑魅魍魉等，被誉为20世纪70年代象征地下时代的画家之一。在当时，佐伯俊男那些恐怖、神秘又色情的画作给人们带去了不小的冲击，人们认为他的画像是地狱，又像是极乐，是白日梦一般的画面。他的作品中往往重点描绘了一些少女或少妇，色情又猎奇，甚至可能使看画者产生不适感，但正因为如此独特的视角才使佐伯俊男打响了自己的名气。

山本隆（山本タカト）（1960—）是一位画风纤细的画家，受到浮世绘、象征主义与唯美主义的影响，形成了独特的画风。他笔下的人物都是阴柔的少男少女，山本隆说自己的灵感是源于年轻时看到的吸血鬼题材的画。20 世纪 90 年代的山本隆号称“平成耽美主义”的画家，逐渐让更多的人认识了他的作品。山本隆把自己绘画中的形象总结为以下几点审美符号：（1）扭曲的树木与树枝；（2）与亡灵的对话，超越了时空的生与死之间的性暗示；（3）有着大正到昭和年间风味的房屋，并把其打造为废墟化，产生自然与人为、生成与崩坏、生与死的戏剧感；（4）把相反的物质混合甚至融合，打造一种模糊朦胧感、无性别感；（5）中性的美少年；（6）黑色，或者说是一种混沌的状态，反映出敏感的精神状态，既高贵又庸俗；（7）最后一点是浮世绘风格的线条，平面的透视。确实，山本隆的作品如《变貌的性欲亡灵》《与君亲吻、约翰》《永劫不复之门》中都有着亡灵、骷髅、眼球、性别模糊的少年等元素。

在画面中，山本处处体现了日本的“物哀美”，用死亡来表现瞬间的美感。在《吸血鬼·约束》中，少年吸血鬼吸食着另一个少年的鲜血，在明亮满月的照射下，破旧的窗框和扭曲的树干都和美丽的少年如此和谐，把一个血腥的场面描绘的浪漫唯美。

（四）空寂的景色

东山魁夷是日本国宝级别的画家，散文家，他的作品屡次被日本天皇赠送给各国首脑。东山魁夷的画以风景画为主，既有日本民族审美风格，又有西方的形式主义。这些风景画在单纯中富有变化，静寂、幽玄、空远，被誉为具有日本现代精神的宗教画，是深受“禅宗”影响同时又完美地体现了日本自然观的作品。东山魁夷的作品鲜少出现人物，而是用风景来表达人心。

上文曾提到日本樱花的物哀美，东山魁夷《花明》便是这样一幅由物哀产生神秘美感的作品。

《花明》是东山魁夷以“京洛四季”为题构思的系列画之一。深夜时分，东山魁夷在圆山公园赏樱花时看到一轮圆月缓缓地从天边升起，此时的樱花树比白天显得更加阴柔温婉。在青色山影的衬托下，淡粉色的花瓣层叠茂密的似乎快要把细瘦的纸条压断，这棵垂樱仿佛吸收了月亮的灵气一般，茂盛得让人无法呼气，圆月也浮现在樱花树头顶的夜空中。二者合一，这样完美的樱满月不知何年才能再有一次。东山魁夷的画中时常描绘这样茂盛的植物，明明充满了生命力的活跃，却怎么看都有着浓浓的孤独与静默，使观者产生此情此景只有自己一人的错觉。至深的情怀和细微的观察在画家笔下相互融合在一起，使得这幅画并不单单是像照片一样的自然美，而是画家流露出的纯真的诗意与感动，这份感动与画家心中的那一片静默相吻合，进而把这美妙的花满月表达了出来。眼前的此情此景与其说是作为对自然的绘制，倒不如看作是东山魁夷灵魂的真实写照，这时对眼前客观事物的描写不再重要，画家情绪的表达才是最重要的。在东山魁夷的画中，表面无人，实际上却藏着两个人，一个是画家本人，一个是观众，这就正体现了东山魁夷常强调的那句话：“画家要与风景对话。”东山魁夷十分爱画月亮，正应了前文中提到日本人不爱太阳更爱神秘十足的月亮。《两个月亮》这幅作品描绘的是天上的月亮与水中的月亮交相辉映的场景，充满着形式美感。东山魁夷用湖水倒映呈现出一种稳定的秩序感、节奏感和些许微妙的变化感，一排排的杉树不知延伸到何处，给人一种紧凑感，而上下两颗月亮在空荡荡的天上和水中又呈现了十分舒缓的节奏。据说《两个月亮》是象征了东山魁夷内心无法忘怀的对两个故乡的热爱之情。东山魁夷曾说：“我没有真正的故乡。孕育着我的艺术的故乡是日本各处的自然、山野、森林和海洋，我对这些最感亲切，哪怕只是一棵树，一株花草，都能够使我感到像和亲人厮守一处，欣然达到心灵的交流，西方的游历使我倍感亲近，但现在看来，只不过是促进我更加热爱日本的风景和文化。从这个意义上说，我不是一个丢掉故乡的人，故乡可以说就在我的心中。”[①] 其实，这种乡愁一直都在东山魁夷的作品中有所体现，美术评论家河北伦明曾说：“东山魁夷的艺术正是在游历海外中怀念家乡，从而达到一种和谐，在此基础上诞生的独特风格。”

东山魁夷的作品还被川端康成称为“充满禅意的现代宗教画”，其作品

① 饶建华．东山魁夷绘画美学思想研究[D]．重庆：西南大学，2011.

在很大程度上就是以“物哀”作为美的感动的主体而呈现。同时，他的绘画是将“心”所抓到的对象之真意，用单纯的线条和冷调的色彩演化为类似水墨的形式所展现，表面是简洁且朴素，缺乏色彩，内在却充满丰富的线和色，只有借助“心”才能看到的“无中万般有”之意境。可以说，东山魁夷绘画中通过“无”中生“有”所达到的艺术魅力不失为其最根本的特色所在，并通过这样的形式确定了其艺术中的美学价值，也体现了日本“物哀美”和禅宗的美学境界。东山魁夷时常感叹：“究竟什么是‘生’？我来到这世界，很快又会离开这世界。没有常住之世、常住之地、常住之家。我看轮回、无常才是生的佐证。”正是这样的生死观造就了东山魁夷和大多日本人对待艺术的审美趋势。日本人把自己看作是大自然的产物，这种心境是流动在日本人骨子里的情怀。所以，东山魁夷常常告诉自己“画画就是自己的祷告”，因为画面上有他寄托的意义和价值。祈祷就是对安置父母和弟弟的灵魂的祈望，也是对自己还活在这个世界上的感恩。可事实上，大自然对人类并不是永远都那么的温柔，大自然对人类偶尔的“教训”让人类敬畏，也会让人类受难，甚至还会夺走人类的生命。东山魁夷认为这些来自大自然的神秘且巨大的力量使人类成长，使人类更加懂得美是什么。东山魁夷正是通过传统“物哀”的审美意识提取了自然中纯粹的美感，用最单纯的眼睛去看待大自然，与大自然亲密对话，把自然的感受转化为艺术语言，给我们呈现出一幅幅令人赞不绝口、宛如沉浸在梦中一般的佳作。

第八章　中日文学关系略论

第一节　中国传统文化对日本文学的影响

由于古代日本列岛的文化远远落后于中国，所以在长期的中日交往中，汉文化对日本文化产生了深远的影响。在明治维新以后，日本虽然提倡欧化，努力向西方学习，但是中国的传统文化早已扎根于日本民族的土壤，即使在日本文学中，也不难找出中国文化的痕迹。在近代之后，日本国力逐渐增强，而此时期中国国力日益消减，处于被殖民地位，此时两国的文学间的影响也处于互换的位置。因此，在本章探讨的中国文学对日本文学的影响只限于中国古代文学对日本古代文学的影响。

在中国文化传播过程中，文学方面最被外国称颂是唐诗，同样在日本古代文学的发展过程中，唐诗曾一度被传诵于日本社会各个阶层，而日本文人也皆以能作唐诗而自豪。此外，还有一种文学也对日本古代文化产生了重要影响，那就是中国的古代神话。

一、中国古代神话与日本古代创世神话

中国的神话有文字记载的著作始于西汉刘安所著的《淮南子》和三国时期徐整所著的《三五历纪》。其中，《三五历纪》为最早完整记载盘古开天传说的一部著作。据考证，日本的神话基本上形成于4世纪以前，然而目前所能看到的对日本神话的记载主要来自成书于8世纪初的两部日本史书——《古事记》和《日本书纪》。《古事记》由稗田阿礼据《帝纪》和《旧辞》讲

述，太安万侣记录而成。《日本书纪》成书稍晚于《古事记》，是由许多人集体编纂的官修正史，体裁模仿中国史书。这两部书都是在天武天皇（约631—686年）召集下编纂的。当时的日本已基本完成统一，迫切需要在意识形态上确立天皇的统治秩序，以达到国家长治久安的目的。天武天皇下诏曰："诸家之所赍帝记及本辞，既违正实，多加虚伪。当今之时不改其失，未经几年其旨欲灭。斯乃邦家之经纬，王化之鸿基焉。故惟撰录帝记，讨窍旧辞，削伪定实，欲流后叶。"在这一思想指导下，这两部史书对本国的原始神话进行了历史化的有利于"邦家之经纬，王化之鸿基"的"削伪定实"，完成了以皇室的祖先神——天照大神为中心的天上世界及其子孙降临日本、平定国土的神话体系的构筑。

由上述可见，中国古代神话有文字记载远远早于日本神话的记载，这可以证明中国古代神话系统先于日本古代神话系统，但并非仅仅是时间上的领先。

《古事记》的第一句话是"天地初发之时"，然而天地是如何"初发"的呢？没有具体地说。不过，《日本书纪》对此有清楚的记述："古天地未剖，阴阳不分，混沌如鸡子，溟涬而含牙。及其清阳者，薄靡而为天，重浊者，淹滞而为地，精妙之合抟易，重浊之凝竭难。故天先成而地后定。然后，神圣生其中焉。故日，天辟之初，洲壤浮漂，譬犹游鱼之浮水上也。"

这段话似曾相识。《淮南子·俶真训》云："天地未剖，阴阳不判，四时未分，万物未生。"《淮南子·天文训》云："清阳者薄靡而为天，浊者凝滞而为地。""清妙之合专易，长浊之凝竭难。"（专抟通假）《三五历纪》云："天地混沌如鸡子。""溟津始牙，漾鸿滋萌。""天地开辟，阳清为天，浊阴为地。"

由此可见，日本神话是在中国神话的影响下形成的。当然，也不能排除另一种可能性，即日本列岛的原住民也有自己的天地起源神话，只是在面对外来移民（从中国大陆迁徙日本列岛的移民）的强大影响，以及在统治者"削伪定实"之后荡然无存了。总而言之，中国神话在日本创世神话的形成上发挥了重要作用。

二、唐诗和日本和歌的产生

唐朝是我国政治、经济、佛教、文化发展的鼎盛时期。空前繁荣的社会造就了一大批著名的学者和诗人，李白、白居易等都是具有世界声誉的伟大诗人。他们才华横溢，创作的诗篇热情奔放、意境深远，诗歌题材的领域得到前所未有的开拓。唐代诗坛多种艺术风格的争奇斗艳，诗歌体制的完备成熟，形成了百花齐放的伟观。

隋唐时期，中日交流的密切程度是空前的。日方派遣了大量留学生和留学僧，还有大量民间交流活动。日本留学生在中国学习期间，不只是学习中国的政体制度、建筑、法律之类，文学也是学习的重要内容，而唐诗是文学学习中的主体。

公元 751 年，日本第一部汉诗集《怀风藻》问世，共收集诗作 120 首，作者多是宫廷贵族、僧侣儒生等上层阶级。虽然内容多为描写上流社会生活的平庸之作，但也有佳作颇具初唐风格，为日本的汉诗创作的形式和内容开了先河。比如，日本大友皇子（648—672 年）21 岁所写的汉诗《待宴》:“皇明光日月，帝德载天地。三才并泰昌，万国表臣仪。”大友皇子的诗气度非凡，以“皇明”“帝德”“三才”“泰昌”表现了太平盛世的局面。

被称为日本的“诗经”的《万叶集》经多年、多人编选传承，在 8 世纪后半叶由大伴家持（710—794 年）完成。这部和文诗歌，更多地表现了日本民族的风格和特点。但由于它产生的时代正值中国的盛唐时期，许多和歌作者同时又是汉诗人，因此这些在中日文化交流的氛围中产生的和歌，从形式到内容，无处不见汉文化的印记。《万叶集》是经过许多文人之手编辑而成的日本传统的古典诗歌形式——和歌的第一部总集，这部和文诗歌是采用汉字写成的，它收集了较长一段历史时期，较广大的地域内，上至天皇、下至平民百姓约五百余人的诗歌创作。《万叶集》的编次方法，各卷不同，有的卷按年代编次；有的卷在编排上采用了我国六朝《文选》的分类方法，分为挽歌、相闻歌和杂歌三类；有的卷还设譬喻歌防人歌（戍边兵士歌）等目。从公元 794 年至 1192 年是日本平安时代，平安初期，日本人写汉诗蔚然成风，日本学者倡导“文必秦汉，诗必盛唐”，汉诗很快家喻户晓。此后，随着日本假名的创造，日本文学进一步从中国文学中汲取养分，创造出更多的作品，此时“物语”文学兴起。

三、白居易的诗歌与《源氏物语》

日文“物语”一词，意为故事或杂谈。物语文学是日本古典文学的一种体裁，产生于平安时代，公元 10 世纪初，它在日本民间的基础上形成，并接受了我国六朝、隋唐传奇文学的影响。在《源氏物语》之前，物语文学分

为两个流派，一为创作物语如《竹取物语》《落洼物语》，纯属虚构，具有传奇色彩；一为歌物语，如《伊势物语》《大和物语》等，以和歌为主，大多属于客观叙事或历史记述。

《源氏物语》是物语文学中的顶尖之作，堪比中国《红楼梦》。全书 54 回，近百万字，前 44 回以光源氏一生为中心，描写他的爱情、政治等由荣华到没落的经历，是全书的主体部分；后 10 回描写光源氏之子薰（是为三公主与柏木大将的私生子）与宇治山庄女子的爱情纠葛。小说历经 4 代天皇，跨越 70 多个年头。作者紫式部自幼深受汉学影响，其在此书中多处引用中国古代典籍，有《老子》《庄子》《战国策》《诗经》《论语》《史记》《昭明文选》中的内容，以及白居易、刘禹锡、陶渊明的诗歌。其中，引用最多的是白居易的诗歌，特别是长诗《长恨歌》对《源氏物语》的影响深远。主要可以从以下几个方面得以印证。

（一）《源氏物语》多处引用白居易的诗歌

要客观深入地研究白居易诗歌对《源氏物语》的影响，首当其冲的工作就是要探明《白氏文集》中的白居易作品在《源氏物语》中的分布情况。关于这一点，日本的源学家们做了大量的考证工作，尽管考证的结果不完全相同（主要是在诗文引用的数量上存在一定的差异），但在基本认识上是大体一致的。对于“引用”二字，在这里是一个广义上的概念，紫式部对《白氏文集》的引用，就方法论而言，可分为直接引用、借用、类似三大类。与《源氏物语》有影响关系的白诗共 47 篇（包括陈鸿的《长恨歌传》）。紫式部在《源氏物语》与《白氏文集》的有关联之处共约 102 项，其中引用类为 17 项，借用类为 16 项，类似类为 69 项。这 102 项有关联处可分为三种情况：一为直接引用；二是以隐喻的形式借用原典；三是不露痕迹，把文集中原有的词句融化开来派作新的用场，这样可以看出表现手法和词句的类似。作者紫式部并没有单纯地引用白诗，而是将《白氏文集》融会贯通、烂熟于心之后，创造性地加以应用，营造了各种意境，展示了高超绝妙的写作手法。紫式部在《源氏物语》中引用白居易的诗歌比较集中地体现在《桐壶》（11 次）、《须磨》（8 次）、《魔法使》（7 次）和《寄生》（7 次）等卷。

（二）《源氏物语》仿白居易写诗手法——借景抒情，寓情于景（哀伤，悲伤之情）

《源氏物语》中的《桐壶》卷，描写桐壶帝和更衣的悲剧故事，更衣被人嫉妒，悲伤成疾而死去。桐壶帝追念更衣的妖媚温柔，十分伤心，吟诗时表现出哀婉凄楚的情思。作者用凄凉的环境和气氛衬托桐壶的悲伤心情。这段描写的情景犹如《长恨歌》中的环境和氛围。再如，白居易在《八月十五夜禁中独直对月忆元九》一诗中这样写道："银台金阙夕沉沉，独宿相思在翰林，三五夜中新月色，二千里外故人心。渚宫东面烟波冷，浴殿西头钟漏深。犹恐清光不同见，江陵卑湿足秋阴。"这是白居易在翰林院中只身独宿，遥念远处江陵卑湿之地的元稹而写的诗句，诗中描写了大殿、月色、烟波，营造了一种思念之情。而在《源氏物语》中，谪居须磨的源氏在怀念京中情景时，作者这样写道："此时一轮明月升上天空。源氏公子想起今天是十五之夜，使无穷往事涌上心头。遥想清凉殿上，正在饮酒作乐，令人不胜艳羡；南宫北馆，定有无数愁人，对月长叹。于是凝望月色，冥想京都情状，继而朗吟'二千里外故人心'，闻者照例感动流泪。"(《须磨》) 作者由景入情，由月色而思念京都的故人，以往的富贵权势，几多爱人，如前尘云烟不复存在。想及于此，光源氏攒眉长叹，不胜恋恋之情。

（三）《源氏物语》对白居易诗歌情节的运用——以《长恨歌》为例

白居易 35 岁时所创作的《长恨歌》传到《源氏物语》作者紫式部的手中，已是两百年之后的事了。紫式部在创作她的物语小说时，受到了《长恨歌》相当大的影响，书中的很多地方都可以看到《长恨歌》的影子。

《源氏物语》的开篇《桐壶》一回就源于白居易的叙事长诗《长恨歌》。作品开头这样写道："话说从前某一朝天皇时代，后宫妃嫔甚多，其中有一更衣，出身并不高贵，却蒙皇上特别宠爱。"这说的便是桐壶妃，由于她遭众多妃子妒忌，所以心情郁结，并且生起病来。皇上越发怜爱，一味专宠，于是朝中大臣侧目而视，相互议论："将来难免闯出杨贵妃那样的滔天大祸来呢。"这样，作者紫式部在作品的开篇便将桐壶帝与唐玄宗、桐壶更衣与杨贵妃联系到了一起。尽管两个故事的发源地不同，但题材、情节却颇为相似。随后更衣病逝，桐壶帝悲情不减，终日不理朝政，"朝朝暮暮以泪洗面"，而"她的声音相貌，现在成了幻影，时时依稀仿佛出现在眼前"。这

些话使人不由得想起《长恨歌》中的诗句："蜀江水碧蜀山情，圣主朝朝暮暮情""芙蓉如面柳如眉，对此如何不泪垂"。而作者在书中继续写道："命妇从更衣娘家回来，将更衣的母亲所赐更衣的遗物（衣衫、梳具）呈与皇上时，皇上看了，想到'这倘若是临邛道士探得了亡人居处而带回来的证物钿合金钗'。"与《长恨歌》中"临邛道士鸿都客能以精诚致魂魄"有异曲同工之妙。整个《桐壶》篇中将白居易《长恨歌》或直接引用，或间接借用，或融化其中的句子进行类似的表达，表现出桐壶帝失去爱人的悲恨心情。

《桐壶》篇中，桐壶帝与更衣之间的凄美爱情引出了全书主人公源氏公子出场的序幕，提出了贯穿全书主题的基调，即对爱人的殊宠和亡故后的悲伤。在光源氏的爱情婚姻生活之中，仍然可以继续找寻到《长恨歌》的影响。源氏公子幼年丧母，因而对藤壶后母有着思慕之情，然而终不能寻得，于是紫姬走进了他的生活，以此替代。不料紫夫人最终病逝，其后一年，光源氏也在唏嘘叹息之中从物语中消失了踪迹。光源氏一生与周围的许多女性都有着爱情，但始终蕴含着未能得到满足的悲痛。这些女子或病逝（如夕颜、葵姬、紫姬），或命运坎坷（如六条妃子），或出家修行（如空蝉、三公主），始终延续着淡淡的哀愁。在《源氏物语》的《葵姬》《魔法使》篇中，表现了光源氏对爱人离去的悲伤之情："这些墨稿之中，有缠绵悱恻的古诗，有汉文的，也有日文的。无论汉字或假名，都有种种体裁，新颖秀美。左大臣叹道'真乃心灵手巧！'只见源氏公子在'旧枕故衾谁与共？'这句诗旁写着：'爱此合欢塌，依依不忍离。芳魂泉壤下，忆此更伤悲。'又见另一张纸上'霜华白'一句旁边写着：'抚子多朝露，孤眠泪亦多。空床尘已积，夜夜对愁魔。'(《葵姬》)'鸳鸯瓦冷霜华重，翡翠衾寒谁与共？'(《长恨歌》)看见无数流萤到处乱飞，便想起古诗中'夕殿萤飞思悄然'之句，低声吟诵。(《魔法使》)'夕殿萤飞思悄然，孤灯挑尽未成眠。'(《长恨歌》)"由此可以看出，在《源氏物语》全书整个的情节框架之中，都有着紫式部从《长恨歌》汲取影响的痕迹，她凭借自己深厚的文学功底，创造性地借鉴吸收白居易《长恨歌》的精髓，深化了自己的物语世界。

白居易及其诗歌，无论从宏观上还是从微观上，都对日本的古典名著《源氏物语》的创作产生了深厚的影响。但是精通于本土传统文化和汉文化的紫式部，立足于日本民族的特性，对白居易及其诗歌做了充分而又有所选择的吸收，从而形成了日本新的文学实体和新的思想体系。

日本文学从借鉴中国文学中形成了自己独立的民族文学。从这个意义上讲，任何民族的文化不能局限于自己的传统，必须借鉴和汲取外来民文化的精华，才能更好地发展自己的文化。我们可以从中国文学对日本文学的影响及日本文学发展与繁荣的经验中认识到：我们应当从世界各国文学中学习更多的知识。那么，文学创作该如何保持我们固有民族个性又能融入新的元素，同时为他人所吸收接受呢？考察日本文学融合外来文化的过程与方法，或许能给研究学者提供一定的借鉴与帮助。

第二节　日本近现代文学对中国近代文学建构之影响

世界上任何一个国家的文化的发展，都不可能是孤立封闭的自我成长，总是要和别国的文化进行交流，互相影响、补充、渗透，不断借鉴、吸收、融合外来文化。就中国而言，特别是在19世纪末20世纪初，这种文化交流的深度和广度都达到了空前的程度，对我国现代新文学起着明显的、巨大的推动作用。在中外文化交流的历史上，中国与一衣带水的邻邦——日本之间的交流格外引人注目。尤其是近代，这种交流更以日本对中国单方面的影响为主要趋向。

中国近代文学是在中国社会风云激荡的历史性变化之下，广泛接受外国文学影响，融入世界文学潮流而形成的真正现代意义上的新的文学。钱钟书言：“现代中国文学受外国文学的影响是毋庸讳言的，但这种文学借鉴不是亦步亦趋的模仿，而是如鲁迅所说‘放出眼光，自己来拿’。”那么，在开放的世界体系中，在社会要求与外来影响的相互撞击中，特别是在“拿来”构建中国现代文学的历程中，日本文学究竟起到了怎样的作用?

一、日本文学经验的现代性，对中国现代文学之构建产生了积极影响

翻开近代文学巨卷的扉页，首先映入眼帘是这样一些名字：鲁迅、郭沫若、郁达夫、周作人、田汉、张资平、欧阳予倩、刘呐鸥、夏衍、李大钊、陈独秀……在中国近代文学发展的特殊阶段，这些中国近代文学的中坚均留学过日本，由他们发起和指导的中国新文化运动、话剧运动、左翼文艺运动，以及由他们成立和领导的创造社、中国新感觉派，均与日本文学有着千丝万缕的联系。日本近代文学经验是中国近代文学非常宝贵的资源，不论是在艺术上还是在思想上，都对中国近代文学具有积极的影响。这种“积极

的影响”首先体现在日本文学经验带来的不可阻挡的近代性。鸦片战争的爆发，催生了中国近代史上声势浩大、影响深远的留学运动。甲午战争之后，康有为提出了“请广译日本书，大派游学，以通世界之识，养有用之才”，张之洞发表了“不啻为留学日本宣言书”的《劝学篇》，近邻日本作为赴外留学的首选目的地进入中国文人的视野。清政府意欲巩固专制统治的扶持政策、日本培植亲日势力的实际需要，以及中日间同源的文化、相似的人种和地缘优势，使得“留日热”迅速兴起。而这批留日知识分子中的“精神界之战士”，带着“或排满，或革命，舍死去做”的决心投入日本的异域体验之中，“开始看清了我们中国在世界竞争场里所处的地位”“开始明白了近代科学不问是形而上或形而下的伟大与湛深”“觉悟到了今后中国的运命，与四万五千万同胞不得不受的炼狱的历程”。正是在这样的异域体验之中，留日知识分子的民族意识勃兴、民族主义情绪高涨，探讨建立“民族国家”的言论大量产生，构成了留日知识分子的思想主潮，反映在文学领域，就是关于“革命”“民族崛起”是否可以内在于“文学”的追问。

众所周知，中国近代文学的“新路”是从诗歌开始的。而日本文学对中国近代文学之影响，也首先体现在诗歌上。在日本，梁启超提出了著名的“诗界革命”的主张。这一革命不仅涉及语言形式，更重要的是直击诗歌“新境界”之靶心：维新派知识分子乃至南社革命派的同时代人都纷纷在诗作中表现出自由、民主、平等、主权等极具近代意识的命题，而日本，实际上成为传播和探索中国“新派诗”的中心。不仅诗界如此，“小说界革命”也不容忽视。日本的文学改良运动中，以“经世济民”为创作宗旨的政治小说成为启发民智、宣传政党理想的工具，其对政治改革产生的推动作用，引起了中国维新派人士的重视。在中国的新小说尚处于孕育阶段的时候，梁启超基于对日本小说经验的研习，在日本横滨创办了《新小说》杂志，将小说奉为“文学之最上乘”。1918 年 4 月，周作人在北京大学文科研究所发表了题为《日本近三十年小说之发达》的演讲，从日本明治维新以来的小说发展历程中总结出“摆脱历史的因袭思想，真心地先去模仿别人”。

同样，对民众启蒙、社会改革的热望，使留日中国知识分子力图通过戏剧实现“移风易俗”的目的。陈独秀在评价戏剧的作用时曾言：“戏园者，实普天下人之大学堂也；优伶者，实普天下人之大教师也。”这些学堂以“唤起国家思想为唯一目的”，这些教师以传达民族主义或民主革命的时代情绪为己任，他们从当时日本新派剧探索的热烈氛围中体验着戏剧的形态与魅力，并在随后的艺术实践中摆脱了单纯异域文化输入的模式，在同本土观众的“教学相长”中提升了戏剧艺术的境界。

日本因素介入的第四场革命是"文界革命"。在集中体现中国近代散文创作成就的政论性散文领域，当时大行其道地讲求"阐道翼教"的桐城派古文和极尽修辞对仗之能事的俪偶骈文均已无法传达中国文人深重的忧患，而日本文学的革命性、现代性动向给中国散文变革提供了巨大的资源，日本的散文经验恰到好处地支撑了大势所趋的文体革命，日本的国土也为中国留学生呼唤革命、畅谈自由与人权提供了中国封建统治者政治控制鞭长莫及的舞台。

二、留日文人现实问题意识的工具性，制约着中国近代文学的健康成长

纵观中国 20 世纪的历史进程，救亡与启蒙、西化与民族化、传统与创新等一系列问题始终萦绕、挥之不去。而"浮槎东渡"的留日中国文人，又将这种无法摆脱的纠结和骚动不安演绎到了极点。他们认定"我中国今日欲脱满洲人之羁缚，不可不革命，我中国欲独立，不可不革命，我中国欲与世界列强并雄，不可不革命，我中国欲为地球上强国，不可不革命"，他们就是鲁迅笔下的"摩罗精神"的具象，他们留学的目的是向中国输入日本近现代化经验。于是，大量急于改变中国文化命运的知识分子集聚日本，因为这里汇集并中转着他们最为需要的西洋文明，展示和炫耀着令他们艳羡的东洋文明。郭沫若说："我们在日本留学，读的是西洋书，受的是东洋气。"正是基于对西洋文明和东洋文明的热切向往，使得大部分留日中国文人面对日本文化和日本文学的时候，缺失了文化传播和文学接受中理应持有的距离感。因此，他们较少跳出浸淫其中的文化氛围，从一个旁观者的角度做冷静的观察和理性的思考，未能全面、深入地挖掘出日本文学对中国近代文学发展的多重意义，而是在迫切心理的驱动下，经判断是对中国近现代化有用的、可以解决中国现实问题的，就倾尽全力地加以介绍、吸纳。浓重的现实问题意识，使文化传播和文学接受显现出浓重的工具性，从而导致了一定程度的盲目性，这样的负面影响潜在地制约着中国近代文学的健康生长。

现实问题意识的工具性集中体现于"小说界革命"之中。如前所述，梁启超及 20 世纪初叶中国作家尝试的"小说界革命"极大地提高了小说在读者与作者心中的地位，并在整体上拉动了中国文学大调整的帷幕。但是，无论是留日的中国文人还是国内的维新派知识分子，他们对日本小说的关注仅仅局限于其蓬勃发展的事实、启蒙民智的成果，而极度缺乏亲身体验的实感。特别是像梁启超这样一个将政治失败的焦虑转移至文学领域的政治家，

无时无刻不在追问“革命”是否可以内在于“文学”，急切地希望找到一条能够解决现实政治难题的万全之策。因此，他无暇深入研究日本维新的整个过程，充满主观臆断地放大其中的某些因素。关键在于，像梁启超这样急切的功用心态实为留日中国文人之常态，怀揣的难以抑制的焦虑无可避免地影响到小说作家的创作心境，最终影响到小说本身的深度与广度，影响到艺术作品本身的价值。这种影响投射于现实，表现为中国当时的政治小说完全摒弃了日本“启蒙文学”思潮中政治小说的政治加私情的模式，彻底将个人私情抹杀，独留枯燥的说教。

三、丰富文学美质但偏安一隅的余裕性，与中国现代文学的密切联系

在充斥着革命急躁情绪的大部分留日中国文人看来，文学的美质俨然成为“载道”的附属。然而，在日本众多的文论中，极度缺乏“革命气息”的夏目漱石的“余裕论”却吸引了鲁迅等人关注的目光。1907 年，在为高滨虚子的小说集《鸡冠花》所写的序言中，夏目漱石提出了“余裕派”和“非余裕派”小说的分类，他指出：有余裕的小说就是“低徊趣味”的小说，这种趣味是“流连忘返、依依不舍”的；没有余裕的小说是“高度紧张的小说”，是“没有舒缓的成分、没有轻松因素的小说”“出现的都是生死攸关的问题，发生的是人生沉浮的事件”。在中国，最早译介夏目漱石及其余裕文学的是鲁迅。其后，自 20 世纪二三十年代起至四五十年代间，中国翻译出版的夏目漱石的作品基本上是以《草枕》为代表的、充分体现其余裕特点的前期作品。这些作品为鲁迅所推崇，被大批中国读者所青睐，似乎与当时的社会背景及留日中国文人的主流思潮相悖，特别是被誉为“战士”的鲁迅对余裕文学的热心提倡，更是使人大惑不解。

余裕性对于丰富文学审美的意义是毋庸置疑的，但在中国轰轰烈烈的变革时代中，并未得到多数人的认可，始终偏安一隅。但是，正是在余裕文学的影响和对余裕论的超越下，鲁迅及其“战友”进行了一系列艺术的、“以寸铁杀人”的“文明批评”和“社会批评”，散发出无可比拟的深刻而持久的光辉，成就了中国近代文学中的闪亮篇章。

在中国近代文学构建的过程中，日本文学经验的现代性发挥了积极影响，并在多种力量的共同作用下，使中国文学顺利完成了现代演变与过渡；留日中国文人现实问题意识的工具性，使日本文化和文学在中国的传播和接

受产生了偏差，一定程度上制约了中国现代文学的健康成长；而丰富文学审美但偏安一隅的余裕性，使日本因素在中国现代文学的构建中闪现出独特的光辉。

第三节 五四时期日本文学与中国文学关系管窥

文学是具有世界性的，每一个国家的文学都在与其他国家文学的不断交流中发展壮大。日本作为中国的一个相当特殊的邻居，从经济到文化，对中国都有一定的影响。在五四时期，中国文学处于辛亥革命与新文化运动的大环境之下，成为中国现代文学形成过程中的奠基部分。此阶段，日本文学处于近代文学的阶段，对中国文学有着不可忽视的影响。

一、五四时期的中国文学

（一）五四时期的中国文学史

五四时期的中国文学是以辛亥革命为背景产生的，分为产生期、建设期与收获期。

产生期主要以胡适发表的《文学改良刍议》中提出的“八事”为开端。之后，陈独秀在《文学革命论》中提出著名的“三大主义”。他指出：“曰，推倒雕琢的阿谀的贵族文学，建设平易的抒情的国民文学；曰，推倒陈腐的铺张的古典文学，建设新鲜的立诚的写实文学；曰，推倒迂晦的艰涩的山林文学，建设明了的通俗的社会文学。”“三大主义”的提出，在理论上为新文学的产生指明了道路。刘半农对文章要分段、要加标点符号的理念的提出，规范了现代文学的格式。

建设期主要是指胡适在《建设的文学革命论》中提出对文学形式的探讨，并提出“国语的文学，文学的国语”的观点，李大钊也对文学内容提出要求“宏深的思想，深刻的学理”。这些观点是对新文学的文学形式、思想革命、文学内容提出具体的要求，为现代文学的产生提出了更加具体的要求，使五四新文学的发展方向更加明确。

收获期主要是指白话文文学的产生。1917 年 2 月，胡适等人在《新青年》上发表了八首白话诗，这意味着新诗的产生。《新青年》不仅唤醒了现代青

年的个性意识，还增强了他们的对社会的改造意向，《新文学》成为五四文学的先声。这期间的代表作有刘半农的《教我如何不想她》，运用白话文写诗，感情真挚，对当时的文学界产生了重大的影响。同时，陈独秀、胡适、鲁迅等人开始运用白话文进行杂文创作，成为现代杂文的样品。文学家、思想家、革命家鲁迅还在《新青年》上发表了第一篇白话文小说《狂人日记》，在文学界及整个社会都引起广泛的震动。鲁迅先生成为现实主义文学的先驱，确立了现实主义文学在五四文学中的主体地位，推动着五四文学不断向前发展。

（二）五四文学的文学理论

胡适作为五四新文学运动的领导者，在进行五四文学理论的创设成就时曾指出："我们的中心理论只有两个，一个是我们要建立一种'活的文学'，一个是我们要建立一种'人的文学'。前一个理论是文字工具的革新，后一种是文学内容的革新。"胡适关于五四文学的文学理论的提出，在现在看来并不完善，值得推敲，但在五四运动时期能提出这样恳切的文学史反思，是值得广大学者重视的。

中国现代文学的核心是白话文的建设问题，而五四文学是中国现代文学的开端。为此，五四文学的文学理论围绕白话文建设展开，并为现代文学的发展进步而努力。此时的社会大环境是动荡不安的，各学派学者各抒己见，将白话文与文言文孰轻孰重的问题推到了风口浪尖。在进行争论的过程中，各派人士的认知都比较极端，并吸引了大批学者的关注。在《中国新文学大系》中，关于白话文与文言文争论的文章占据了大量篇幅，这一争论久久不能落下帷幕。直至 1920 年北洋政府教育部颁布命令，要求国民学校的低年级国文课教育统一运用白话文体，使白话文的地位得到确立。

有关白话文的语言理论成为支撑五四文学顺利发展的重要理论。相关知识分子明确地认识到了思想文化的表达是离不开语言的，要充分利用语言表情达意的功能来进行思想文化的阐述，让现代人运用好白话文在日常生活中与他人进行交流，并达到传达思想感情的目的。在日常生活中更多地运用白话文，才能让更多人将白话文运用到文学创作中去，使白话文体得到普及，为更多人所承认。同时，现代白话文的义构成和语法结构是深受外来语言影响的，尤其是由于五四文学的引导者们多数留学日本，使中国的白话文体深受日语影响。使得白话文运动成为文学形式、文学内容乃至文学思想的革新。

同时，“人的文学”在五四新文学运动中成为一种理论指导，这一理论引导广大知识分子挣脱封建制度的枷锁，将个人的独立自由的精神放到一个相当重要的位置，从而促使广大知识分子追求解除人的自然属性，倡导将个体心性超越自身的有限存在感，成为五四文学在思想内容方面的指导。

由于当时各学者对现代文学的认知还不够到位，将白话文体作为五四文学的形式指导理论，将“人的文学”作为思想指导理论，都不能形成完整的理论指导体系。但随着这两者的理论指导，五四文学不断催生出新的文学，从而推动了现代文学的产生。

二、日本自然主义对五四文学的影响

（一）日本自然主义的理论特点

首先，日本自然主义强调“贴近自然”，在进行文学创作时追求无限制地放大自然。其次，日本自然主义还强调“无理想、无解决”的“平面描述论”，其出发点是“无理想”。日本自然主义作家和学者认为实现理想需要在远离社会、远离现实世界的条件下才能完成，理想的产生使人们对现实生活的把握多了不可靠因素，因此在文学上贴近自然，打破理想境界才能实现对“真”的追求。最后，日本自然主义强调追求人性的“自然性”，认为在文学创作时要追求人类“本能冲动”，展现人性中的动物性的一面。相关学者会在自己的作品中毫无顾忌地描述黑暗、暴力、血腥的内容，以求在对人类的黑暗面进行研究之后塑造更立体的人物形象。后两点是在“贴近自然”的理论上形成的，成为第一点的延伸。

自然主义是日本特有的理论，摆脱了对西欧文学的盲目模仿，使日本近代文学的独特个性得到了确立。日本的自然主义是以日式的思考方式进行文学作品的创作的，将“自然”还原为真正的原原本本的自然，打破理想境界而无限扩大现实世界，一味地描写身边发生的实事，并最终导致“私小说”的出现。日本自然主义理论的产生是有迹可循的，在《源氏物语》中，紫式部就强调应用“写实论”来进行文学创作。但日本古代的写实意识是以感情为主色调，强调以真情实感进行创作，从而实现对真实性和自然性的追求。

（二）日本自然主义与五四文学

日本自然主义给五四时期的中国文学带来了极大影响，也造成了诸多学

者对其的误读。许多学者并不重视日本自然主义，同时，由于部分日本学者对自然主义与现实主义的混淆，造成了中国学者无法准确地理解何为真正的自然主义，使各学者对其进行误读。特别是深受传统文化影响的中国学者们，自然能够在五四时期吸收外来先进思想进行五四新文学运动，但对于日本自然主义学者对人类“兽性”的追求无法理解，认为其会对中国群众的思想带来负面影响。

种种误读使得日本自然主义对中国文学的影响被局限在一个较小的范围内，但其带来的影响并不容忽视，尤其体现在五四时期的创造社上。

五四时期是一个充满矛盾与冲突的时间段，是中国由黑暗社会走向光明社会的转折时期。此时，各知识分子的人生理想无法在这个动荡的社会得到实现，人们要不停地与黑暗现实做斗争，需要一个发泄点来表达自己内心的愤懑，将灵与肉解放出来。而日本自然主义中的“自叙传”手法为广大与黑暗现实进行抗争的知识分子提供了发泄的需要。郭沫若和郁达夫是这一时期创造社的代表人物。

郁达夫在创作《沉沦》时，描述的多是孤芳自赏的内心世界，以自我为中心，进行自叙式的文学创作，是自然主义在中国五四时期文学中最显著的体现。郁达夫作为一个真正的文学青年，在文学的世界中对统治者的黑暗统治进行反抗，脱离政治内容，在文学创作中追求精神上的满足。这种正是受日本自然主义的影响的突出体现。这与日本自然主义发展到后期“私小说”的出现，倡导将个人与社会割裂开来，从而发现真正的自我是十分类似的。

日本自然主义是将个性解放放在首位的，这一点与五四时期的社会大环境不谋而合，成为相关知识分子接受自然主义的一大助力。自然主义强调自我的意识，促使了中国先进青年们追求个性解放，通过文学创作来表达自己内心的痛苦与矛盾，高唱着“要重新创造我们的自我”，在强调真实的情况下追求个性解放，成为日本文学在五四时期对中国文学最大的影响。

综上所述，中国文学的发展历程十分悠久，在发展过程中必不可少会受到其他国家文学的影响，特别是日本文学与中国文学有着十分密切的联系。在五四时期，由于各阶层知识分子欲挣脱黑暗社会的枷锁追求个性解放，虽然不能正确理解与接受日本的自然主义，却也在最大程度上受到了日本文学的影响。

三、日本文学的发展与中国文学的影响与启示

在20世纪80年代，川端文学及新感觉派文学对我国“寻根文学”和“先锋派文学”的领军人物贾平凹、余华和莫言的创作产生过至深的影响。这是继20世纪30年代之后日本新感觉派文学对中国文学创作所产生的第二次大规模影响。

在新时期的外国文学介绍中，川端康成文学的译介十分引人注目。尽管他的作品早在1934年就曾被译成中文，但大规模的译介还是从20世纪70年代末才开始的。20世纪80年代，川端文学及新感觉派文学是学界的研究热点之一，从侧面促进了中国现代文学史研究和文学观念的革新，对贾平凹、余华、莫言等一批作家的创作也产生了至深的影响。同时，文学环境的变化又推进了川端文学在中国译介的速度和规模。到目前为止，川端康成的几乎所有作品都有中文译本，仅大型的多卷本文集已经出版3套，这在中国的日本文学翻译史上是独一无二的。可以这样认为，川端文学的译介与20世纪80年代的文学变革具有多重的互动关系，是中日比较文学研究中的一个重要课题。

1986年，上海文艺出版社出版了一本《探索小说集》，汇集了新时期以来在小说样式上有所创新的作品。在该书的《代后记》中，评论家吴亮和程德培列举了包括川端康成在内的六位外国作家的名字，认为他们对中国当代文学创作产生的影响最大。文章指出：“川端康成是近来小说创作的一个重要依据和榜样，是他唤醒了某些气质内向的作家的智慧和灵识，把他们的感觉能力磨得更细更敏锐。”有关这一点，的确可以从一些作家的自述中得到印证。

王晓鹰坦率地承认，初登文学殿堂之时，心境迷乱，那时给予她的艰难跋涉以直接影响的就是川端康成。余华也回忆说，1982年与川端康成《伊豆的舞女》的偶然相遇导致了他“一年之后正式开始的写作”。川端康成的作品笼罩了他最初三年多的写作。让余华着迷的也首先是川端文学那“细致入微的描叙”。他说：“那个时期我相信人物情感的变化比性格重要，我写出了像《星星》这类作品。”这种注重人物情感细微变化的描叙形成了余华早期小说的风格，即结构的散文化倾向和自怜自爱的哀伤情调。这种哀伤情调从处女作《第一宿舍》开始就非常明显，以至于编辑点评道：“后半部，哀伤味过浓一些。”在取材方面余华也明显受其影响，注重身边的凡人凡事，如《月亮照着你，月亮照着我》《竹女》《老师》。

显然，川端文学的细腻的描写手法和哀婉的抒情风格对这些作家产生了巨大影响，使得他们的创作在当时伤痕文学和改革文学的宏大叙事的背景下显露出虽然幼稚却关注个体的叙事风格。但与此同时，川端文学也给他们的创作带来了某种压抑。余华称，川端康成“十分内心化的写作”使他感到“灵魂越来越闭塞”。他从20世纪80年代中期开始努力摆脱川端文学的影响。但这种摆脱并不那么简单，从结果看有抛弃的部分，也有更深化的部分，也就是从浅层次的模仿转化为在深层次上对川端文学精神的领悟。余华自认为《十八岁出门远行》是他摆脱川端文学影响的第一篇小说。的确，这篇小说一扫他以前小说中的哀伤情调，立意性和象征性都极强。但小说是以第一人称写的，故事情节的推进全部依赖于主人公自“我”的心理和感情变化的细腻描写。因此，在描写手法上很难说抛弃了川端文学的那种细腻风格。他自己也承认说：“由于川端康成的影响，使我在一开始就注重叙述的细部，去发现和把握那些微妙的变化。这种叙述上的训练使我在后来的写作中尝尽了甜头，因为它是一部作品是否丰厚的关键。”

再有，余华作为先锋派作家的标志在于他对暴力和死亡的冷漠的、不动声色的叙述态度上。从直接的契机看，这无疑是受卡夫卡小说的启发，但是与他曾经在医院生活过、当过医生的经历也显然有关系。其实，与川端文学又何尝不存在千丝万缕的联系？余华曾经在比较川端康成和卡夫卡的不同文学倾向后，指出他们的共同之处无论是二人都是极端个人主义的作家。他们的感受都是纯粹个人化的，他们感受的惊人之处也在于此。川端康成在《禽兽》的结尾写一个母亲凝视死去的女儿时的感受是这样的：“女儿的脸生平第一次化妆，真像是一位出嫁的新娘。”而在卡夫卡的《乡村医生》中，医生看到患者的伤口时，感到有些像“玫瑰花”。这一段话耐人寻味。在此，余华发现了这两个作家在对待死亡和丑恶时都表现出超然、因而敢于直视的态度。事实上，日本学者历来认为，川端文学的抒情风格的深处隐藏着“残忍直视的目光”和“冷漠的眼光”。川端文学那清澈见底的哀婉、稍纵即逝的美正是建立在这种敢于直视死亡和丑恶的基础上的。卡夫卡对人性和社会的深刻洞悉也与他直面死亡和丑恶紧密相关。余华在早期阅读川端文学的时候，显然主要被其忧伤般的抒情风格所打动，而在阅读了卡夫卡的作品后，意识深处的种种记忆——自身的经历，以及川端文学中的“冷漠的眼光”，才被清晰地唤醒和激活。也就是说，余华通过卡夫卡在更深层次上重新发现了川端文学。

就贾平凹的创作风格看，与川端文学相去较远，但他毫不隐讳自己最喜爱的外国作家就是川端康成，“我喜欢他，是喜欢他作品的味，其感觉，其情调完全是川端式的”。但他也知道川端康成的感觉是无法学到的，“你就是专心仿制，出来就走了味儿！”他要学习的是川端文学的精神。他说：“川端康成作为一个东方的作家，他能将西方现代派的东西、日本民族传统的东西糅合在一起，创造出一个独特的境界，这一点太使我激动了。读他的作品，始终是日本的味，但作品内在的东西又强烈体现着现代意识。可以说，他的作品给我的启发，才使我一度大量读现代派哲学、文学、美学方面的书，而仿制那种东西才有意识地又转向中国古典文学艺术的学习。到了后来，接触到拉美文学后，这种意识进一步强化，更具体地将目光注视到商州这块土地上。”对于贾平凹来说，商州系列小说是他的创作经由早期追求乡野之美转变到注重将现实性与文化寻根巧妙融合的尝试。表面上看，与川端康成的飘逸虚幻的文学风格相去并远，但是在有意识地追求将本土文化传统和生活现实巧妙地结合起来这一点上，两者是相通的，正可谓汲取的是川端文学的精神。

莫言对川端文学的接受也没有对具体风格的模仿，而是汲取其精神。创作初期他一直找不到创作的素材，“遵循着教科书里的教导，到农村、工厂里去体验生活，但归来后还是感到没有什么东西好写”。是川端康成《雪国》中描写的秋田狗唤醒了他的灵感：原来狗也可以进入文学！据他回忆，当时他已经顾不上把《雪国》读完，放下书，就抓起了自己的笔，写出了这样的句子：“高密东北乡原产白色温驯的大狗，绵延数代之后，很难再见一匹纯种。”这是他的小说中第一次出现“高密东北乡”这个字眼。这篇小说就是后来赢得过台湾联合文学奖并被翻译成多种外文的《白狗与秋千架》。从此以后，他高高地举起了“高密东北乡”这面大旗，就像一个草莽英雄一样，开始了招兵买马、创建王国的工作。

在语言风格方面，这两个作家也有许多可比之处。学者一般认为，莫言的作品采用一种重视感觉的叙述态度。在描述中，心理的跳跃、流动、联想，大量的感官意象奔涌而来，创造出一个复杂的、色彩斑斓的感觉世界。这一叙述风格的形成原因是多方面的，但其中一个重要因素与川端文学的影响及当时评论界的引导有关系。众所周知，川端康成的文体是一种相当感性化的表达方法，尤其以莫言读过的《雪国》的开头部分最为典型，莫言从中受到影响理应在情理之中。然而，更值得注意的是评论界的引导。莫言的《透明的红萝卜》《爆炸》一发表，即刻受到广泛关注，被认为“感觉是超常的，甚至有点像日本的新感觉派，新感觉主义，很细微”。翻看 20 世纪 80

年代中后期有关莫言作品的评论，我们会发现，评论家们大都把目光聚焦在他的这种感觉化的表达方法上，并大加褒扬，这并不奇怪。如前文所述，学界恰好在这一时期重新评价了20世纪30年代的中国新感觉派文学，并正热烈展开小说技巧的理论探讨。因此，共同的学术环境使得他们拥有了相近的问题意识和把握问题的角度。有论者说："给我印象很深的是莫言，在我读他的作品时，总会联想起川端康成或横光利一。他们对视觉效应（特别是色彩）的侧重惊人的相似，对超常感觉也有强烈的兴趣，我相信，随着感觉小说的崛起，日本新感觉派的作家对我们文学的影响，将会表现得更为普遍和深刻。"又有学者说："由于莫言小说立足于表象、感觉等新的小说表现范围，因而也导致了新的物我关系的建设。在这里，物与我，主体与客体，自在与他在，开始失去界限，成为互渗的'共在'。"莫言的"物与我的共在"与川端康成提倡的"物我合一主义"可谓异曲同工。在这样的评论的强力引导下，莫言重视感性化叙述的才能得到极致发挥。莫言回忆说，最早的《透明的红萝卜》完全凭本能操作，到了《红高粱》就是用激情在写作，后来到了《欢乐》和《红蝗》则是疯狂的写作。同样的感性化叙述，川端的更为精致纤细，而莫言的则带有原始野性的生命力，狂放不羁。

在中国文坛，贾平凹、余华和莫言各是"寻根文学"和"先锋派文学"的领军人物，其创作在内容和形式上对传统的小说模式形成了巨大冲击。他们都承认在创作之路的艰难跋涉中曾经得到过川端文学及新感觉派文学的宝贵启示。可以说，这是继20世纪30年代之后日本新感觉派文学对中国文学创作所产生的第二次大规模影响。当然，由影响转化为创作，其过程既不是单一的，也不是单向性的，包含了诸多复杂因素。从接受的角度看，当然首先是他们对现实生活和小说创作本身产生了疑虑和困惑，然后才在与川端文学的对话过程中感悟并探索出一套适应各自特色的创作方法来。

参考文献

[1] 李兆忠 . 暧昧的日本人 [M]. 北京 : 九州出版社 , 2010.

[2] [日] 谷崎润一郎 . 阴翳礼赞 [M]. 孟庆枢 , 译 . 石家庄 : 河北教育出版社 , 2002.

[3] [日] 黑川雅之 . 日本的八个审美意识 [M]. 王超鹰 , 张迎星 , 译 . 北京 : 中信出版社 , 2018..

[4] [日] 千叶成夫 . 日本美术尚未生成 [M]. 范钟鸣 , 译 . 北京 : 人民美术出版社 , 2014.

[5] 刘柠 . 藤田嗣治——巴黎画派中的黄皮肤 [M]. 济南 : 山东画报出版社 , 2014.

[6] [美] 詹姆斯 · 格尔尼 . 幻想的艺术 [M]. 嵇小庭 , 宋婕译 . 上海 : 上海人民美术出版社 , 2013.

[7] [日] 东山魁夷 . 与风景对话 [M]. 郑民钦 , 译 . 石家庄 : 花山文艺出版社 , 2001.

[8] [日] 本居宣长 . 日本物哀 [M]. 王向远 , 译 . 长春 : 吉林出版集团有限责任公司 , 2010.

[9] [日] 能势朝次 , [日] 大西克礼 . 日本幽玄 [M]. 王向远 , 译 . 长春 : 吉林出版集团有限责任公司 , 2011.

[10] 叶渭渠 , 唐月梅 . 物哀与幽玄 : 日本人的美意识 [M]. 桂林 : 广西师范大学出版社 , 2002.

[11] 彭修银 . 日本近现代绘画史 [M]. 北京 : 世界知识出版社 , 2010.

[12] [日] 河北伦明 . 现代日本画 [M]. 祖秉河 , 译 . 北京 : 中国文联出版公司 , 1986.

[13] [日] 秋山光和 . 日本绘画史 [M]. 常任侠 , 袁音译 . 北京 : 人民美术出版社 , 1978.

[14] [日] 关卫 . 西方美术东渐史 [M]. 熊得山 , 译 . 上海 : 上海书店出版社 , 2002.

[15] [日] 山本正男 . 东西方艺术精神的传统和交流 [M]. 牛枝惠 , 译 . 北京 : 中国人民大学出版社 , 1992.

[16] 刘晓路 . 日本美术史话 [M]. 北京 : 人民美术出版社 , 1998.

[17] 范景武 . 神话宗教哲学——日本哲学思想探源 [J]. 山东大学学报 , 1994 (2): 108–113.

[18] 王向远 . 三岛由纪夫小说中的变态心理及其根源 [J]. 北京师范大学学报 , 1991 (4):76–79 .

[19] 谢洪霞 . 宁静闲寂的东方美——从东山魁夷风景画看禅宗对日本艺术的影响 [J]. 广西艺术学院学报 , 2005 (1): 48–49 .

[20] 邱紫华 . 日本民族的艺术美观 [J]. 华中师范大学学报 , 1998 (2): 43–50.

[21] 王军 . 禅宗对日本绘画的影响 [J]. 大众文艺 , 2010, (19) : 43

[22] 马兴隆 . 意象神秘主义与具象唯物精神——宗教对中西方传统绘画精神内涵的影响 [J]. 曲靖师范学院学报 , 2014 (2): 129–131.

[23] 周建萍 . 中日古典园林美学之比较——以禅宗影响为中心 [J]. 徐州师范大学学报 , 2008 (1): 34–38.

[24] 王向远 . 日本“歌道”的传统与流变 [J]. 广东社会科学 , 2020 (03) : 165–173.

[25] 宋波 , 张璋 . 日本文学中的中国都市形象研究述评 [J]. 江南大学学报 (人文社会科学版) , 2020, 19 (02) : 91–96.

[26] 郭晓睿 . 日本俳句的历史、现状及其发展趋势 [J]. 国际公关 , 2020 (02) : 257–258.

[27] 李光贞 . 莫言对日本文学的吸收与转换 [J]. 中国政法大学学报 , 2020 (01) : 181–190, 208.

[28] 刘月玲 . 浅析中国文学正确应对日本文学影响的策略 [J]. 国际公关 , 2019 (11) : 258, 260.

[29] 杨君 . 病态与唯美——日本文学的矛盾与融合 [J]. 长春大学学报 , 2019, 29 (09): 89–92.

[30] 徐俊璐 . 日本文学中“物哀”的美学意义探析 [J]. 文化创新比较研究 , 2019, 3 (27) : 65-66.

[31] 邵雪飞 . 日本文学中的中国叙事传统经验探析 [J]. 东北亚外语研究 , 2019, 7 (03) : 83-87.

[32] 邱雅芬 . 我国近十年来的日本文学研究 (2009—2018 年) [J]. 东北亚外语研究 , 2019, 7 (03) : 78-82.

[33] 马亚琴 . 日本文学中的“物哀”美学的嬗变 [J]. 重庆电子工程职业学院学报 , 2019, 28 (04) : 95-99.

[34] 孙莉 . 日语文学中家园意识的表征及分析 [J]. 赤峰学院学报（汉文哲学社会科学版）, 2019, 40 (06) : 105-108.

[35] 牛梦鸽 . 村上春树的后现代日本文学创作 [J]. 玉林师范学院学报 , 2019, 40 (03) : 96-100.

[36] 张楠 . 从“物纷”到“物哀”——论《源氏物语》批评在日本近代的变迁 [J]. 外国文学评论 , 2019 (02) : 21-37.

[37] 李留芳 . 从日本文学的发展历程来看日本文化的独特特征 [J]. 中国农村教育 , 2019 (08) : 10-11.

[38] 韩萌 . 当代日本画的中国元素探析——以“四山”绘画为例 [D]. 郑州 : 河南大学 , 2015.

[39] 崔颖敏 . 日本审美意识浅析 [D]. 延吉 : 延边大学 , 2010.

[40] 徐晨阳 . “意”与“物”——日本当代具象绘画研究 [D]. 北京 : 中国艺术研究院 , 2009.

[41] 孙娜 . 中日禅宗美学意境比较 [D]. 长春 : 吉林大学 , 2006.

[42] 王茹辛 . 20 世纪日本文学中的死亡悖论管窥——从历史、文本、心理、现实四个维度 [D]. 上海 : 复旦大学 , 2008.

[43] 张玲 . 从日本人的自然观来考察日本人的美意识 [D]. 上海 : 上海外国语大学 , 2006.

[44] 吴宜简 . 从传说的妖怪到绘画的妖怪 [D]. 昆明 : 云南艺术学院 , 2014.

[45] 江忠 . 论武士道对日本人性格的影响——以“武士义理”为中心 [D]. 长春 : 东北师范大学 , 2009.

[46] 李苏科蘩 . 以村上隆作品为例浅议艺术作品的外界因素 [D]. 沈阳 : 鲁迅美术学院 , 2014.

[47] 刘华平 . 日本死亡意识的美学阐释 [D]. 曲阜 : 曲阜师范大学 , 2013.

[48] 汪笑兮 . 东方美术的启示——日本浮世绘版画对印象派画家的影响 [D]. 南京 : 南京师范大学 , 2011.

[49] 饶建华 . 东山魁夷绘画美学思想研究 [D]. 重庆 : 西南大学 , 2011.

[50] 李静 . 浅析东山魁夷绘画形式语言 [D]. 石家庄 : 河北师范大学 , 2014.

[51] 满珍 . 艺术为自己而存在——草间弥生的艺术创作轨迹探析 [D]. 兰州 : 西北师范大学 , 2015.

[52] 潘皓 . 日本当代油画的研究与分析 [D]. 北京 : 中央美术学院 , 2009.